原SIN罪

怠惰

V

懶・怠惰者

（※ 本故事內容純屬虛構，如有雷同，純屬巧合。）

楔子

晦暗的天空，厚重的灰色雲層彷彿就在頭頂上方，壓得人喘不過氣，今日一早便狂風大作，每股風都來自不同方向，胡亂颳著，隨著時間越晚，風也越強勁！

所以家家戶戶早就做好各式防颱準備，將院子裡的雜物收起，杜書綸的父親仔仔細細的檢查前後院的籬笆，被風吹斷不要緊，怕的是隨風被連根拔起後，往房屋上砸來。

「珈珈！妳把桌椅收進去就好，籬笆我等等來看！」杜爸在風中大喊著。

高大的女孩正在拆解她掛在後院樹上的沙袋，可不想沙袋將這幾十年的老樹壓斷。

「沒關係的，我已經檢查過了，等等我會再圍一圈束帶加固！」聶泓珈回頭大喊著，「等等我過去幫您！」

「我自己來！」杜爸說著，彎著腰、曲著雙膝，抵抗著強勁的風力。

杜家二樓的男孩也正在忙碌，他趕緊將屋內所有的玻璃窗都貼上膠帶，尤其是他房間那一大面整片的玻璃，可得好好的貼妥，萬一真的被吹破時，把傷害降到最低。

「這颱風很大啊！」杜母看著憂心忡忡，「你快貼好，再去幫珈珈！」

「幫她？先幫爸吧，爸的力氣都沒她大！」杜書綸扔下膠帶後，匆匆下樓，「我先去前院收拾啦！」

跑下一樓，他來到前院，再三確認兩家的腳踏車、盆栽等雜物都收進一旁的儲藏室後，將門關好關妥。

他們兩家比鄰而居，當初還是一起蓋的房子，位置是偏僻了些，畢竟旁邊就是國家森林保護區；杜書綸雖是男孩，但比一般男生還纖瘦，他抵著風看向不遠處的整片森林，巨大的樹木隨風吹動，從幅度就能看見驚人的風勢。

灰暗的雲層裡陡然發出森白閃電，緊接著傳出驚天動地的雷鳴聲，杜書綸抬頭看著那壓在頭上的雲層，強大的風輕易吹動著雲，而雲的挪動卻彷彿是一個漩渦似的……

「杜書綸！」隔壁屋子的門開啓，架高的門邊出現了聶泓珈的身影，「你在幹嘛？收好進屋了，去幫你爸！」

「喔！好！」他大吼著，深怕女孩聽不見，「要下雨了！」

聶泓珈抬頭望了一下天空，看樣子雨勢不會太……小……她顫了一下身子，扣著門緣的手指略微施力，但很快的鑽回屋裡，將門牢牢關上鎖緊，裡面那層鐵門也扣了上。

在關上門的瞬間，豆大的雨滴答滴答的落下了。

整個S區都進行嚴密的防颱準備，說實在的，S區已經十幾年沒有颱風入侵了，就算偶爾有幾個零星的颱風，從沿海進來後，抵達他們這兒時也都只剩輕颱規模，根本沒有什麼影響。

但這次不一樣，強颱進逼，挾風帶雨的，讓人們嚴陣以待。

森林、鐵路、各個可能造成傷害的路口或T-bat處，人人都提高警覺加強防範，個個緊繃著神經。

「馬的！這雨比倒的還誇張！」男人狼狽的跑進屋子裡，即使穿著雨衣，依然全身都濕，「風大到我根本走不動！」

他們這間在火車站裡的小屋子，都被風吹得嘎吱作響，聽了就令人膽戰心驚！屋子裡一個女人正捧著咖啡，盯著電視裡的氣象直播。

「三十年來最強的颱風啊，豈能不可怕？上面說了，必要時讓我們撤進火車站裡，怕這間鐵皮屋被吹垮。」她聲線緊繃，因爲她怕死了。

「是喔，也對，我們這就鐵皮屋外再裹層木板而已……哎呀，應該不會這麼糟吧！」男人搔了搔頭，「妳都巡完了嗎？這麼快？」

「嗯啊！」女人敷衍的回著，雙眼目不轉睛的盯著電腦。

她根本沒巡，這麼大的風，她懶得冒雨出去。

「對了，那個坑解決了嗎？前幾個星期一直叫妳弄鐵板跟警告標誌，怎麼這麼久好像沒下文？」男人突然想到，畢竟那不是他負責的區塊，他平時也不好多問，只是好像沒看到相關單位過來鋪設鐵板啊！

「啊，有啦，有弄了啦！」女人心不在焉的回應。

在火車站附近的一條路上，就在鐵軌附近，有一處坑洞下陷，就在水溝蓋旁，那邊很少人會走，因爲一邊是草地、另一邊就是鐵軌，人們多半是開車騎行外側柏油路的！不過再怎樣也是道路的一部分，所以他們在把洞補起前，至少要上覆鐵皮，並且在一定距離前設下警告標誌。

「護欄也加強了嗎？得用鐵絲綁緊耶！還有警告標誌也要綁！」男人不放心的再問了一次。

「嗯！有啦有啦，很吵耶你！」背對著他的女人緊緊握著咖啡，「當然！我該做的都做了，要是被風吹掉我也沒辦法。」

聞言，男人略鬆了口氣。

「有弄就好，我是怕風沒來，有人不小心掉下去就糟了！」男人將滴水的雨衣掛好，也要倒杯熱咖啡喝喝。

警告或是護欄，她都沒用。

女人心虛的嚥了口口水，她就很懶得去處理這件事，又要請人來蓋鐵板、還有設置護欄跟警告標誌多麻煩？那邊又沒人會走！她總想著明天、下次……她也眞的是想隔天就去做的，結果……一拖就拖到了現在，然後，颱風來了。

反正等颱風過後再說好了！反正這麼大的風，不管任何護欄或警告標誌都會被吹走吧？這麼想著，女人說服了自己，這麼強烈的風雨，她才不要出去冒險咧！

她下意識看了一下窗外，風雨交加，這時候誰還會出來呢？

轟──雷鳴陣陣，在火車站外，一個身影正對抗著強風，身著雨衣艱難前行。今日的確所有車輛幾乎全數停駛，但是，前往首都的特快車並沒有停駛，而他在首都的家人生病開刀，他必須前往首都，片刻不能耽擱。

風吹得他連走都走不動，走一步退兩步的狼狽，可是無論如何，他都必須搭上這班車。

又一陣狂風颳來，他彷彿被推著走似的，踉踉蹌蹌的往旁滑去，好不容易才止住了步伐！

「可惡！」他半蹲著身子，抹去了滿臉的雨水，「喝！」

突然發現，他的腳尖前方，居然有一個大坑洞！

一陣冷汗頓時冒出，他仔細看著那個坑洞，現下裡面水流湍急，坑洞有五十公分寬啊，他只差一公分就掉進去了！

「這也太危險了吧！為什麼……這是剛出現的嗎？」他試著左顧右盼，沒有看見圍欄或警語啊！

還是說，已經被風吹走了？不對啊——！這坑洞上面完全沒有被蓋住啊！

只想了兩秒，他決定拿手機出來拍下自己驚險瞬間的一幕，距腳尖只有一公分的……咦咦？

坑裡的水彷彿沸騰似的，開始冒出了泡泡，男人分心的定神瞧去，看著那水裡的泡泡越來越多，越來越滾，然後冒出了地面！

「咦咦咦！」他嚇得下意識把腳抬起，「淹水了嗎！」

他立即放棄拍照，趕緊邁開步伐，急著朝火車站去……去……

他動不了。

男人回頭看去，看見自己的腳踝，被水繞了住……不，嚴格說起來，是水裡有一隻手，扣住了他的腳踝。

「什……喂——哇——哇啊啊——」

噗。

第一章

災後慘狀

一場可怕的颱風過去了。

這是S區首次感受到強烈颱風的威力，狂風驟雨都無法形容那種風勢及雨量，高速的風將多少人的屋子吹毀，玻璃吹裂，路樹紛紛折斷；在路上行駛的人車不是翻倒就是被路樹砸中，還有各式招牌與屋簷，經由強風助攻，每樣被吹落的物品都能成為凶器！

十二小時的颱風後，S區滿目瘡痍，而且受傷者眾多，警消疲於奔命。

聶泓珈與杜書綸的住家也一樣慘遭肆虐，他們的木屋前後都有院子，前院的籬笆沒捱過，紛紛折斷或連根拔起，只是慶幸風是往森林的方向吹，要是朝著屋子，每根三角尖頭的籬笆，都能是可怕的凶器，狠狠插進他們木造的屋子裡、甚至刺破玻璃。

所以他們兩家算是安然無恙，除了前後院的樹被吹斷外，就是附近許多物品被吹來，垃圾處處，不過只要大家齊心協力收拾，倒也是一天的事。

「珈珈，妳爸還好嗎？有沒有傳訊息給妳？」杜書綸的母親遞上豐盛的早餐。

他們兩家從蓋房子就一起，自然是一起長大，由於聶泓珈的父親是特別軍警，幾乎不在家，所以到杜家來吃飯已是司空見慣的事。

「他沒事，他現在在保護別的政要，一時半會兒也回不來。」聶泓珈都習慣了，「不過他說，他寧願去外面陪其他弟兄救災。」

「哈哈哈，我懂我懂！跟著那些政客可累了，神經又緊繃！」杜爸朗聲大笑，「不如撿撿樹枝、幫忙清淤泥來得輕鬆！」

聶泓珈無奈的笑笑，拿起烤熱的吐司咬了一口，一旁無聲的電視正停在地方新聞台，全數都在報導S區的慘況。

現在新聞主畫面正在播報火車站附近的嚴重事故，有人掉進了下水道中，是警消救災時發現該處堵塞，結果發現是「部分遺骸」卡住了。

「哎呀，你們兩個要小心喔！颱風過後，很多路面都有損毀，騎車一定要注意！」杜媽一看到鐵軌附近那塊地的新聞，立刻就想起了桌邊兩個孩子，他們也很愛去鐵軌附近玩啊。

「嗯。」杜書綸敷衍的應了聲，他看起來有點心不在焉。

杜書綸，整個S區人盡皆知的天才，所謂「別人家的孩子」，是個國中就能跳級念大學的傢伙。但個性也是特立獨行，拒絕了國內外名校遞來的橄欖枝，選擇自學、逕自發表論文期刊，然後——突然回到了一般就學管道，而且還「依年紀」入學，就讀高中。

早就能博士畢業的人跑來念高中，對其他學生進行降維打擊，如此已經引發不滿，上學年又橫掃所有獎學金，更是敗壞人緣，不過，他根本不在意就是了。

只是身為一起長大的青梅竹馬，聶泓珈非常清楚，只要杜書綸一思考，絕對有事。

「你怎麼了嗎？這兩天總覺得你有心事。」一出家門，牽出腳踏車時，聶泓珈便認真的問。

「啊？我沒什麼事啊！」杜書綸牽車往前，出了自家院子。

「你瞞不過我的。」聶泓珈沒好氣的說道，「你別逼我在杜媽面前再問你一次。」

「好好好！」杜書綸連忙喊停，要是讓媽知道，鐵定被關切個沒完沒了。「我只是在想惡魔的事啦。」

惡魔，聶泓珈聽著不由得也跟著倒抽一口氣。

他們所居住的S區不是什麼熱鬧的都市，而是純樸偏遠的地方，最熱鬧的市中心就只有一條街，整個城市佔地很廣，但人口不多，不過生活環境很好。

但是最近發生許多駭人事件，除了亡靈作祟外，背後更少不了惡魔的手筆……可是，經歷了幾件事下來，她開始懷疑，到底是惡魔控制了人？還是人們的邪惡餵養了惡魔？

兩個學生跨上腳踏車，從家裡騎到學校不過二十分鐘，而且等等右轉後，就會是一片一望無際的芒草原！第一次降臨到這裡的惡魔，就是在這片芒草原裡，烙了個像麥田圈的魔法陣。

閉上眼睛，聶泓珈都還能記得那瀰漫在空中的血腥味，與散落在芒草原的一地碎屍塊……兩台腳踏車在產業道路上右轉後，將沿著山壁前行，山壁的對面就是芒草原……

「哇！好慘烈！」杜書綸不由得驚呼，因爲那一大片芒草原都被颱風吹得折了腰。

哪有什麼芒草原了，幾乎全部都被朝不同的方向壓折了腰，原本比人高的芒草，枝枝腰斬。

「這風眞的太大了！」聶泓珈皺著眉看向芒草原，卻忍不住打了個寒顫。

有股不祥的預感自心中湧現，她看著手臂上冒出的雞皮疙瘩，憂心忡忡的看向芒草原。

「又怎麼了？」杜書綸沉下了聲。

相同的，她的情緒也不可能逃過杜書綸的法眼。

「不知道，但有種不好的感覺……我們騎快點吧！」她邊說，突然加速踩著腳踏車，唰一下就超越了男孩。

「喂，聶泓珈！妳知不知道這條是我們每天必經的路啊！」杜書綸在後頭喊著，但一點都沒有要追上的意思。

跟聶泓珈比體力？他不如省下這氣力好嗎！

聶泓珈雖然是女生，但是她天生骨架粗壯、身形魁梧，更別說一身肌肉，從小到大，都是她在保護杜書綸！即使現在杜書綸開始在長高了，積極健身後也漸漸不一樣，但他依舊是那個纖細的男孩。

所以，他才不會跟珈珈比任何運動！

前往學校的路上眞的慘況連連，原本通往他們學校有一整條林蔭大道，現在變成了路障大挑戰，處處斷枝殘幹，還有倒在路中間的大樹，都來不及處理，騎著腳踏車的學生們根本難以騎行，個個跳下車子，以牽車的方式進入校園。

結果校園更慘，因豪大雨導致淹水，水退去之後，學校操場直接變成一片泥地，深達十幾公分的淤泥跟垃圾處處，臭氣沖天，其他地方雖沒這麼嚴重，但情況也好不到哪裡去，所有人都傻了。

「這種狀況幹嘛不停課？」

「對啊，爲什麼還要叫我們來？」

許多學長姐不客氣的直接在校門口跟老師問，環境又髒又臭，這堆垃圾還不知道何時能清理完畢耶！

「因爲教室都沒有受損，你們照常可以上課！」老師們已經刻意用紙板鋪出許多條路，讓學生通往各棟建物上課，「操場旁大樓的學生，都從英魂樓進去！」

操場淹水了?操場的另一端就是他們新翻修的禮堂,而那禮堂的水泥裡,可是有著一位失蹤的老師呢。

「妳說,羅老師的屍體會不會被沖出來?」杜書綸附耳在聶泓珈身旁,打趣的問。

她沒好氣的瞪了他一眼,「除非禮堂垮了吧?」

被封進水泥裡的屍體,哪有這麼容易因為一場水災就飄出?

他們學校有個掌管財務的老師,汙了不少錢,被封在了水泥裡。

「那可難講,別忘了承包商都是一些貪婪之徒,天曉得偷工減料了多少東西!」杜書綸冷冷的說著。

兩週前,有場「黑幫械鬥」發生在他們學校的操場,詐騙集團內部分贓不均,結果在他們學校裡黑吃黑,死傷慘重,屍橫遍野……不過只有他們兩個知道,那些人是被鬼殺掉的。

厲鬼幾乎都是被詐騙後身故的,但死後仍舊執著於他們被騙走的錢,所以找上了詐騙集團;在亡靈眼中,詐騙集團成員身上噴出的血,每一滴都是錢,滴滴珍貴。

那晚他們更見到了貪婪的惡魔:瑪門,他竟以高中生的模樣出現,引領許多學生去當詐騙集團的車手,又引誘詐騙集團高層陷入貪欲之中。

人為財死、鳥為食亡，聶泓珈也意外撞見了政府官員收賄的現場，所有一切都圍繞著貪念，但是人哪有不貪的呢？每個人都在這無法把控的欲望中向下沉淪，甚至不惜泯滅人性。

聶泓珈原本就是比較敏感的人，母親走後還看見媽媽的亡魂回來，因此在她眼中，擁有貪念的人們身上的血是藍色的，那是瑪門最愛的顏色，隨著大家的貪心程度不同，呈現出不一樣的藍色。

所以那晚在學校操場裡的屠殺，彷彿油彩畫般，各種不同的藍色在各處綻放……

結果，瑪門還眞的自高處拍下了滿操場的藍色血花，做成一幅畫送給了他們。

他是要開攝影展嗎？就因為這樣殺了這麼多人……不不，這是人們貪得無厭，自己造成的報應。

「別再說那件事了！」聶泓珈不耐煩的制止，每次進禮堂時，她總會看向羅老師被封住的方向，心裡難免毛毛的。

好不容易進到班上，果然一陣亂烘烘的，導師很早就來管理秩序，除了表明學校希望進度不要落後太多外，這幾天下午兩點就會提早放學，爭取先把校園環境搞定。

而如果願意一起清理校園的學生，期末將會加分！

一聽見加分，許多早上還嫌髒的人紛紛挽起袖子，這可是多好的社會分數，不拿白不拿啊！

「珈珈，去嗎？」同學婁承穎拿著果汁朝她走來，「我跟張國恩都想留下來幫忙清理學校。」

他邊說，邊把果汁放到了她面前。

婁承穎是一個陽光大男孩，他笑起來眞的跟太陽一樣燦爛，長得也非常好看，五官立體，算是全校排名前幾的校草之一！開學時他坐在聶泓珈前面，過分開朗的他常想把社恐的她拉出來，曾經帶給她不小的困擾。

不過大家一起經歷了許多危難，感情也逐漸變好了。

中午時間，杜書綸跟聶泓珈向來是坐在一張桌子吃飯的，杜書綸眼鏡下的雙眸瞄了眼果汁，嘖嘖，眞精準，都知道珈珈喜歡什麼口味。

「我嗎？」聶泓珈原本「會」這個字都要說出口了，但旋即收住，默默看向杜書綸。

又看杜書綸！婁承穎心裡難以隱藏的不悅，眞不懂聶泓珈爲什麼什麼事都得聽這位天才的？幾乎什麼事都以杜書綸的意見爲意見。

「一個連獎學金都要跟一般人爭的天才，怎麼可能紆尊降貴的去清垃圾？」

婁承穎開口就沒好話，「妳跟我們一起，我會照顧妳的。」

「你照顧她？」杜書綸鼻子哼了一聲，「她別照顧你就好了！」

聶泓珈直接在桌下踢了他一腳，杜書綸痛得曲膝，還撞上了自己的桌子。

哎！他又沒說錯，珈珈身強體壯力氣大啊！

「去！去！」他是用不甘願的聲音說著，一邊說一邊逕自拿起那瓶果汁，扭開。

婁承穎見狀，立刻試圖搶回，「喂，那是我給珈珈的。」

是喔？杜書綸勾起了挑釁意味十足的笑容，認眞的看向了聶泓珈。

「妳會給我喝的，對吧？」

聶泓珈有幾分尷尬，但還是很自然的點了頭，「嗯啊。」

她跟杜書綸沒有在分彼此的。

婁承穎緊緊握著拳，壓抑著無名火，他也不確定聶泓珈跟杜書綸之間除了青梅竹馬外還有什麼情愫，但光是她那樣言聽計從的模樣，就讓他一肚子火。

「等等放學我們一起走。」最後，他只扔下這麼一句，便轉身回座位了。

換座位後，他離聶泓珈很遠。

剛開學時，他們是坐在前後的，那天他回頭一看見她，內心便興奮不已，那個總是低垂著頭、避開他人目光，說自己的願望是希望當個透明人的女孩，讓他非常非常感興趣！而在每天的相處中，他也發現她根本就不是她所希望的那種人。

那力量驚人的左拳，那種想閃避事情、最終卻還是會挺身而出的拉扯，都讓他對她感興趣極了！原本想著坐在前後，只要一直纏著她，早晚能有機會變熟，結果——殺出一個杜書綸。

國中就能上博士班的天才學生，跑來唸普通高中？憑藉著自己一騎絕塵的成績碾壓他們這些高中生，重點是他居然是聶泓珈的鄰居兼青梅竹馬，一轉班就坐在她旁邊，而且兩個人幾乎形影不離！天天！

才混熟就被這討人厭的傢伙介入，緊接著班級又換座位，他跟聶泓珈足足差了五排！

李百欣偷瞄著忿忿坐回座位的婁承穎，她跟聶泓珈也熟，現在是班上的風紀，個性外放直接，她也有個青梅竹馬在同班，是體育健將張國恩，運動很強，但腦子眞的不好，是用體育成績保送進他們S高的。

她老覺得，婁承穎是不是喜歡聶泓珈啊？

她不是批評聶泓珈怎樣喔，只是因爲聶泓珈長得超中性，超過一百七十五的身高，骨架又寬又大，全身肌肉，一頭短髮，剛入學時就有一堆人以爲她是清秀帥哥，結果竟是個內向社恐的女生！

在學校百分之九十的時間都不抬頭看人的，深怕被人注意到，可是啊……帥氣中性的外表，高挑的身高，豈能不被注意？現在想起來，說不定聶泓珈打扮起來會很正耶……雖然她覺得婁承穎喜歡聶泓珈，絕對不是因爲外表。

聶泓珈剛巧喝過杜書綸遞來的果汁，才放下就對上李百欣的雙眼，隔了兩公尺遠的她微睜圓眼，彷彿在說：有事？不然幹嘛一直看她？

沒事沒事！李百欣忙搖頭，摸摸鼻子轉身坐回位子上。

「好奇怪，李百欣盯著我不放。」聶泓珈放下果汁，不動聲色的瞥了杜書綸一眼，「你爲什麼要去？」

「什麼爲什麼？」

「你不是會去爲大家清淤泥的人啊，你才不會服務公眾事務！」她太瞭解他了，杜書綸可以想出一百種方法，協助大家快速有效率的解決一地淤泥與垃圾，唯獨不會親自下去。

「這樣說眞傷人。」杜書綸扶了扶無邊眼鏡，但眼底卻是讚許的滿足，「不過妳說對了，我眞不想去清那些東西……唉，但我知道妳想。」

咦？聶泓珈突然顫了一下身子，眼神飄忽，「我、我沒有……」

「妳想的，妳最喜歡服務公眾，打抱不平……一邊想一邊又要警告自己不要做太多事，可能會引禍上身喔！這麼矛盾的日子不難過嗎？」杜書綸若無其事的把最後一口飯菜塞入，「既然妳做不出決定，就我來幫妳了吧！」

明明熱心卻要壓制自己，他當然知道珈珈非常想去幫忙，以前的她絕對是一馬當先，但……人生路上就是會有各種不順，跌倒受傷後便是學習，其實一起清理學校垃圾應該是不會惹到什麼事，所以他願意陪她。

比那堆淤泥更麻煩的事多得很，區區垃圾算什麼！

或許熱情、也或許是一種團體力量，學校絕大多數的學生都留下來幫忙了，畢竟人數多更能眾志成城，以便更早讓校園恢復乾淨。由於沒有淹水經驗，所以水退之前沒有跟著把泥土掃開，因此現在一整個操場近二十公分厚的泥地，只能用鏟子一鏟一鏟的挖了。

「絕對不要打赤腳！我們不確定土裡有什麼，大家一定要小心！」導師在旁喊著，再三警告大家不要冒險。

雨鞋有限，國軍有裝備的到中間去挖土，學生便從邊緣開始鏟，鏟出了空地後再一寸寸往裡去，這樣既不會受傷，也能達到鏟土的作用；有裝備的同學就可以隨處跑，靠近每棟樓水龍頭邊的學生們，就負責接水管沖水，能沖多少算多少。

聶泓珈是有裝備的人，她在學校都會放一雙雨鞋套，可以直接連腳帶鞋的套入拉起，這是以防大雨時穿的，當初只是有趣才買，沒料到有使用上的一天。

她有，杜書綸自然一定有。

「你不想弄就別踏進來了，在外圍負責倒土就好了。」聶泓珈拿起鐵鏟，擁有健壯體魄的她，這種力氣活自是當仁不讓。

「我是不喜歡，但也不想守著桶子。」杜書綸手裡也拿了一根小鐵鏟，「我們到中間一點去吧，別跟這麼多人擠一起。」

「哇！為什麼你們有雨鞋！」張國恩一見到他們往厚土裡踩去，就留意到他們的鞋子了。

杜書綸回頭給了一個機車的驕傲神情，不過輕鬆的神情維持不到一秒，因為淤泥真的太厚了，踩進去跟拔出來都很吃力！

找個好位子後，聶泓珈率先鏟出一小塊地方放桶子，接著便開挖！為了早點恢復正常校園，做這些事她都覺得很開心……當然，不是每個人都願意這麼做，像杜書綸。

不過他願意陪她，讓她覺得滿足了。

「加油喔！努力點！」包圍著操場旁的各棟樓上發出了歡呼聲，「希望你們今天就能把這些東西弄乾淨嘿！」

很想擠到聶泓珈身邊的婁承穎抬頭向上望，不由得心生不滿，「你們幹嘛不下來幫忙？」

「又沒規定一定要幫！我們才懶得做那種事咧！」聚在樓上的學長帶著訕笑，「欸，那個搞詐騙的選手，認眞點喔！」

咦？婁承穎嚇了一跳，倏地朝身邊看去，張國恩就在他身旁，背對著訕笑的學長，仍舊認眞的挖著他的土；張國恩之前也是S區之光，一位很厲害的體育選手，但是暑假時因爲貪圖高額時薪，跑去詐騙集團當了車手……雖然最後是由他舉發詐騙集團，法官也沒有起訴，不過這顆體育之星，終究還是蒙塵了。

「閉嘴啦！」婁承穎不滿的幫同學發聲，「這麼閒就下來一起清理。」

「才不要！閒也不想幹這種事，我傻嗎？」

「哈哈哈，一群傻子！」

聶泓珈瞥了他們一眼，忍不住看向低頭不語的張國恩，事發之後他已經飽受白眼跟霸凌了，雖然他始終保持平日那種傻呼呼的模樣，笑容也始終掛在臉上，但是他內心不可能不痛苦。

從明日之星到詐騙同伙，人啊，風光時不一定每個人都會沾光，但牆倒時卻總是眾人推。

「不幫忙就算了，還笑我們是傻子，懶還高高在上？」

沒兩秒，不太開口的同學周凱婷居然出了聲，朝上方吼了起來。

「我就懶！躺平才是王道沒聽過嗎？」

「笑死，現在勤勞還能拿來說嘴了喔？妳以爲有人會感謝你們？」

突然間戰火擴大，樓上樓下的學生們不分年級的吵了起來，各班老師們見狀連忙過來勸阻，但收效甚微；那些懶得下樓不想做事的人，還硬要在樓上嘲弄積極協助的學生們，搞得人人都火大。

杜書綸緊皺著眉，嘶了好長一聲。

「怎麼了？」聶泓珈看著他詭異的表情，「你在煩惱什麼啊？」

「所以……Sloth 嗎？」

聶泓珈聞言，腦子突地一片空白：Sloth，懶惰！

她緊緊握住鐵鏟，驚恐得倒抽一口氣，爲什麼書綸突然這樣說？「不、不會吧？爲什麼還有？這些惡魔爲什麼非得待在我們這裡，這是沒完沒了了嗎？」

芒草原。

她腦海裡在一瞬間閃過上午那片東倒西歪的芒草原，她不是爲強勁的災情感到恐懼，她心底明白，早上那根根豎起的寒毛，代表著有什麼東西出現了！

不屬於人，或怨念或亡靈或厲鬼，也有可能又是……魔物。

「借過喔！張國恩！在這裡這麼努力挖土可賺不到錢的！」

「嘻嘻，你倒不如用這個時間去詐騙！」

喝！這聲音讓聶泓珈分了心，她倏地抬頭，三公尺外的張國恩正被別班的人取笑，不知道幾班的傢伙，還刻意跑到他身邊鏟土，將張國恩團團包圍。

啪刹！冷不防一鏟土居然從空中飛起，直接揮向了那群找麻煩的學生。

「哇啊！」一票男生臉上被一鏟子飛來的淤泥灑了全身！「幹！誰啊！」

「你們的嘴比這些泥還臭！」

當然是李百欣，她邊說還邊用力再挖一鏟土，「再說啊！」

「呸呸呸！」男孩們吐著嘴裡的泥，反胃噁心！

「他犯罪還不能說喔！」

樓上樓下還沒吵完，這邊又亂成一鍋粥，聶泓珈緊扣著鐵鏟難以壓抑內心衝動，拔起腳就往前。

杜書綸原本想阻止的，抬起手又放了下去，想看看珈珈會做到什麼地步。

張國恩還在那邊壓著李百欣的鏟子，不希望事情鬧大，他去詐騙集團工作本來就是他的錯，他自己受著沒關係，百欣不該牽扯進去啊！導師也衝過來吼著到底在幹嘛，不過別班學生倒是沒在怕她。

聶泓珈正努力的朝同學走去，踩進土裡、再用力拔出、踩下、再——

『為什麼是我？』

悲淒的聲音陡然傳來，而她的腳……拔不出來。

聶泓珈打了個寒顫，握著鐵鏟微微發抖，杜書綸幾乎是第一秒就發現了這個狀況，趕緊朝著她走過去！

不要這樣！聶泓珈試著想再舉起腳，但是她才剛舉起幾吋——唰——一股力量竟把她的腳拽了下去！

哇！她甚至因爲這樣，重心不穩的往右偏倒了！

「小心！」婁承穎及時的跑到她身邊，握住了她的右肩，阻止了她往右倒下。

婁承穎趕緊將她扶正，順勢曲起了自己的手讓她扶著，應該是淤泥太厚，她不好抽腳吧！

「謝謝……」聶泓珈還是握住了他的手肘，試著想再抽一次——唰！這一次她感受得更加深刻！

有人「圈」著她的腳踝，把她扯下去的！

姍姍來遲的杜書綸觀察著她的舉動，直接站在她身後，「舉不起來嗎？」

一聽見他的聲音，回頭的聶泓珈眼神裡滿是恐懼，但礙於婁承穎在場，她不好說出口啊！

杜書綸沒有遲疑，拿著手中的鏟子就朝她右邊腳後跟的位子鏟下去，鏟尖入土的那一剎那，聶泓珈可以感覺到圈著她腳踝的力道更緊了。

「哇！他在拉我！」她忍不住咬著牙低語。

「哪邊？」

「腳踝！」

腳踝的位置啊……杜書綸飛快的計算距離，再下一鏟！一旁的婁承穎聽得困惑，還舉高了另一隻手，「我沒拉妳啊！我只是讓妳……腳還抽不出來嗎？」

聶泓珈看著他，什麼都沒說的搖了搖頭……她不知道能說什麼啊！

鏟了兩鏟後，杜書綸直接蹲下，以自己的小短鏟開始刨開那些淤泥。

「喂，杜書綸！你在挖什麼啊？」婁承穎不解的喊著。

『為什麼是我！我不要——救我！你救救我——』隨著杜書綸土挖得越深，尖叫聲更加清楚，拽著聶泓珈腳踝的力道也更強烈，要不是她夠有勁，早就被拉倒了！

啊！杜書綸的手觸及了某個東西，那瞬間圈著聶泓珈腳踝的力道，鬆了。

聶泓珈飛快的抽腳，而且順道拉著婁承穎朝左邊退開，離剛剛那窟窿越遠越好。

「李百欣！李百欣！」杜書綸對著前面吵成一片的同學喊著，「不要再吵了，手套借我！」

李百欣有一隻手套，因為她負責撿一些大型物品的。

李百欣錯愕的回頭，因為杜書綸這一喊，這塊戰場被分了神，大家紛紛安靜下來，她莫名其妙的把手套扔了過去。

「怎樣啊？」她靜下心來觀察左右，發現站在旁邊的聶泓珈臉色很差，婁承穎動作也怪怪的。

「別問我，我不……」婁承穎聳了肩，同時聶泓珈鬆開了握著他的手。

杜書綸戴起手套後，反而小心翼翼的把土給撥開，他溫柔的一小塊一小塊的抓著土往外丟，盡可能不破壞到任何東西。

「怎麼啦？」導師努力的走了過來，「碰到什……」

導師瞬間僵在原地，嚥了口口水後，手忙腳亂的找著口袋裡的手機。

附近同學好奇的也湊了近，杜書綸就蹲在他挖出來的坑旁，神情相當複雜。

「哇——哇——」最先靠近的男同學大叫起來，「手——手——」

「什麼啦！」

「有一隻手在裡面！」

一隻呈現攫抓狀，甚爲僵硬的手，藏身在淤泥裡。

問題是，這土下是一個人……或是只有那隻手？

第二章 沒有填上的坑洞

警方很快來到現場，從淤泥裡拿出了一隻手臂，是的，只有一隻右手臂。

而手臂的主人，正是今早在新聞裡那位「誤入」鐵道邊坑洞的死者。由於他卡在通道內的是上半身軀幹，手腳都被撕裂，左手跟雙腳倒是在其他的下水道處被找到，但右臂就隨著水與泥沙流進了校園，待水退去，沉寂在泥沙之中。

這件事一爆出，所有人都很緊張的清掃，因爲最關鍵的頭顱，至今卻依舊無影無蹤。

這件事一轉眼變成S區的災後大事，天災還是人爲，也飛快的找到了答案，因爲附近有許多人都知道，那個坑已經在那邊半個月以上了！早就有人通報、工務處也早就下達命令，但是相關負責人卻遲遲沒有鋪設鐵板蓋住、甚至颱風當日沒有架設臨時圍欄，連警告標誌都沒有放！

就這樣，讓一個無辜的人摔了進去。

他墜入的地方甚至不是水溝蓋，而是旁邊的坍塌處，下方有水管跟鋼筋，水流強勁，只怕一下去身體瞬間就四分五裂了。

網上掀起一股輿論罵浪：據說那個坑已經在那邊一個月了，爲什麼沒有修？而且連塊鐵皮鐵板都不放？再怎樣也要圍起來放個警告標誌吧？

當然也有另一票意見：颱風天出什麼門？不是自己找死嗎？放圍欄有個屁用！那風把我家鐵窗都吹走了，那種塑膠圍欄能有什麼用？

不過，扣除槓精，絕大多數的責任，就是在工務處的林嘉琪頭上。

「我只是想說……想說明天再放而、而已！」女人坐在桌前，痛哭失聲，「我眞的沒有想到，那天會有人去車站，還、還走到那麼旁邊去！」

小小的審訊室裡，桌子這邊的林嘉琪哭得泣不成聲，對面的警察則是滿滿無奈。

「一個多月啊，林小姐，認眞算起來，是三十四天。」警察語重心長，「妳的明天也太久了。」

「我就……我就是……我不知道爲什麼！我就是一直拖下去！我想說那邊不會有人走啊！我哪知道……」

「而且這次強颱進入，妳應該也有收到消息，所有人都是警備狀態，這都沒有讓妳打去處理那個坑嗎？」

林嘉琪後悔不已，她把臉埋進了掌心裡，「我就是想說沒關係，沒人發現……而且既然颱風這麼大，那擺了也沒用……」

「唉！警告標誌或許眞的沒用，但加蓋的鐵板絕對有效啊！」另一名警察搖了搖頭，「妳同事說，妳都騙他們已經處理好了。」

「嗚……嗚嗚……」對面傳來的，依舊只有哭聲，「那裡眞的不該會有人走的，不該……」

「特快車沒有停駛，那天還是有上萬個人次移動，唉。」警察搖了搖頭，「妳的一拖再拖，最終拖出了人命。」

「我眞的不是故意的啊！」

痛心的哭聲自房間裡傳出，但再多的淚水也換不回一條性命。

很多人坐在外頭，聽得一清二楚，也包括警局的常客：兩個S高的高中生。聶泓珈跟杜書綸進出警局很多次了，最近許多案子他們不是目擊者就是屍體發現者，除了命格因素外，大概就是因爲聶泓珈的感應稍微強了些。

武警官這時剛好從外面走進來，一眼就看見坐在警局裡的學生，不由得瞪圓雙眼，帶了幾分驚恐。

「不會吧！有什麼離奇案件嗎？」邊說，他舉起的右手都在微顫了，上一個詐騙集團互殺案都還沒結案，怎麼又來？

武警官是特殊小組，專門負責「常理無法解釋的案件」，所以跟聶泓珈他們自然很熟。

「沒事沒事！」其他警察趕緊安慰他，「鐵軌旁那個坑洞掉落案啊，有一隻手流到他們學校去了，學生在操場清淤泥時撿到右臂了。」

杜書綸正在打遊戲，抽空抬頭看了眼武警官，還客氣的打了聲招呼，「嗨！好久不見！」

「沒事別見吧！」武警官站在原地，眉頭深鎖，他一點都不覺得這是巧合。學生撿到一隻右手斷臂的機會有多少？然後又是這兩個撿到的？

餘音未落，夥伴李警官跟著步入，一眼見到杜書綸與聶泓珈也是倒抽一口氣。

「好沒禮貌喔！」杜書綸一臉無辜，「我們只是在淤泥裡撿到一隻斷臂。」

老李一臉不相信的看向武警官，「眞的假的？」

「準沒好事！」武警官已經非常瞭解他負責的案件，向來都是連鎖反應，「快點把手上的案子結了，不然下一個就要來了！」

「之前的蒼蠅案都沒結咧，你跟我說又有下一個？」老李一個頭兩個大，「同學，行行好吧？」

「不關我們的事啊！」聶泓珈也很無奈，她完全不想撿到一隻斷臂好嗎！

明明是那隻慘白且毫無血色的手臂，先抓住她的。

「欸，武警官，那個舉報詐騙集團的男生後來怎麼了？」杜書綸叫住了要閃進裡頭的武警官，「就是媽媽被燒死、還有一個弟弟的！」

他說的是爲了賺錢、跑去當車手的一個學生，但他最後良心發現，不僅歸還了被詐騙的錢，還跟警方自首並舉報詐騙集團的所有窩點；他不太需要擔心被報仇，因爲那個詐騙集團基本團滅，全部死在他們學校的操場上。

武警官知道那些詐騙份子是被怨魂所殺，受害者從地獄爬出來討公道的……或是討錢的。

不過提起那個孩子，武警官還是覺得有些欷歔。

幼時喪父，而母親的生存方式就是帶他們不停的依賴男人，繼父好賭又家暴，將他存的錢全數拿去賭博，才逼得他進入詐騙集團賺錢；結果才第一次去騙人，就因爲愧疚把錢還給對方，同一天撞見母親爲了錢燒死繼父、甚至連生父當年可能都是命喪母親之手，而母親劈腿的男友帶著大筆金錢逃之夭夭，只扔下他與年幼的弟弟。

最後，他主動向警方自首，舉報詐騙集團的窩點。

「他弟弟送去福利院了，我們現在懷疑他生父的死，可能跟他母親有關……不過現在人都死了，查這些也沒有結果。幸好他未成年，罪刑還算輕，但目前不可能有能力撫養弟弟。」

「那養父賭贏的那兩千萬呢？」杜書綸關心的是這點，因爲在暗網裡，流傳的關於「吃人ATM」的消息。

他可是有位身爲駭客的姐姐，之前傳給他一張帶血的身分證件，是一位宋叔叔，正是那位舉發者少年的鄰居。

武警官沉吟幾秒，「那位宋先生至今下落不明。」

那幾秒的閃爍已經給了杜書綸答案，警方應該拼了命在掩蓋ATM的血腥現場，他只是可惜了那兩千萬。

「一隻斷臂也跑來做筆錄，辛苦了。」武警官敷衍的邊說，邊拍拍杜書綸的肩，「幸好你們習慣了。」

「喂！」先不滿出聲的是聶泓珈，她可不想習慣。

她並不喜歡遇到命案，也不喜歡撿到手臂，更不喜歡聽見偵訊室裡那聲聲後悔的哭泣……即使哭泣的人，害死了一個人、破壞了一個家庭。

大手摟過了她，杜書綸知道她在難受。

「明日復明日，明日何其多？」他幽幽的說著，「這麼一懶一拖，就拖出了一條命。」

「太冤了。」她囁嚅的說，「他、很、冤。」

杜書綸聽出她的語氣，心臟揪了一下，「他說的嗎？」

聶泓珈難受的點了點頭，那份不甘與怨恨太過清晰，而且還帶著種不情願，才會只剩一條斷臂，也想死命的把她往下拽。

「果然……」他刻意把手掩著嘴，低聲喃喃，「妳都沒覺得奇怪嗎？那隻手臂怎麼可能從下水道浮上來？還漂到我們操場？」

「……為什麼不可能？很多水溝蓋都被沖走了，順著水浮上來應該是可能的吧？」

整個S區裡有數不清的水溝蓋都因爲水滿爲患，被浮力衝上後再被沖走，那麼大的洞，一旦淹水，那隻……聶泓珈難受得皺起了眉心，她知道杜書綸在說什麼了，因爲那是一整隻手臂啊！

從肩膀到指尖，呈現く字形，在下水道中不是會被沖爛、被撕扯開，就是該卡在哪條管道那兒，更別說臂長比水溝還長，除非手臂是垂直被水流送上來的！

「不是全沒可能，但是……」杜書綸掐著自己的衣服，「那個連指尖都完好無損的情況，看得我一身涼……」

聶泓珈打了個寒顫，不知道爲什麼，意識到這點後，她覺得警局裡好像冷了些！

事實上，在警局後方的辦公室裡，武警官已經收到了驗屍官那邊傳來的照片，一隻毫無血色、蒼白如紙的人類手臂，乾淨得像是直接卸下來再清洗過，外頭可能還包了氣泡紙般，完好無損，一絲擦傷也無！

「欸，便當送來了沒？你去看一下！」

「S高那兩個可以回去了。」

不遠處的幾名警察正在交代事務，但是被交代的人卻一副懶洋洋的模樣，心不在焉似的坐在椅子上，坐也沒個坐相。

「眞麻煩，便當來了，門口的不是會幫我們拿進來嗎？」
「S高的……喔，唉，好啦！」
兩個警察邊說還邊打著呵欠，果然立刻被訓斥，杜書綸擰著眉看著兩名警察不情願的站起，一個朝門口走去，另一個意興闌珊的朝他們走來。
「同學，沒事了！」負責做筆錄的警察說道，「大致情況就這樣，如果晚上有做惡夢或是有什麼不舒服的，一定要記得找醫生！」
「我現在就已經不太舒服了……」杜書綸忍不住扶額，話還沒說完，左後方的房間裡傳來了尖叫聲。
「我不是故意的！求求你們——我不想被關在這裡！」
他們不約而同回頭看向那間審訊室，女警帶著林嘉琪出來，她雙手上銬，非常不配合的被拖出來。
「我沒有殺人！我爲什麼要被關在這裡！」她瘋狂的又叫又跳，「我不會逃的，該我的責任我會負，爲什麼不能交保？」
「這是法官的決定！」警察帶著不悅的低斥，「林嘉琪，一條人命！一個家庭！妳要去對吳先生的小孩說嗎？妳只是偷懶、拖延，所以害得他們爸爸的頭至今都還找不到？」
哇！戰力好高！整個警局不管是誰都鴉雀無聲，更有幾個大尾的流氓轉頭瞪著林嘉琪，啐了口「人渣」！

林嘉琪心虛的不再掙扎，被帶著進入裡頭的拘留室，至少得在這裡待一晚。她哭得眼都腫了，一把鼻涕一把眼淚的，看上去彷彿她才是受害者似的可憐。房間裡早有幾個女性疑犯，一見到她就展現出強烈的敵意。

「人多少都會拖，但妳那個是公共安全耶！把人弄死了！」

「哭三小啦！妳是委屈什麼！死的爲什麼不是妳？」

裡頭的女性疑犯們不客氣的動手推了她，女警在外面喊了幾聲制止，但沒有多嚴重的肢體衝突，警方也就不太在意；林嘉琪恐懼得縮到角落躲起來，但引起公憤的她，只怕這晚不會太好過。

誰都會拖，能偷懶誰喜歡積極！聶泓珈覺得不會有人是故意的，但是現在出了事，她就得負責！

跟導師報備完後，他們兩個離開警局，走下了數階的階梯後，兩個人紛紛騎上腳踏車，原本導師是該陪他們來的，但是學校有更多的人跟事要管，加上他們兩個對於警局簡直是熟門熟路，所以……

跨上腳踏車時，杜書綸重重嘆了一口氣。

「喂，什麼事值得你這樣嘆氣？」

「珈珈，我們回程進去芒草原一趟吧！」

咦！聶泓珈嚇了一跳，她立刻別過了頭，雙手緊掐著龍頭，「我不要！」

白天光經過就讓她毛骨悚然了，她不要進去！

「那邊有什麼對吧？我早上就看出來了！妳就不擔心出事嗎？」

「我不想管那些事！不要管不就好了！你怎麼突然這麼積極？那天在工地頂樓的事你還記得嗎？我們差點摔進水泥裡耶！」聶泓珈強忍著激動，「我不想再經歷那樣的事情了！而且我……我明明要當透明人的，但是你回想一下高一到高二，我們根本九死一生！」

喝！聶泓珈話說到一半，突然打了個哆嗦，她瞬間感受到一股冰冷從腳底湧上，彷彿有水自腳踏板湧上，一圈一圈的將她團團包裹，又冰又濕，而且水壓甚至壓迫著她的胸膛，讓她有點難以呼吸！

「珈珈？珈珈！」杜書綸立即跳下車，衝到她身邊，「聶泓珈！」

拽扯的一瞬間，水疾速退去，聶泓珈又一個寒顫，發著抖看向了杜書綸……

「……他來了……」聶泓珈雙手扣著杜書綸的肩頭，「有東西順著水進去了！」

那種滲入肌膚裡的濕漉感，太清晰了！

「水？進去哪？」杜書綸抓著她的臂膀邊問，一邊朝著警局看去。

他卻看見地上一抹影子，輕盈靈巧的沒入了樓梯底下，那像是一大灘水，一大灘會移動的水！

他立刻甩下聶泓珈往樓梯上奔去，看著剛剛那陰影所經之處，居然絲毫沒有任何濕濡！

「那個林嘉琪！」

女人看著鏡中的自己，她知道自己有錯，但是卻也眞心覺得自己委屈……她眞的沒想到會有人掉下去，這麼大的颱風，是有什麼十萬火急的事，非得那時出門？

今天那男人沒掉進那個坑，他說不定也會被招牌砸死……眞的就是她倒楣！

「那些混帳也眞不夠義氣，他們怎麼可以跟警方說我壞話？」她忿忿的抱怨著同事，都已經出事了，他們居然還在落井下石？把她之前工作的狀況全說了一遍。

這樣不是更坐實她騙人又常拖拉的事實嗎？

煩死了！早知道她就把事情處理好，放圍欄、蓋鐵皮，就只是拖了幾天……十幾天而已，這又沒什麼大不了的？天曉得會發生這種事！

「我該怎麼辦？」她可不想因爲這種事坐牢，這對她太不公平了。

她是跟女警說要上廁所才過來透口氣的，一起關在拘留室裡的女人們對她很不客氣了，搞得好像是她推了那個男人下坑洞似的。

轉身要離開，才抬腳，卻聽見了水花聲。

咦……林嘉琪低首才發現，曾幾何時，廁所地板居然積水了？

她彎下腰朝洗手台下方看去，排水孔裡不停的冒出了水，像水管堵塞倒灌似的，噗嚕嚕嚕的拼命向外冒，不知不覺已經淹了有一公分這麼高。

水相當混濁，畢竟颱風剛過，摻著黃土的水到處都是，要等水質乾淨還得好幾天。

林嘉琪小心的涉水而行，朝門口去，她要快點出去，順便告訴警局，他們的水管堵住了。

『爲……什……麼……噗嚕嚕……』

帶著迴聲的說話聲突然傳來，嚇得林嘉琪呆了住！

因爲聲音幾乎就在她身後，是從這間廁所裡傳來的啊！

她回過身，剛進來前女警才確認過裡面只有她一個人，現在這聲音是從哪邊……噠、噠。

細小的動靜來自於剛剛她查看的排水溝蓋，林嘉琪再彎身定神一瞧，看著有東西從水溝蓋裡鑽了出來。

一根、兩根、三根……是手指。

手指從水管裡伸出，鑽出了蓋子，現在正用力的要把蓋子給撐開。

女人腦袋一片空白……看著正在努力舞動的手指——難道水管裡有一個人嗎？

「哇！」她嚇得迴身，即刻要拉開廁所門，「救命！」

雙手擱上門把，使勁一拉——喀，門把被扯斷了。

林嘉琪甚至因為反作用力，整個人向後踉蹌，重重的摔到了地上、摔進了水裡！

「啊……」她頭先著地，瞬間一陣頭昏眼花！

就此失去了意識。

而外頭一點都不平靜，先不論衝回來的兩個高中生要做什麼，因為拘留室裡已經出狀況了！

收押女疑犯的那間拘留室裡，所有女性疑犯突然間歇斯底里的尖叫，她們做出各種過激行為，有人以頭撞牆、有人試圖扯著鐵欄杆、有人跳上椅子放聲尖笑，群魔亂舞之態。

警局頓時大亂，但還在外面做筆錄的警員不敢輕舉妄動，他們紛紛確認嫌犯都是上銬的，提高警覺，隨時等待上方下達命令。

警局裡頭自然是兵荒馬亂，女警有限，男警也都到拘留室外，試圖讓女性疑犯們安靜下來，但情況根本失控；當一名女警靠近欄杆，試圖以警棍勒令抓著欄杆尖吼的嫌犯停下時，冷不防被對方伸出的手抓住衣領，狠狠的往欄杆上一拉，咚的一聲，女警前額撞上鐵杆，當下就失去了意識。

「別靠近！全部別靠近！」資深學長衝了過來，「使用電擊槍！快點！」

一名警察聞言，即刻拿出電擊槍，對準剛剛施暴的女犯人就電了上去——女性疑犯全身因電擊劇烈發顫，但伴隨出的反應卻是……狂笑。

「嘻嘻嘻！哈哈哈哈哈！哈哈哈哈——」她連笑聲都是帶著電抖的，「跪拜吧，祈禱吧，我們的主人即將降臨，用你們的血孕育他吧！」

「在說什麼東西啊！」

根本沒人想理她們說什麼，警察只知道即使收回了電擊槍，對方依然站得直挺挺的，彷彿電擊對她們而言只是搔癢罷了！

「遠離拘留室！退後！」一陣暴吼突地傳來，壯碩的男人衝了進來，「全部離開！」

「武警官！」

剛被電擊的女人手正好伸出要抓住電擊槍，所幸武警官先一步拉過了同僚，避免了他也被扯上前撞上欄杆。

隔壁男性拘留室的疑犯們紛紛嚇到踩到椅子上，全體縮到了左邊牆壁，離隔壁能有多遠就多遠，誰叫隔壁的女人們個個有病似的！而且他們第一次見到有人能被電擊後，手腳晃動還能狂笑的！

那笑聲令人聽了頭皮發麻啊！

突然在下一秒，笑聲驟停，而一整間的女性疑犯都直挺挺的站著，雙眼發直的望著前方，接著緩緩咧開了嘴，露出幾乎要裂到嘴角的笑容，開始異口同聲：

「愚人們，我們的主人即將降臨，用你們的血來孕育他，是你們的使命！」

「愚人們，我們的主人即將降臨，用你們的血來孕育他，是你們的使命！」

她們說得如此整齊劃一，不停的重複，整間警局迴盪著她們的口號；每個字都聽得懂，但是連在一起真的不知道她們到底想表達什麼！

其他人一時無法理解，但身爲特殊警察的武警官只感到莫名的恐懼——降臨的主人……是個什麼東西啊!?

被許可進入的杜書綸一衝進來就聽到了那令人毛骨悚然的傳道聲，他僵硬的走著，尾隨而入的聶泓珈更是全身汗毛直豎，絞著雙手看著不可思議的一切。

於此同時，雙眼發直的女性疑犯們邊重複唸著，眼神竟同步移動了。

老李第一時間回頭，順著她們的眼神看去，只見兩個突兀的高中生正步入，而那些女嫌犯的視線似乎是跟著他們移動的！

武警官也已經發現了，他回頭看向杜書綸，伸手示意他們站住，杜書綸趕緊停下腳步，聶泓珈也緊張的停住。

電光石火間，那近十名女性疑犯齊唰唰地癱軟倒地，簡直像突然斷電的機器人一樣！

聶泓珈壓制著發顫的雙腳，上前扯了杜書綸的衣服，「那邊！」

她指向了角落，那邊有一股令人窒息的陰氣。

「你們進來這裡做什麼?誰讓你們……」武警官第一時間回身朝學生衝去。

「林嘉琪呢？」杜書綸根本沒讓他說完，「拘留室裡沒有她！」

「林……誰？」武警官一時反應不過來。

「林嘉琪，那個坑洞案的疑犯。」一旁的警察趕緊答話，「她剛剛申請去洗手間了！是珮柔帶她去……珮柔？」

說話的警察愣住了，因爲那個應該守在女廁外的女警，現在正在協助同仁戒備，她們要準備進入女性拘留室裡。

女警聽見有人叫喚，錯愕回首。

「妳不是應該看著嫌疑人嗎？」武警官高聲喊著。

「啊！」女警這才回神，「剛剛這邊緊急，我就先過來幫忙了！」

剛剛那種狀況，怎麼可能不分心，同仁受傷，有人慘叫，她以爲警局受到攻擊，第一時間就衝過來了！

「快點！女廁！」聶泓珈忍不住尖叫出聲。

廁所裡，林嘉琪因爲剛剛的摔倒，喪失幾分鐘的意識，她迷迷糊糊的睜眼，撐著身子想要翻過身。

才一回首，卻看見……一隻手掌，已經擠出排水孔。

林嘉琪出生以來沒看過這種景象，有個人眞的一寸一寸的從排水孔中「擠」了出來，先是手指、再來是手臂，然後是身體……那個排水管彷彿彈性十足或是什麼異空間，可以容納得下一個成年人。

其實她知道啊，那是因爲從排水管出來的不是人啊！

終於，一個成年男子爬了出來，扭曲變形的身體出來後才恢復正常，他全身赤裸的站在窄小的洗手間裡，他只有一隻左臂、完整的軀幹與雙腿，頭部也是不規則的撕裂斷口，加上缺失的右手臂，這怎麼看都不可能是人啊！

沒有血色的身體眞的白到像是服飾店櫥窗裡的塑膠模特兒，對方好不容易才站穩，面對著縮在門後角落的女人。

「哇啊啊啊——你不要靠近我！我不是故意的！」林嘉琪虛弱的告饒，她剛剛已經拍門求救，喉嚨都快喊啞了，但外面無人回應。

『妳的偷懶殺了我，凶手難道不是妳嗎？』

男人的聲音直接傳進她的腦子裡，每一個咬字都帶著忿恨不甘。

「我沒有！你為什麼非得颱風天出門啊！那裡明明不會有人走的，我有要處理的！我真的決定颱風一過就要叫人蓋住它的！」林嘉琪抱頭喊著，她根本不敢去看那個爬出水管的人。

『騙子。』腦裡的聲音斬釘截鐵的打斷了她，『妳只會說明天。』

明天再弄好了。

明天一定要記得申請鐵板覆蓋。

明天先圍起來好了。

明天放警示牌。

明天，明天一定要做。

明天。

「對不起對不起！」林嘉琪把頭埋進雙膝間，「我會好好補償你，會燒很多紙錢給你，我……」

『我已經沒有明天了！』

「哇啊——」

隨著爆吼聲，廁所內彷彿遭雷電炸裂般，天花板的日光燈瞬間炸開，引得林嘉琪失聲尖叫，但她還沒來得及反應，一股強大的力量瞬間上吸，將她整個人吸到了半空中。

「啊呀！」

她眞的是呈現仰躺大字型的浮在半空中，看著離自己過近的天花板，她全身劇烈顫抖。

她撞鬼了！這眞的是惡夢，她居然撞邪了——唰！宛如雲霄飛車般，有另一股更大的吸力將她往下扯，讓她重重的摔上了地！

磅……嘩！

「啊！」

後腦杓著地的響聲被積水吞去了幾個分貝，但是奪不去疼痛感，林嘉琪瞬間暈頭轉向，全身疼痛不已……可是還沒來得及反應，她再度被天花板的吸力吸上——再落下。

「啊啊——哇——」感受到撞擊劇痛感的林嘉琪終於發出了悲鳴，「呀救——」

磅——磅——磅——水花一陣、一陣的濺起，曾幾何時，除了水花聲外，再也沒有其他聲音了。

門外的警察們趕到，原本一推就能開啓的門，此時此刻居然紋絲不動，才剛靠近的杜書綸即刻打了個寒顫，嚇得連退幾步。

武警官及時回身抓住了他的上臂，身後聶泓珈也抵住了他。

武警官緊鎖眉心，看著男孩的慘白臉色，神情凝重，「怎麼了？」

「裡面……」雞皮疙瘩同時爬滿了他的手臂，「你沒聞到嗎？」

多麼重的血腥味啊！杜書綸轉身看向聶泓珈，她雙唇顫得厲害，身體也持續發抖，緊緊抓著杜書綸的手，惡寒是一陣接一陣的。

「好冷……冷……」她戰戰兢兢的看向女廁門口，「裡面是全黑的，很重的邪氣！」

武警官用力做了個深呼吸，第一時間推著杜書綸的背，要他們兩個遠離廁所，越遠越好。

「別開了！」他阻止了慌亂的下屬，「都站到旁邊去。」

「喂！別破壞鎖啊，局裡不知道有沒有這個預算！」老李趕緊勸阻，望著這扇門，連他都不舒服起來了。

「進不去就等吧。」武警官消極的搖了搖頭，「不過，門後應該已經……」

喀。

彷彿聽見了他的話語，門突然開了。

那是很明顯的開啓聲，對方還貼心的將門推開一小縫。

武警官將警徽擦亮，挺直腰桿，那雙手緊張的握緊飽拳，小心翼翼的推開了那扇門。

整間女廁只剩廁間的燈是亮著的，外頭的燈已經壞掉，甚至還冒噴著火花，火星從上冒出，落了下來。

落進了紅色的血水裡。

林嘉琪全身以不正常的姿勢扭曲著，像個破布娃娃般骨頭盡斷，扭成了一團，躺在了紅色的水中。

積水淹過了她半個身子，血是從她的身上流出的，武警官卡在門口不敢貿然進去，因爲這整間女廁，全都是命案現場。

「馬的……」老李只瞥了一眼，又反胃的別開眼神。

林嘉琪的頭扭轉了一百八十度，雙臂肩胛骨的地方是反向扭轉，整個人變成一個球體，有夠噁心。

「叫鑑識小組！」武警官下了令。

就在這時，排水管突然傳來通暢的聲音！

剎剎剎剎！

咦！警察們跳了起來，親眼看著整間血水疾速的順著排水管流掉了。

「等等！鞋套呢！快點——血要流走了！」

「先堵上排水孔！」

「快點！」

有別於警局裡的各式紛亂，退到角落去的兩個高中生臉色鐵青的看著這一切，身高較矮的杜書綸，依然是圈著高大的聶泓珈，誰讓珈珈抖得這麼嚴重！

「芒草原有問題對吧？」他沉著聲問，「連警局都……」

「主人要降臨是、是什麼意思？」聶泓珈從頭到尾，最在意的是這句話。

是誰要降臨了？

第三章

芒草原裡的祕密

兩個學生跳下腳踏車，將腳踏車甩在芒草原的邊緣後，便打開手機手電筒，打算入內一探究竟；不知道是不是因爲芒草被颱風吹得壓倒，當芒草無法遮蔽視線後，就沒那麼令人不安了。

「行嗎？」杜書綸站在聶泓珈身邊，依舊尊重的詢問。

「不行，這種事永遠不行的……我們不知道裡面有什麼啊！」聶泓珈用力搖著頭，爲什麼他們老是來面對這種未知事物？

珈珈會怕是自然的，畢竟她比一般人敏感，也更容易看到魍魎鬼魅，更別說……這片芒草原連他都覺得不舒服了！

「沒關係，只要妳不願意，我們立刻回家。」杜書綸從來不會強迫她。

但是他知道，聶泓珈內心深處，是希望知道答案的。

聶泓珈緊張的喘著氣，胸膛劇烈起伏，她痛苦的緊皺著眉，最終從口袋裡拿出一個金色的手指虎，套上了左手。

「跟在我身後。」她看著站在左方的杜書綸說。

杜書綸骨架比一般男生纖細，長得又眉清目秀，若是戴上假髮、化個妝，都能輕易扮成僞娘；而人高馬大、骨架粗、又一身肌肉的聶泓珈，留著短髮、低沉聲音，男生制服一穿，輕易吸引女孩目光，高中甫入學時，還被大家認爲是新生中的數一數二的清秀帥哥呢！

先天體型的差異擺在那兒，所以杜書綸向來不逞強，就算他再如何健身，也沒珈珈體魄好，後院老樹上掛著的八十磅沙包，可是聶泓珈專屬的；他自小就是在珈珈的保護下，他非常習慣。

貓到聶泓珈的身後去，他們踏入了芒草原，深夜無光的芒草原依然給人一種淒涼感。以前總是戰戰兢兢的撥草前進，深怕有什麼東西會從芒草裡衝出來，他們都見識亡靈突然殺出來的景象，嚇得人魂飛魄散，連尖叫都來不及的驚駭。

現在無數芒草盡折腰，風強勁得讓它們難以恢復，最多就到他們的腰際，所以恐懼感稍微減低了一些。

這片芒草原就在他們家附近，佔地相當廣闊，每根芒草都比人高，盛開時隨風擺盪，甚是漂亮；而第一次發現詭異事件，就是在芒草原裡出現類似麥田圈的魔法陣，真的跟電影動漫裡一樣，一個圓形的陣圖，但是複雜得多，然後他們還在這裡遇到了凶惡的厲鬼，以及被撕碎、散佈在芒草原各地的屍塊。

那也是第一次，直面所謂的低階惡魔、看見好好的同學變成厲鬼，感受到那種殘暴與殺戮。

此後，這片芒草原就給了他們很大的心理陰影，只是沒有想到，從遇到第一個惡魔後，此後卻接二連三不停的——停！

杜書綸冷不防地扣住了聶泓珈的手肘，拉停了她。

空氣中傳來一股臭味，聶泓珈瞬間領會，反手也握住了杜書綸，兩人一起蹲下，還小心的挪動到一堆較厚的芒草後。

杜書綸掩鼻蹙眉，這什麼氣味？也太臭了吧！

細微的說話聲傳來，接著是笑聲，聶泓珈朝他瞥了眼，在他的掌心寫上了「毒」。

原來是在吸毒，難怪那味道臭得要命。

杜書綸沉吟了一下，他突然壓住聶泓珈的肩頭，比了比外頭，他想去看一下。

你瘋了嗎？聶泓珈抓住他的手，瞪大的眼睛都是責備。

沒關係，我偷偷去看一下，妳在這裡別動。杜書綸使勁拔著自己被握住的手。

聶泓珈一臉就是休想、不可以，杜書綸無奈的指指來時路，表示回去好了。

結果她才一鬆手，杜書綸扭頭就朝著毒蟲的方向去了。

杜書綸！

聶泓珈氣急敗壞的差點叫出聲，不過還是克制住這股衝動，不能讓對方發現！她現在是書綸的後援，萬一等等出什麼事，至少有她去救他！

約莫七、八個人，或躺或臥的在芒草原上，他們以芒草爲鋪墊，睡得非常舒適，中間有塊紙板，是紙箱的一部分，上頭的毒品殘骸橫七豎八的放著，每個人都一臉滿足之態，看起來已經吸嗨了。

在芒草原裡面吸毒啊……也真厲害，除非風向剛好往馬路吹，要不然這段距離不短，根本不會有人進來，也就沒人發現。

杜書綸大膽的走到他們身邊，沒有任何一個人反抗，杜書綸仔細打量著那群毒蟲，他們的手臂上滿佈著針孔，手臂內側都泛著青紫色，個個面黃肌瘦，形容憔悴，看起來在吸毒這條路上的經驗值也不低了。

這些吸毒者、毒品、鐵道旁坑洞，加上不負責任的林嘉琪，有什麼關聯嗎？

還有那個要降臨的傢伙又是什麼？

最糟糕的不是那個死掉的林嘉琪，也不是這些毒蟲，而是那票女人口中不停唸著的「降臨」是什麼東西！

他很快的折返回聶泓珈身邊，兩個人不再停留的走出芒草原，跨上腳踏車離開。離開後聶泓珈忍不住破口大罵，責怪杜書綸怎麼可以這麼冒險！

「要是那些人吸毒茫了，出現幻覺，把你殺了怎麼辦？」聶泓珈實在怒從中來。

「我有妳啊！」杜書綸還有空開玩笑，「都能一拳揍扁厲鬼的珈珈，面對區區毒蟲，小意思！」

「最好！你不知道那些毒蟲發起瘋來比厲鬼可怕，生啃一個人的臉都是小事！」聶泓珈緊握著龍頭，手背都冒青筋了，「我看過他們那種力道，那種——」

比鬼還殘忍的力道。

聶爸是警察，所以珈珈知道這些無可厚非。

杜書綸趕緊伸長了手，覆上聶泓珈冒著青筋的手背，「對不起，讓妳擔心了。」

是他不該，不該讓聶泓珈這麼緊張，她的恐懼並非偽裝，手背上的青筋若是再多出現幾條，等等被揍的就是他了。

煩！聶泓珈使勁甩開他的手，恰好綠燈，疾速的踩著腳踏車，如箭矢般衝了出去！

「喂！珈珈！我就說對不起了嘛！」杜書綸唉喲的在後面急起直追，但再怎麼努力，也追不上聶泓珈那雙健壯的腿。

一路騎行回家，颱風過後天氣已經放晴，不過卻依然颳著大風，臨到家前突然掃來一股強勁的風，逼得他們低下了頭，接著不遠處的森林也跟著發出沙沙聲響。

『愚人們！』

樹木們搖晃得厲害，沙……沙沙……

喝！聶泓珈腳一軟，人跟著腳踏車一起倒了下去！

「珈珈！」杜書綸飛快的將手鑽過她的腋下，勾起了她！

腳踏車摔在地上，不過聶泓珈及時被拉住，她下意識的攬住杜書綸的頸子，偎在他身上，好讓自己穩住重心！

「不是芒草原，是那邊……」她緊張的嚥了口口水，「在森林裡。」

杜書綸忍不住倒抽一口涼氣，森林啊，他的小腿突然又隱隱作痛起來了，前不久他才被巨大蒼蠅追殺過，森林的幽暗與神祕，他實在敬而遠之。

「我以爲那位摔入坑洞人已經復仇完畢了……那些女人說的降臨，是在那裡嗎？」杜書綸憂心忡忡的眺望遠方。

「不知道……但事情還沒完，邪氣很重很重，那位林小姐死掉之後並沒有消失。」聶泓珈忍不住再看了森林一眼，那股邪氣，跟森林上方的一樣沉重，「不必靠近就令人不舒服……是不是，有人在裡面召喚了什麼？」

惡魔之書，據說是惡魔故意放在人界流傳的書本，裡面記載了各種咒法，以滿足人類的欲望，不管你想要什麼願望，照著那本書可能都能實現——只是以惡魔的方式實現。

之前就發生過許多詭異的事件，都是有人爲了滿足願望，使用了那本書裡的咒法。

「妳說惡魔之書嗎？不可能！」杜書綸搖了搖頭，「魔法陣的圖案太複雜，要畫得精確是一回事、還要有祭品……」

「那是惡魔學！唐大姐說過惡魔之書簡單多了，爲的就是要誘惑人輕易召喚惡魔，以交換靈魂與願望啊！」聶泓珈有幾分微惱，「你搞混了。」之前他們遇到惡魔時，警方請了專家來幫助他們驅魔趕鬼，有對唐家姐弟就非常厲害，他們甚至熟讀惡魔學……果然每個世界都有自己的知識！後來他們拿到了惡魔界的法器與護身符，聶泓珈口袋裡的手指虎正是惡魔界的東西！

用魔法打敗魔法，還得是同一個世界的物品啊！

正式召喚惡魔說難很難，但要簡單也能很簡單，正式的法陣非常複雜，可是……有時一念之間，人心就能墮魔，輕易就能喚出惡魔與之共鳴也行。

「啊……對，是啊，那本蠱惑人的惡魔之書的確比較簡單。」杜書綸微擰了眉，「我會覺得機會低，雖然唐姐他們正在回收那本書，但最近發生的事情，都與那本惡魔之書沒有正相關，對吧？」

暴食與貪婪，幾乎都是人類的欲望無盡，才引來惡魔的，並不是誰召喚出了惡魔，惡魔才誘人開始產生貪念。

「是……是啊，都是人類自己吸引了惡魔，所以——」聶泓珈扳起了手指，「色慾、憤怒、暴食、貪婪……」

七原罪，他們早就已經盤點過了。

杜書綸痛苦的深吸了一口氣，仰首看著過分黑暗的天空，今天的天太黑了，不是深藍、沒有星月，沉重得如同他心裡的霧。

「是懶惰啊……」

原來是因爲懶惰啊！所以才會這麼輕易……

Sloth。

「那個林嘉琪就是懶散，懶得認真工作、懶得去處理坑洞的警示或塡蓋！正如你說的，明日復明日、明日何其多？就這樣直到颱風天也沒做任何補救。」聶泓珈用力握了拳，「她就是懶惰者之一，犯下原罪者。」

杜書綸沒回應，又重重的嘆了一口氣。

的確，拖延症的確是懶惰的經典症狀之一——但是誰沒有啊？

「武警官沒讓我們去看廁所裡發生了什麼事，但是他臉色很難看，林小姐會不會只是第一個？」聶泓珈突然緊張的看向杜書綸，「所有懶惰的人——」

「那我們誰都逃不過啊！誰不懶啊！」杜書綸只覺得荒唐，「懶得上學、懶得唸書、懶得洗碗、懶得上班！這每樣都能是罪的話，我們整個S區早死透了！」

「……對，對啊，以前我被叫著練拳時，我也懶得練，都是被打出來的勤奮！」聶泓珈望著自己的右拳，所有在各行的專精者，幾乎都有這段血淚史，因為怠惰是天性啊！

因此，那位林嘉琪的「懶」害死了人，亡者才會爬上來找她！

「關鍵在事情的嚴重程度嗎？」杜書綸難受的頻揉眉心，「這事有完沒完啊！」

還在聊著，杜家廊下燈亮，杜媽媽推開門，「你們回來啦！怎麼在外面聊呢？進來了啊！快可以吃飯了！」

「啊！好的！」聶泓珈趕緊拉起腳踏車，「我先回家換衣服！」

杜書綸牽著車進入自家庭院，還是忍不住看向那依舊搖晃得激烈的森林。

他有非常非常不好的預感，關於那個降臨，以及「孕育」。

這夜警局一點都不安寧。

好不容易把林嘉琪的屍體從廁所裡移出，但是血水已經排空，只能拿到地磚縫裡一點點殘餘的跡證，死者每個關節都斷掉，像個破布娃娃般扭曲得蜷成一團，唯一看見的傷口卻在後腦杓，是因劇烈撞擊而形成的凹裂。

武警官蹲在廁所中，仰頭看著天花板，天花板上一個橢圓形的血跡讓他感到心死。

「來回撞擊嗎？」同僚老李站在門口，跟著朝上方望去。

天花板就一個人字型的印痕在上頭，幾小時過去都沒消失的水痕跟血痕，全部像拓印般拓在上頭。

問題是，這挑高四公尺的一樓，一個人是怎麼能平躺著來回撞擊？

「想多了我都胃痛。」武警官重重嘆了一口氣，「我覺得應該要召開一次會議，我們真的需要一大筆基金，請專業人士把惡魔驅離我們的土地。」

「最近發生多少案子了，沒有影響到那些政客跟富豪，他們根本無動於衷。」老李年紀比武警官大了十餘歲，在警界已經看夠多了，「一定要動到他們的蛋糕，他們才會願意出手。」

武警官擰起眉，「我就怕到那時……已經來不及了！」

「可以跟首都的人求救嗎？那位章警官？」

「首都的狀況比我們嚴重太多了，聲色犬馬之都，光鬼就比我們多太多了，哪有餘力幫我們？」武警官搖了搖頭，「我們缺的是專家，不是警力支援！」

「我看過過檔案，最有名、做事最乾淨俐落的是那對姐弟吧？之前汽車旅館案他們也有來幫忙！」

「對，但他們也是最貴的，錢沒到位請不動。」武警官最嘔的就是：地方明明有錢，卻都沒人願意出！

老李斷了聲，「原來啊，所以之前蒼蠅肆虐事件他們就沒來了，靠的還是那兩個高中生。」

「沒人不怕鬼吧？尤其那種帶怨的厲鬼更可怕，更別說魔物了……非不得已，我很不希望讓孩子去涉險！」武警官起了身，「可是那兩個孩子像是有什麼磁力體質似的，一直遇到這些事！」

「那個很帥的女孩看得見啊！但她……有能力嗎？」

「我說不上來……感覺沒有，但是卻每次都能九死一生的活下來。」武警官內心正在暗忖，因爲至今他沒告訴過其他人，之前驅魔人的唐家大姐唐恩羽提過，兩個高中生是幫得上忙的。

因爲，他們給了幾本書。

就這樣？是什麼驅魔祕笈嗎？看了就會的話，那要不要先給他看看，這樣他做事更方便啊！

無奈說再多都沒用，出多少錢請什麼等級的專家，他們S區出的錢，連猴子都請不到！

所以，只能看著人命一條一條因爲各種光怪陸離的意外逝去，有人的確是自做自受，有的是天道輪迴，但是如果沒有那些惡鬼作祟，就不至於發生這麼多慘案。

不是只有死亡才是解決事情的唯一辦法啊！但對於無辜受累的受害者來說，就是殺了害死他們的人，他們才能一解怨氣！外人更不必裝聖母立牌坊，不過都是一群站著說話不腰疼的人，誰都不是受害者，誰都沒資格去評論！

剛剛那些齊聲說著詭異話語的暫押犯人甦醒後，無一人記得發生什麼事，被電擊的那人只記得自己全身都疼，不明所以，自然也不記得她曾經抓一個警察去撞鐵欄杆的過程。

「小武！」外頭站了一個滿臉嚴肅的同事，「你過來看一下。」

來人是負責監視設備的張叔，看他那難看的臉色，就知道大事不妙。

武警官與老李趕緊隨著他來到監控室，進屋時，小小的房間裡居然站滿了人，特殊調查組的組員外，也有幾位偵察隊的學長。

氣氛非常凝重，武警官調整了呼吸，朝著大家頷首。

「人多比較鎮得住。」資深學長安慰著他，「我們幾個都算資深的，警徽夠亮。」

該死！武警官開始冒冷汗了，老李一隻腳還在門外就想逃了。

大事不妙啊！

桌上的螢幕停在對著拘留室的畫面，那時一切都還正常，因爲裡頭的女性正包圍著林嘉琪進行欺凌。

「開始了。」張叔望向武警官，彷彿在說：心理準備要做好喔。

這種事永遠難做準備吧？武警官緊繃神經點了點頭，看著張叔按下播放鈕。

畫面開始動了起來，一切正常，只是拘留室裡的女性疑犯從各自聊天，變成群起攻擊林嘉琪，接著她哭著喊說要去洗手間，一位女警便將她帶出。

接著……那些正在談笑風生、嘲笑林嘉琪的女疑犯們突然間定格了。

下一秒，有人歇斯底里的尖叫、有人以頭撞牆、有人試圖抓著鐵欄杆猛搖晃，再後來就是外頭的女警被疑犯抓著撞上欄杆昏迷，還有被電擊的部分了。

該名女嫌犯全身劇烈顫抖，然後——

她的眼神，竟看向了監視器！直勾勾的看著監視器，開始狂笑。

「哈哈哈哈哈！哈哈哈哈——我們的主人即將降臨，用你們的血孕育他吧！」

隔著螢幕，武警官有種與她四目相對的感覺，那個女疑犯是瞪著他們的！

啪！下一秒，監視器畫面瞬間變成了雪花畫面。

「咦？這怎麼回事？」老李看著閃爍的雪花畫面不明所以。

「噓……」張叔食指擱唇邊，示意噤聲。

因爲，畫面即使雪花，但是收音卻沒有間斷。

武警官的聲音傳來了：「退後！離開欄杆邊！」

兵荒馬亂中依舊聽得一清二楚，唯獨畫面全部雪花，一直到那令人不適的聲音響起：「降臨！」

監控室裡鴉雀無聲，一遍又一遍循環著那句話，武警官不知道是不是自己盯著跳動的雪花畫面太久，總覺得畫面有點扭曲，在那滿是花紋的雪花畫面裡，線條彷彿在扭動中，組成了一個人形。

他用力閉眼、再睜開，卻更清楚的看到裡面出現了一個人形外觀的人，從畫面右方往前走來。

不，他是朝著監視器走來的。

越走越近，人越來越大……不，他甚至是越來越高，直到那張臉幾乎與監視器同高，就在監視器前了——武警官甚至可以清楚看見他的五官，他正在笑！

『愚人們，等著迎接我的降臨吧！』

啪！又一陣閃爍，畫面回到了正常的彩色畫面，此時一整間的女疑犯已經同步昏迷倒地。

武警官僵在原地，指尖無法控制的開始顫抖。

「最重要的那段，全部都是雪花畫面。」張叔沉著聲，「我檢查過，並沒有任何問題……也無法修復。」

武警官緩緩的看向同僚，「就……就這樣？」

「什麼？這已經很不尋常了，我們的監視畫面不可能——」

「雪花畫面裡有什麼你們沒看見嗎？」他激動的指向螢幕，「在裡面有個人，黑白的人形在走動他、他——」

同仁們吃驚的看著他，沒有人看見啊！

光是畫面突然變成雪花畫面就已經夠難以解釋了，沒人看到有人形！

「我也沒看見，喂！小武！」老李及時扶住了腳軟的他，「那個人長什麼樣子？」

武警官全身冷汗直冒，站都站不穩定的被扶坐下來。

「不……不知道，就是雪花畫面裡有個人形……但是他整張臉，都塞在鏡頭前，說、說……」

塞在鏡頭前？張叔一個冷顫，下意識把螢幕關掉！

他們的鏡頭是架在天花板的啊！

「說什麼？」

武警官戰戰兢兢的抬頭，看著包圍著他的一票同仁，那句話眞的非常非常的不妙！

「等待著我的降臨吧！」

第四章

躺平萬歲

敏銳的人開始發現，週遭的人開始在變了。

例如班上遲到的人開始變多，不交作業的人也增加，懶散的人比過去更加誇張，而一向積極的人也開始變得散漫，雖說不是一夕之間的變化，但老實說也沒幾天！

例如李百欣，她總是會提早半小時到校，校園清理乾淨的隔天，她比平時晚了五分鐘，再隔一天，晚十分鐘，第三天，晚了二十分。今天，她完全遲到了！

「我都說一起上學了！妳這幾天都叫我先走，就是爲了多睡幾分鐘？」

教室裡，張國恩拎著已經涼掉的早餐擱到李百欣面前，難得不爽的說著！

他們是青梅竹馬，當初可以保送首都明星體育大學的張國恩，爲了李百欣留在S區，就知道他有多重視她了！所以向來都只有李百欣叫他做事的份，張國恩從來沒有對她大小聲過，今天也算是奇觀了。

「我就起不來啊！就是想多睡一點！」李百欣倒是沒回吼，懶洋洋的唸著，「遲到五分鐘跟十分鐘又沒什麼差！事實上我現在發現，遲到半小時也不影響任何事耶！那我們以前幹嘛提早半小時來啊，整個傻。」

「對耶，我也覺得！」坐附近的劉潔欣跟著應和，「遲到五分鐘跟十分鐘眞的沒什麼兩樣，我還在想，如果下次眞的拖到一節課，是不是乾脆整個上午就請假算了！」

「欸，有理耶！」李百欣還跟著應和，「不如睡好睡滿！」

坐在教室最後面的聶泓珈簡直瞠目結舌，李百欣一向是自律的人，居然也被她發現墮落的密碼了嗎？

人只要偷懶一次，就會發現可以偷懶第二次，底線會越來越寬，給自己的藉口也會越來越多！班上最近的遲到風氣就是如此，而且直接請假的人還不少。

不只他們班，別班、全校都瀰漫著這股懶散之風，更誇張的是，有些老師居然也是這個德性。

「今天怎麼了？我第一次看見張國恩這麼生氣耶！」婁承穎自然的拖了隔壁尚未到校的同學椅子，坐到了聶泓珈身邊，「話說大家最近都好散漫，連李百欣都這樣了。」

「是啊，我們早上去買豆漿時，居然沒買到，因爲老闆娘說懶得煮。」聶泓珈憂心的蹙著眉，「大家好像都陷入一種怠惰的步調中。」

「眞的！我打工的餐廳也是，店長這週氣急敗壞的吼了廚師好幾次，因爲我們出餐每道都慢了十分鐘！」婁承穎深表同意，「我自己也都提不起勁，必須一直告誡自己，才能打起精神。」

杜書綸瞥了他一眼，「所以自己還是能控制的嗎？」

「可以！不過有點辛苦！」婁承穎說著大實話，「你知道，能偷懶誰想勤奮！」

「是啊，如果可以不上學，應該大家都不會來了。」聶泓珈看著毫無生氣的班上，「彷彿有種懶惰病毒在漫延似的。」

「你們呢？沒感覺嗎？」婁承穎看向了她，「做什麼事都提不起勁，連早上起床都覺得爲什麼要上學？」

聶泓珈看著婁承穎，僵硬的擠出笑容，她眞的沒有心情懶散……只要想到這個「懶惰」源自於一個惡魔，不知道他想做什麼、不知道潛在於何地、降臨的會是個什麼東西，哪有空啊！

她跟杜書綸都已經翻了好幾天書了，什麼都沒找到耶！

因爲「懶惰」那一章，是空白的！

簡直是懶到最高點了！連寫都懶得寫！

「我們很忙。」杜書綸扔出看似敷衍的一句話，揉著眉心，頭都疼了。

婁承穎應了聲，再度看向聶泓珈，「珈珈，妳今天放學有沒有空？我有這個。」

他拿出優惠劵，是學校附近新開的關東煮店，買一送一。

「咦？你抽中喔？」聶泓珈當然知道那間店，裝潢時就多看了幾眼。

「對啊，一起去吃？」婁承穎期待的看著她，在她要轉頭問向杜書綸時，突地壓住了她的手，「就我們。」

嗯？聶泓珈微怔，有些遲疑的看著他。

「爲什麼一定都要在一起？」他提出了質疑，眼神帶著幾分不悅，「就這麼說定了。」

婁承穎起身把椅子歸位，走回他自己的座位。

聶泓珈還愣著呢，爲什麼……一定都要在一起？她緩緩的轉頭看向杜書綸，這問題問得眞好，但從小到大，他們一直都在一起啊！

杜書綸正在看書，並不是上課的課本，他最近在看量子力學，但其實他一個字都看不進去，眼尾偷瞄著聶泓珈，心裡覺得有點堵。

他跟珈珈本、來、就、都、在、一、起、啊！從有記憶以來，他們就是在同一個泳池、同一個泥巴坑裡長大的，那個婁承穎的態度眞是越來越明顯了。

他又不是傻子，珈珈高一開學時遇到的第一個變態老師案子後，他就發現了那傢伙，要不是他，他怎麼可能會來上這種普通高中！

啪！闔上書的聲音有點大聲，聶泓珈嚇了一跳！

「幹嘛？」

杜書綸頭也沒抬，「沒事。」

聶泓珈皺著眉又盯著他看，杜書綸最近眞的很怪，有心事卻不願意對她說的態度，讓她也不太爽。

終於上課鐘響，導師拖著沉重的步伐進入教室，感覺她也是費了一番工夫，才說服自己到校上課的；強打起精神的張導師，首先公布了科展比賽的事，同學的目光紛紛投到了杜書綸身上，有個天才在班上，奪冠不是小事一樁嗎？

「不，我不參加。」杜書綸立即拒絕，「程度差太多，我參加未免太勝之不武了。」

「噢……」這驕傲的話語，引得班上一陣噓聲。

不過噓聲再大，也都是羡慕嫉妒恨的成份，因為杜書綸說得一點都沒錯。

「上次我拿獎學金，大家都氣成什麼樣了，這次再參加科展，又有一堆人要酸我擋人路了。」杜書綸從容的說著，「讓其他人去吧。」

幾個好成績的同學聽了只覺得好像心口又被扎了幾刀，杜書綸拿下S區與S高上學期所有獎學金已經令人很不爽了，現在這話聽起來倒像是施捨了。

「少說兩句。」聶泓珈只能無奈的勸說。

「那，冠達跟賀澤軒，你們要挑戰嗎？科展一班可以派兩組，大家思考一下，等會找我登記。」

被點名的同學卻展現一副興趣缺缺的樣子，科展要付出的心力跟時間好多，想起來就沒勁……但明明在此之前，他們是有所準備跟想法的。

「給賀澤軒吧，我一點都不想做，太麻煩了。」冠達托著腮開口。

「我也沒說我想啊，要買實驗品還要道具，天哪……」

「你們之前不是信誓旦旦的說一定要拿下這屆科展嗎？怎麼現在又這個樣了？」有女同學覺得莫名其妙，「而且還說過要千方百計阻止杜書綸參加耶！他現在不參加了，你們也不去？」

賀澤軒愣了愣，是喔，他說過那樣的話嗎？他忍不住回頭看了一眼杜書綸，那討人厭的天才學生，眞的是擋他們路的礙眼鬼。

可是這說不上的無力感正侵蝕著他，他好像連要做什麼主題都想好了，事實上最近一直在研發相關物品——默默的翻著自己桌上的筆記，設計圖、流程，全都畫得精細，他似乎是想要參加這期科展的。

「加油！」聶泓珈開了口，「我記得你們之前有展示過各種發明，我覺得很棒！」

咦？賀澤軒再度回過頭，詫異的看向聶泓珈，「是嗎？」

「對，說不定有機會參加全國的科展項目！」她刻意指向杜書綸，「他說的。」

喔喔喔喔，杜書綸也肯定嗎？

「好！我去！我報！」賀澤軒突然中氣十足的喊著，好像什麼都來勁了！

「我也要報！我們一起！」看著一直以來的對手這麼有信心，冠達哪能輸，他也即刻舉手。

導師滿意的趕緊寫下他們的名字，並且交代了規矩，小組需要幾個人，或是需要班上幫忙，都可以說，畢竟這是班級的榮譽。

杜書綸扶了扶眼鏡，微側首看著身邊的聶泓珈，最好他說過那種話啦！

不過很奇妙的是，全班的氛圍丕變，一掃剛剛那種散漫感，突然間大家都積極起來，就算沒參加科展的人也跟著活躍，紛紛問起能幫上什麼忙。

眞奇妙。

杜書綸仔細的觀察著全班，能躲懶大家當然都會躲，但終究還是會有一個「契機」，讓大家變得積極向上的對吧？或許是別人的肯定、或許是一種渴求，總之，雖說懶惰是天性，但世上總不乏自律者，這些人又是擁有什麼動力去催促自己呢？

有所求。

有想要的東西、有份目標，就會促使人激發動力，如此也就不會輕易懶散了。

「你發現了嗎？」聶泓珈湊了過來。

「嗯，我現在比較關心，有個力量是希望大家一直散漫下去，到什麼地步？

目的是什麼？」杜書綸轉著筆，「從林嘉琪事件後，這幾天表面風平浪靜，可是大家其實都散漫起來了！」

聶泓珈飛快的搖頭，她才不相信什麼風平浪靜。

「那個被蓋起來的坑洞裡，始終陰氣森森啊。」

「他都已經幫自己復仇了……難道還有別人？」

聶泓珈聳了肩，她不知道，但是這股懶散的漫延讓她很不安心，如果每個人的原罪都被激發出來，那會發生什麼事？

懶惰，還能造成什麼嚴重的事嗎？

「掉進坑裡的人，能夠在剛死後就變成厲鬼爲自己討公道，你覺得是什麼力量在支持他？」聶泓珈想到就一陣雞皮疙瘩，她甚至不敢去想像在警局廁所裡，究竟發生了什麼事。

女廁眞的不大，林嘉琪如果平躺就剛好佔滿洗手台那兒的空間，但是她全身的骨頭跟韌帶都斷掉，像一個被亂擺的破布娃娃，而那一池血水才是令人聞之膽寒的。

林嘉琪的屍體毫無血色，身上一滴血都沒有剩下，全部溶在那阻塞的水池中，可是在法醫到達之前，排水孔卻突然通暢般的，放乾了一廁所的血水。

那些血流到了下水道嗎？噢，半年前的他們會天眞的認爲是，但現在絕對不可能這麼想了。

尤其，那個掉入坑裡的男人屍體也非正常，他的頭顱還沒尋獲，四肢跟軀幹的確被撕扯開，但是除此之外，屍身居然沒有多餘的傷痕！還有，身上的血也沒剩下一滴。

以那位死者的情況來說，掉進下水道、被水沖走，身體被撕扯開，血流乾倒是正常，可是林嘉琪就不一樣了。

她筋骨盡斷是在體內，唯一受傷的後腦杓的確被撞裂，但也不至於在那麼短的時間內，讓體內流到一滴血都不剩。

流乾的血，到了哪裡？

血祭，杜書綸只能想到這一點，召喚個什麼東西降臨，總是要有些祭品，鮮血一向是鬼與魔的最愛。

「我只覺得，現在要專注在不要陷入原罪當中，我們必須振作。」杜書綸覺得要從根本上解決，「隨時提醒自己，千萬不要變成懶惰者。」

因爲他們也只是普通人，在事情有進一步發展前，還是不要先去森林裡比較好。

聶泓珈點了點頭，她深表同意，「呼，這眞的有難度，輕鬆的生活誰不想！」

如果可以，她也想癱在沙發上看一整天的電影，都別動了！

而且……一般小小的偷懶，罪至死嗎？

新開的關東煮門庭若市，除了剛開店有優惠外，新的店家總是會格外受到重視，加上這間新店窗明几淨、種類豐富，引得學生們紛紛報到。

婁承穎一邊裝著醬，一邊看向桌上的同學「們」，對，原本他只約了聶泓珈，現在變成了一大票！日常交好的同學們都來了，看來若是想找聶泓珈單獨出來，還得另外找時間了。

「小口一點！蘿蔔會燙！」張國恩唸著李百欣，瞧她一口就要塞進嘴裡的樣子，等等爆汁可是會燙傷。

李百欣聞言，改成咬一小口，吐了吐舌。

「哇，我還不知道張國恩這麼貼心耶！」周凱婷嘖嘖兩聲。

「他只對李百欣貼心吧。」劉潔欣說了正確答案。

婁承穎端著醬回來，一張方桌擠得要命，且還沒能坐在聶泓珈身邊，只能坐到斜對面……唉，不過這樣能看見她也好。

「上學跟我說懶，吃東西倒挺積極的。」張國恩不滿的情緒依舊，「阿欣，妳最近眞的太怪了！」

李百欣挑了眉，嚼著蘿蔔邊點頭，「我也這麼覺得，但是……我說不上來，就突然覺得認眞是毫無意義的事！」

「怎麼可能毫無意義？」聶泓珈戳著甜不辣開口，「只要有付出，就一定有收獲的——多寡而已。」

一桌子人突然靜了下來，紛紛看向平時少言寡語的聶泓珈，這正經八百的氛圍，讓人忍不住「哇」了一聲。

坐在她右手邊的杜書綸露出一個意味深長的笑容，沒說什麼話，逕自吃他的甜不辣。

「聶泓珈，妳這認眞的態度也太帥！」李百欣由衷的說著。

「眞的，有帥到！」周凱婷深表贊同。

聶泓珈一時尷尬的別開視線，她剛就實話實說啊！她可是每天早上五點半就醒來，熱身運動後再打沙包半小時耶！

「我同意！我每天練習也都沒中斷過，不曾因爲天氣而有改變！」張國恩立刻像遇知音般，對聶泓珈豎起大姆指。

「那是因爲你是體育生啊！」周凱婷忍不住說道，「不然你怎麼保送的？還有機會當國手耶！」

「妳邏輯反了，周凱婷，正是因爲張國恩的努力不懈，沒有一天放鬆，所以才能優秀到保送！」婁承穎其實內心是佩服張國恩的。

他更佩服的是，可以去當國手的張國恩，爲了一起長大的女孩留在這個偏遠的S區。

「是啊，他的努力我都是看在眼裡的，我可是都陪著他！」李百欣還是無奈的嘆口氣，「結果他傻到陪我留在這裡。」

「這沒什麼好傻的，我也不想離開這兒。」張國恩無所謂的聳了聳肩。

「笑死，這麼努力練習，最後去搞詐騙喔？」

一陣訕笑聲從他們身後的桌子傳來，李百欣第一時間忿而回頭，婁承穎也繃起神經，又是來找碴的嗎？

他們旁邊那桌不是學生，看起來已經是社會人士，二十幾歲的男人們，一眼就認出了魁梧的張國恩。

「嘴眞臭！」李百欣向來都沒在怕，「就不起訴了你叫屁！」

「不起訴不代表沒犯罪啊，他就是去詐騙集團當車手了！練習有屁用？」爲首的男子一頭金毛，訕笑中滿滿諷刺。

別理他們。張國恩習慣般的拉著李百欣回身，從他去詐騙集團打工開始，這就是他自己該負責跟面對的。

「吃我們的，講讓他們去講！」張國恩壓低聲音說道，勸著同學們別這麼義憤塡膺。

李百欣比誰都生氣，但還是忍了下來，坐正後開始用筷子切著蘿蔔，用力到那些蘿蔔都快被搗成泥了；其實從詐騙集團事件後，被嘲笑諷刺都已司空見慣，這確實是張國恩該受的，但人總會犯錯，這便是他在錯誤上的學習。

他打量著那幾個人，看起來並沒有要罷休的樣子，因爲他們站起來了。

「怎樣？聊聊做詐騙時您多勤奮啊！」綠色頭髮的男人笑著，「人渣！」

「還什麼明日之星咧，要不要臉啊！好好的國手不當，對啦，做詐騙的確比較好賺！」

大家都壓著怒火，繼續吃著已經不再好吃的關東煮，但那群男人還是沒要放過張國恩的樣子，全都刻意走到他背後，將他包圍住了！

「阿偉！」此時，老闆突然大喝一聲，「你在做什麼！不要打擾客人！」

「喂，老頭，這詐騙犯耶！」叫阿偉的金毛，回頭看向老闆。

灰白髮的老闆怒氣沖沖從裡頭走了出來，試圖拉走金毛，但金毛使勁甩開他的手，根本不想理他。

「你沒事去後面啊，又跟這些不三不四的人在一起做什麼？還佔一張桌子！」

老闆氣急敗壞的改成推著他，「進來就是客人，你在這邊影響我做生意！」

「做生意要有原則啦，這種騙人錢的都該去死，收的錢我都嫌髒！」

「閉嘴閉嘴！」老闆只差沒拿腰間抹布，甩上金毛的臉了，「你拿這些錢去匪類時，倒是都不說話啊！」

父子嗎？杜書綸眯起眼認真觀察，還真有八分相像。

老闆是真的怒推了幾個男子往店外去，老闆也趕緊走回櫃檯裡繼續處理訂單，但眼看著都已經要踏出店門外的金毛，冷不防又殺個回馬槍，直接轉身朝著他們桌來了！

唰啦！電光石火間，聶泓珈疾速起身，甚至一個箭步擋住了金毛的方向！

同一時，婁承穎也緊張的站了起來。

杜書綸不動聲色的瞄了一眼，從容不迫的以竹籤插起了一顆丸子。

金毛被嚇到，整個人急煞而往後倒去，還是後頭的紅毛及時抵住他，才沒踉蹌得太難看……他瞪大雙眼仰頭看向聶泓珈，坐著看不出來，這小子這麼高啊！

不過，聶泓珈依舊低著頭，閃避著與人對視。

「這個時間，一般人都還沒下班。」聶泓珈慢悠悠的說著，「請問您現在的職業是什麼？」

「什、什麼東西啊，妳在問什麼！」金毛站了穩，「這我家開的啦！」

他大聲喊著，一副志得意滿的張開雙臂。

「喔，啃老。」坐在位子上的杜書綸非常貼心的給了個答案。

哼。聶泓珈嘴角挑起一抹不屑的笑意，角度不多不少，但卻讓金毛看得清清楚楚。

「啃什麼老啊！你這小子在說什麼——」金毛伸手朝向杜書綸後頸，像是要揪起他的衣領似的。

結果聶泓珈直接一拳對準他的手肘，恰好打在圖騰刺青上，速度快到大家都沒看清，可是金毛卻紮紮實實的向後踉蹌了好幾步。

「人都會犯錯，犯了錯，改過自新，他也承受了相應的懲罰，不再有保送資格跟獎學金，以後跟體育賽事也絕緣了。」聶泓珈平穩的，一字一字說著，「沒必要這樣揪著人不放，他做的也不是什麼殺人放火的大事，甚至還幫警方破獲了一個詐騙集團。」

「詐騙都該死，多少人被詐騙集團害得破產，無家可歸？這種人有什麼好原諒的？」金毛破口大罵。

「聽起來啃老好像高貴很多喔？」嘴裡塞著一顆丸子的杜書綸，抽空回頭笑著。

「馬的！」金毛重新站直，眼看著又要衝向杜書綸，但聶泓珈再度一步擋在杜書綸背後，金毛明顯的卻了步。

「我們這叫躺平，什麼啃老！」綠毛為大哥出聲了，「在這個世代，誰努力誰白幹！」

「就是！你們這些什麼S高的，S區第一學府，然後呢？就算考上好大學，以後能幹嘛？一定找得到工作？薪水能有多少？」金毛繼續嘲諷著，「買得起房子嗎？」

「錢的確很重要，有錢才能做很多事，或是滿足自己的人生，但是——人生還有很多事，是錢不能衡量的！」婁承穎不滿的衝著他們反擊，言之有理，把周凱婷想講的一併說了。

「那又怎樣？重點是生活啊！你們再怎麼拼，都不會有我們家賣個關東煮一個月的收入來得好啦！」金毛自豪的微笑著，「而且我還不必忙咧！躺平就有錢拿，有什麼不好！」

「努力努力白努力，聽過嗎？」紅毛看著這群學生搖頭，「你們的勤奮努力，在我們看來都挺可笑的。」

「重點是，未來還不一定會成功。」長髮男朗聲大笑起來，一群人跟著取笑起他們。

婁承穎雙手緊握飽拳，聽得怒從中來，其他學生也不爽的紛紛站起，聶泓珈緊張的抬手希望大家冷靜，環顧四周，她努力的示意不要衝動。

杜書綸悠哉的起身，順勢握了一下婁承穎的拳頭，輕輕把他往後推，眼鏡下的雙眸睿智沉穩，暗示他回到座位上去。

「對，躺平萬歲，他們說得都對，大家不必跟他們辯。」杜書綸雲淡風輕的瞅著他們，「很多事情是需要腦子理解的，但很遺憾，他們沒有。」

杜書綸明擺著罵他們笨，金毛很想上前揍人，但是卡在聶泓珈，他還眞沒那個勇氣。

因爲剛剛她那一拳，看似輕輕擊在他的手肘上，但……到現在還是麻的。

「我不敢說我勤奮，或是未來能有什麼成就，但是我的人生只能我來過，中間的喜怒哀樂更重要。」杜書綸不帶表情的看著他們，「躺平也是一種選擇，成天無所事事，其實只要你們開心就好！」

「但你們喜歡的，不代表別人就要跟你們一樣，也沒資格嘲笑跟你們不一樣的人。」聶泓珈接話接得順暢，「我喜歡五點半起來練拳，我很開心，我從不覺得我傻。」

關東煮店一片死寂，尷尬的氣氛繃到極致，老闆夫妻覺得丟臉但又不知道怎麼辦！他們要是管得住兒子，金毛也不至是現在這副模樣了！

「對！我也喜歡五點起來練跑，而且即使我以後不能再用體育保送，我還是照練不誤！」張國恩一拍桌子起身，抬頭挺胸的說，「我腦子笨，唸書唸不完我就唸兩遍、兩遍不會唸三遍，我不喜歡但我願意去做，我才不想躺平！」

「有本事靠自己躺平啦！」周凱婷冷冷的笑著，「靠爸媽躺平在那邊驕傲的咧！」

「是他生我的，他本來就要負責好嗎！」

金毛爲首的人惱羞的想要爭執，個個面紅耳赤的掄起拳頭，但是卻更懼於聶泓珈的拳頭，金毛的媽媽終於忍不住用哀求的語氣叫兒子離開。

「走啊！店才剛開，你們是要鬧到天翻地覆才開心嗎！」金毛媽的聲音都哽咽了。

「快走吧！萬一店倒了，你的躺平基金怎麼辦？」李百欣抓到機會，高分貝的點滿嘲諷。

看得出他們還不甘願，聶泓珈深吸了一口氣，默默的朝前走了兩步。

然後金毛驚恐的後退，帶著他的兄弟們離開了店內。

杜書綸瞄向身邊的聶泓珈，忍不住笑了起來，他們回身雙雙入座，老闆則端著一整盆好料，到各桌加料，以示道歉。

「抱歉，讓大家看笑話了。」老闆老臉都不知道往哪兒擱，「是我教子不善。」

沒有人有資格教訓老闆夫妻，畢竟是他們自己養的孩子，好與壞，終歸是現世報的一種，外人也就沒必要置喙了。

「謝謝。」杜書綸給了一個溫暖有禮的微笑，這個時候，道謝就好了。

斜對角的婁承穎眼睛都落在聶泓珈身上，等老闆離開後，他還是忍不住開口，「珈珈，妳剛很帥耶！」

「就是！就是！」周凱婷激動的回應，「我以爲只有我覺得耶！哇塞！妳的氣場好強喔！」

不說身高或壓迫力，聶泓珈光往那兒一站，就有種凌厲的氣勢。

聶泓珈聞言，卻嚇一跳，眼神流露出一抹驚慌，第一時間看向了杜書綸：她有嗎？

「透明人的氣勢。」杜書綸堆起微笑。

唉呀！聶泓珈懊悔的低下頭，誰也不敢看的死命戳著碗裡無辜的甜不辣。

「其實珈珈……妳的個性是很見義勇爲的對吧？我最近發現了，很多時候妳都會出面，不說今天，清操場淤泥那天，大家在罵張國恩時，妳也本來要去勸阻的。」婁承穎長期觀察，早發現端倪！

感覺是個很講義氣的人，爲什麼會說自己社恐？還想當透明人呢？

聶泓珈咬著唇，囁嚅的搖頭，「沒有。」

「有，我都看在眼裡，妳……真的是內向的人嗎？」婁承穎再提出疑問，「妳說妳社恐，想當透明人，我後來咀嚼這句話的意思——」

原本不社恐，但卻刻意想成為那樣的人，並非因為本來就內向。

「你別咀嚼那些話的深意了，她說不想引人注意，就是不想！」杜書綸打斷了婁承穎的提問，「你可以有任何解讀，但不必強加在她身上。」

「我沒有強加——」

餘音未落，聶泓珈唰地起身，二話不說拿起書包就走了出去。

一桌同學都愣住了，老闆娘焦急的跑過來，以為是發生了什麼事。不過杜書綸倒是從容，他也不急著追，只是請老闆娘把他跟聶泓珈未吃完的關東煮一起打包外帶。

「……那個……」李百欣遲疑的開了口，「她生氣了嗎？」

「沒有，她只是不想被注意。」杜書綸拎起了關東煮，「很矛盾我懂，但我絕對尊重珈珈的所有想法。」

後面這句，他正是看著婁承穎說的。

婁承穎斂起笑容，站起身來，「我沒有不尊重。」

是嗎？李百欣轉了轉眼珠子，你剛剛那番質疑就是啊！

「婁承穎，」杜書綸凝視著他，「以後請你直接叫她的名字，不要再叫她珈珈。」

「憑什麼？」

哼。

杜書綸勾了一抹冰冷且帶著自負的笑容，代替了一切回答。

珈珈，只有他能叫。

⚕

「可惡！」

伴隨著怒吼與髒話，金毛一進屋就開始扔東西，地上擺放著前一晚的瓶瓶罐罐，也被他踢到了角落。

「高中生而已還敢這麼囂張！」綠毛跟著出聲罵，「而且明明去幹詐騙還不能說了？」

紅毛倒是一直在滑手機，因爲他覺得有人似曾相識。

「喂，還別說，我知道爲什麼小屁孩嘴這麼秋了。」他把手機翻了過來，上頭是杜書綸的照片，「那個是我們S區赫赫有名的『讀書人』，別人家的小孩，是天才！」

四個男人紛紛拿過手機傳遞，S區說大不大，說小不小，但「讀書人」這個名字眞的很難不知道——別人家的小孩。

天才兒童、S區的榮耀，有一陣子各個大學都跑到S區來，就是想要爭取那個孩子去他們學校唸書，結果，他選擇了留在S區，因爲對他而言，唸書到哪裡唸都一樣，他一點都不急著去唸大學。

那陣子所有學生都過得很辛苦，因爲自家父母都會覺得，爲什麼自己孩子不是那種光芒萬丈的天才，還說杜家父母名字取得好，讀書人，這名字就是會唸書的名。

「我記得要他去念大學是他小學的事不是嗎？」長髮男認眞回憶著這個比他們小了幾歲的神童，「但他現在在唸……高中？」

「天曉得？誰管他啊！聰明有屁用，還不是一樣唸高中……」金毛最受不了杜書綸那眼神。

明明只是個屁孩，但是眼鏡下的雙眼卻帶著滿滿的睥睨——那小子，根本瞧不起他們啊！

「別氣了！就像你說的，一路念上去的又怎樣？還沒你錢多！也沒我賺得快啊！」綠毛從腰包裡立即掏出了幾包白色粉末，「他一輩子都沒我一個月賺得多！」

大家一起圍到桌邊準備High一下，長髮男喜歡跟金毛他們在一起，但吸毒他是真的不想碰，而且……他有時不太懂他們的邏輯，販毒又比詐騙高貴到哪裡去？

大家正準備要開始，門鈴刺耳的響了起來，金毛家的電鈴是超大聲又刺耳的那種，嚇得每個人都跳了起來！長髮男趕緊先去應門，畢竟一桌的白粉很難掩蓋，得給他們時間收拾。

「快遞！這是給沈兆偉先生的！」爽朗的快遞員遞出簽條，露出燦爛的笑容。

「呃，好。」長髮男逕自接過，直接幫金毛簽收，「什麼東西？」

「有點大，我要搬下來。」快遞員拿回了簽條，轉身小跑步朝貨車去。

咖啡色與綠色相間的制服，長髮男一時想不起來，他們這裡有這身制服的貨運公司嗎？而且背後的中間，有個大大的熊頭。

小哥從貨車上搬下了一大箱物品，有半人高以上，不過看起來沒有太沉，至少小哥一下就搬了過來。

「我來吧！我搬就好。」長髮男趕緊接手，不敢讓小哥踏進屋內。

「什麼東西啊？」金毛總算走了出來，「我沒買東西啊！」

「這是懶骨頭沙發，你是阿偉先生吧？」快遞員從口袋裡抽出單據，「不必付款，是有人送給你的！」

「這麼好?誰送的?」有人送他都好，金毛眉開眼笑的。

快遞小哥只是禮貌的微笑頷首，便匆匆的離開了!他還有一車的貨要送呢!

「認識的?」長髮男好奇的問。

「沒印象!走，幫我搬進去。」兩兄弟一前一後，把那箱子搬進了屋內。

幾人聯手拆開包裝，裡面果然是個懶骨頭沙發，灰藍的顏色，布料摸起來很舒服。

「嘿，還有張卡片耶。」綠毛發現包裝裡附的卡片，單張名片，字就印在上頭，「願你能悠哉懶散的度過每一天!」

金毛旋即接過，開心的笑了起來，「哈哈哈，這就我的生活啊!多好!當個躺平一族!」

他一骨碌把自己摔進了懶骨頭沙發裡。

唉，好舒服!他滿足的笑著，這懶骨頭沙發也太舒適了，好像每個角度都很好躺，完全包裹住他的身體。

「很好坐喔?」紅毛看著他那副陶醉的樣子。

「是啊，這懶骨頭沙發很棒耶，我可以在這裡耗一天!」金毛說得誇張。

「好啦!來來，等等打場遊戲!」

「還是也來叫個外賣!」

「晚一點再來High好了！」

幾個兄弟圍在桌邊你一言我一語，有人打開了PS5，有人開始幫點外賣，不忘看向坐在懶骨頭沙發的金毛。

「喂，金毛，過來啊，你要玩哪個？」

「順便點個餐，我們晚上吃麵吧？」

金毛半躺在懶骨頭沙發上，泛出一抹幸福的笑容，「你們玩吧，我不想玩……也不太想吃，不餓！」

「嗄？」長髮男錯愕的拿著手機到他身邊，「剛剛第一個喊餓的是你耶！」

「嗯……」金毛看著擱在面前的手機螢幕，不知道爲什麼，他現在一點食欲也沒，「隨便點吧！我都可以！」

邊說，他邊喬了一個更舒服的姿勢。

「……好喔，那我點你愛吃的乾麵。」長髮男沒想太多，聳了聳肩，幫他點了一份麵。

只是直到他們那晚離開前，金毛都沒有吃外賣點的麵或是炸雞，甚至是一根薯條都沒拿起。

他也沒有打遊戲，只是坐在那個懶骨頭沙發上滑手機。

因爲，他懶得吃。

第五章

懶散病毒？

市中心的店面最近越開越少了。

從一開始還會貼個「公休」後，最近連貼都懶得貼似的，許多商家都不開，眞的問其他店家原因，都說「懶得開店」。

「不得不說，我最近起床也變困難了。」聶泓珈忍不住抱怨，「我會有一種：何必這麼辛苦的感覺。」

「對啊，妳又不比賽，幹嘛這麼拚？」杜書綸居然還順著她的散漫，「老闆娘，我們要兩份雞蛋仔。」

「你很煩，你是在鼓勵我散漫嗎？」她沒好氣的推了他一把。

「妳散漫不了啦！」杜書綸比她還有自信，「連下雪妳都全年無休了。」

聶泓珈無法反駁，她的確也想偷懶，但鬧鐘只要響了，實在很難再安穩的睡下去，既然醒了，當然第一件事就是去練拳了。

「你咧？都不會想偷懶嗎？像關東煮那個人說的，躺平多輕鬆！躺在家裡看電視打遊戲多爽！」聶泓珈就很好奇，這陣子以來，杜書綸不但沒有被這股懶散風氣影響到，他反而更積極了。

每天都很忙碌的在找這懶散病毒的起因。

「我本來就不勤奮啊！再懶也有限度的吧！」杜書綸無所謂的聳聳肩，「我是因爲腦子好，再怎麼偷懶，一下就能趕上缺失的進度，所以……沒差。」

聶泓珈忍不住翻了個白眼，這話聽了就是欠揍。

S區散漫的風氣在這幾日更甚，誰能想到颱風都過一週了，路上還有斷掉的樹枝、未清理的招牌？角落的垃圾已經堆積如山，因爲連垃圾車都懶得按時出動。

坐公車上學的同學紛紛遲到，因爲公車不準時，早班的司機都懶得起床，整個城市因爲「懶散」而失序，幾乎都無法正常過生活了。

當然，依舊有自律且對抗散漫風氣的人，像現在他們在買的雞蛋仔攤子，或是每天仍舊去打工的婁承穎，以及在路上發傳單的勤奮人士——因爲他們有更強大的目標，能戰勝想偷懶的欲望。

此時一陣風颼過，也颼起了廊下的垃圾跟落葉，一張傳單不偏不倚的飛起，被聶泓珈的小腿擋下，直接貼在她腿上。

她彎身取下，喔，是大家都熟悉的傳單。

傳單上是一個女孩的照片，正燦爛的笑著，可惜她生命停在了美好的二十一歲；杜書綸只掃一眼也知道那是誰，傳單上用紅色的字寫著「控訴」，那是近五年前的一場醫療事故，但女孩並沒有獲得公道，所以死者的媽媽常在這兒發傳單，電線桿上有時也會貼。

就算被警告、被撕掉，那位已白髮蒼蒼的母親，依舊沒有停止過爲女兒討公道。

「話說回來，好像最近都沒看到那位連媽媽了。」聶泓珈想起來那位堅持多年的媽媽，難道也開始懶散了嗎？

「這更不可能！那是失去孩子的媽媽耶！」杜書綸由衷的說，「妳沒看到不管什麼恐怖片或災難片，只要惹到媽媽，絕對團滅！」

聶泓珈忍不住笑了起來，是啊，多數母親只要孩子受到傷害，都會秒變超級英雄的！

如果，她媽媽還在的話，應該也是如此吧！

「兩個雞蛋仔好了喔！」背後老闆娘喊著，杜書綸轉身過去取。

聶泓珈將傳單好整以暇的折好，她不想隨手丟棄，等等看到垃圾桶時再扔就好了。下意識的張望四周，突然期待看見那位母親。

「他要降臨了。」

不起眼的角落裡，突然傳出令人不安的話語。

聶泓珈循著聲音移動腳步，在十一點鐘方向的廊柱外側，面對馬路的地方，看見了坐在那邊的街友。

她內心掙扎了好一會，不問出來她難以安心。

「對不起，剛剛是您在說……」

「愚人們……」

什麼！聶泓珈覺得瞬間血液都褪去般的發麻，惡寒襲上迫使她站不穩當，身後的杜書綸扣住了她的肩頭，他不可思議的看向抬頭衝著他們訕笑的街友，他也聽見了！

「嘻嘻，不要急，就快了！」街友咧開一口黑色的牙，「用你們的罪惡孕育他，偉大的他就會降臨——」

「我們沒有希望誰降臨的意思！」杜書綸情急的低吼，「他可以不必這麼辛苦！」

街友的笑容彷彿凍住般的僵著，「是嗎？」

充滿質疑與挑釁的語氣，說得好像他們都希望有什麼亂七八糟降臨似的！

聶泓珈克制著略抖的指尖，都不太敢換氣的嚥了口口水，杜書綸直覺此地不宜久留，摟著聶泓珈轉身就走，離這個街友越遠越好。

「犯罪者都該受罰的！嘻嘻嘻……」街友在後方高聲喊著，「他會還給那個母親一個公道！」

杜書綸不可思議的回頭看向街友，他雙眼詭異的看著他們，那笑容過分開心到令人看得發毛。

那個母親？聶泓珈下意識看著自己手裡還捏著的傳單，難道是……

兩簇火苗突然躍然於紙上，聶泓珈嚇得鬆開了手，結果傳單反被杜書綸趕緊接住，迅速往旁邊的牆上一抹，立即便把火苗抹滅了。

「拿著。」他一手捏著傳單一角，另一隻手把雞蛋仔遞給聶泓珈。

只要看一眼，這只是一張傳單，就打開旁邊看一下……爲什麼傳單會自燃？杜書綸做好心理建設，因爲今天他不打開，根本睡不著啦！

自始至終，他都捏著角落把傳單甩開，甩的那瞬間，聶泓珈狠狠倒抽一口氣！

照片上的女孩雙眼被燒出了兩個洞，而那原本燦笑的笑容，現在也擴展成裂到嘴角的猙獰。

垃圾桶就在一公尺外，杜書綸捏著傳單便衝過去扔進回收桶裡，還不敢轉身就跑，而是面對著垃圾桶，倒退著走路。

「之前的惡魔……現身有這麼麻煩嗎？」聶泓珈冷汗直冒，「他要降臨，爲什麼我聽起來像是一場大災厄？」

電影都是這樣演的啊，不管什麼神啊魔的降臨，似乎都要血洗人間當祭品！

「冷靜……冷靜……」杜書綸用慌張的語氣說著反向的詞彙，「我們只要不要成爲那個祭品就好了！對吧！事情沒有變，我們這兩天討論過的！」

不要成爲怠惰者，是不是就沒事了？

「我、我第一次知道，偷個懶也會有災禍？」聶泓珈只覺得離譜，「這是天性，我們——」

「一年前我還不相信人死後懷怨會眞的變厲鬼！」杜書綸抓著她趕緊往前走，「也不相信老師會性侵學生、甚至同學會因爲成績比較想置對方於死地呢！」

聶泓珈皺著眉瞪了他一眼，「你這輕重順序很弔詭啊！」

怎麼後者比前面嚴重啦！

「今天找李百欣他們出來，不就是要講這件事嗎？討論小組報告後，記得提醒大家振作？」杜書綸口吻輕鬆，卻依舊不安的回頭看著已經被拋在遠處的街友。

街友瘋癲似的坐在原地大笑，那抽搐的神態似曾相識……好像跟那天在拘留室裡的女性疑犯一樣。

姆指與食指一叉，捏著他的下巴，將他扳了正，聶泓珈雙眼裡盈滿憂心與警告：不要看了！

對！不要看了，他們不能自亂陣腳。

反正……只要小心不冒犯原罪就好了對吧？他們從不是怠惰者，也沒有想要孕育惡魔的意願……

咦？等等。

杜書綸被聶泓珈拉拽停下，前面紅燈，他們往後退一步，站回人行道上等待著。

斑馬線上就有一根電線桿，上頭飄著那個醫療事故的傳單，紙張正獵獵作響。

所以，是那些怠惰者去「孕育」惡魔的降臨嗎？

警局的事起於鐵軌旁的未補的坑洞，主要是林嘉琪因懶散拖延沒去填上……

那麼，那起醫療事故的緣由又是什麼？

因應校內一年一度的科展，物理老師也出了分組報告，這個報告的占比分同等於一次期中考，更優秀的人甚至有機會加分，因此每個人都格外用心看待……大部分的人。

畢竟世界上什麼人都有，正如杜書綸所說的，特別有所求或是有責任感的人，就能戰勝藏在天性裡的惰性。

趕到速食店前，聶泓珈就已經吃完雞蛋仔了，今天他們約出來進行小組討論，當然找平價又能坐很久的速食店；不過，他們兩個另外有主要目的，便是告誡大家，切勿偷懶。

一行七個人，其實也是聶泓珈至今以來比較熟的幾個朋友，婁承穎、李百欣、張國恩、周凱婷，還有一位，劉潔欣。

劉潔欣是差點被補習班老師性侵的女生，她最近跟周凱婷變得很好，所以大家便湊成了一組。

有別於一般散漫的討論主題，這組因爲具領導風範的人不少，所以他們從定下主題到分配工作都相當精準迅速，不過這跟天才杜書綸毫無關係，這些科目對他來說都太簡單了，他每次在場不是神遊就是在做別的事，僅「配合出席」。

李百欣身爲風紀，是班上的風雲人物，是那種很會爲同學出頭、一點委屈都受不得的人，不過提到邏輯跟做報告，提綱挈領的強者還是周凱婷，所以物理小組由她主導。

身爲「社恐」的聶泓珈自然乖巧聽話，專心筆記自己該做的事就好了。

「哇，我突然覺得精神很好！」李百欣瞧著自己的筆記本，體內有股熱血沸騰的感覺，「明天要花很多時間查資料了！」

「我懂！」劉潔欣挑了眉，「是不是有種突然活過來的感覺？」

李百欣頓時雙眼一亮，「對對對！不然最近我做什麼事都提不起勁！」

一桌子人深表同意的點了點頭，是啊，最近不知道是天冷還是怎樣，真的做什麼都懶。

正在滑手機的杜書綸用手肘推了聶泓珈一下，說啊！

她斜眼睨他，又她？

「那個……所以大家都能感受到，什麼都不想做，成天懶洋洋的對吧？」聶泓珈開了口，小心翼翼。

「對啊！她最誇張。」張國恩直接指向李百欣，看來每天叫她起床相當辛苦。

「我也是，我現在得設定到十個鬧鐘，才能準時起來，很累。」婁承穎跟著嘆了口氣，「甚至第十個鬧鐘響了之後，我第一時間想到的是要不要請假！」

「就是！」周凱婷點頭如搗蒜，「但我弟都沒影響，一大早就起來挖我，加上我得先送他去學校，我沒偷懶的本錢。」

沒有偷懶的本錢啊……聶泓珈聽到關鍵語句，果然沒被懶惰侵蝕的人，背後都一定有個「動力」。

「我也不拐彎了，大家最近真的需要用意志力讓自己勤奮些，千萬不要陷入怠惰之中。」聶泓珈雙手掐著可樂杯，幽幽的說，「不小心的話……會出事的……」

咦？所有人的笑容頓時僵住，紛紛轉過頭看向低垂著頭的聶泓珈，那個……

大家是很熟，但很熟的前提原因在於：他們一起面對過鬼！

「聶泓珈，是、是那個嗎？」李百欣立即反應。

聶泓珈先是想點頭，但最後聳了聳肩。

「有問題就是了，狀況很不正常……你們也看到了那個沒補坑的工務員慘死的新聞了吧？」聶泓珈突然往右看向了杜書綸，「我們那時正因為挖到斷臂，到警局去做筆錄，所以……」

嗯……嗯？突然感到多雙眼睛的注視，杜書綸抬頭瞥了一眼後立即正襟危坐，球怎麼突然打過來了？

「那個……妳剛講到什麼，喔——對！那位林小姐因為懶散拖延，害得一條生命枉死，然後也很快得到現世報。」杜書綸巧妙的轉了個彎，「我勸大家積極一點，千萬不要陷入——」

「因為惡魔要降臨嗎？」劉潔欣突然語出驚人。

聶泓珈是嚇得抬頭的，連杜書綸都瞬間語塞，並肩坐在一起的他們用詫異的眼神迎下這個提問！

「為什麼……為什麼妳會說……」聶泓珈都結巴了。

「網上已經傳開了！」婁承穎立即翻轉手機，把畫面給他們看，「有一個網站一直在說惡魔即將降臨，是由人類孕育出來的！」

聶泓珈趕緊起身，伸長手一把抄過了那支手機端詳，網頁簡簡單單，血紅的字寫著熟悉的話語：「愚人們」！

「很多社群的留言也開始出現這個，什麼偉大的惡魔要降臨了，再多掙扎都沒有用！」周凱婷跟著接話，「因此那個躺平理論就再次進化，現在各種懶散拖延都有理由了。」

反正世界都要末日了，積極做什麼？

就像金毛說的，即使不是世界末日，唸這麼多書的他們，以後一定會有好工作嗎？好工作就等於有好收入嗎？好收入，就代表會有幸福順遂的人生嗎？

短短人生，不如躺平享樂，過一天算一天。

杜書綸跟著湊近滑著螢幕，半長的髮絲自然的與聶泓珈的頭髮相黏，他們之間總是有著過度但不自覺的親暱，婁承穎看著他們，連拿薯條的力道都大了一些。

「用你們的罪愆孕育我們的主人，他會成長茁壯，直至降生。」杜書綸唸著網頁最下面的那行文字，「別告訴我是哪個孕婦體內是惡魔……」

張國恩掙扎很久，抽了口氣，「所以，網上那些是……眞的？」

聶泓珈爲難的看了他一眼，遲疑的點點頭。

「寧可信其有吧！」她語重心長，「那個林小姐，應該就是被掉下去的那位先生反殺的，我那天完全感受到陰氣森森。」

小桌上陷入一片靜默，周凱婷打了個冷顫。

「媽呀！爲了活下去，我會超級振作。」她連靈魂都醒了好嗎！

「這個網頁誰創的啊……婁承穎，你發個連結給我吧！」杜書綸將手機遞還回去，他想好好查查背後是誰，「怎麼搞得惡魔崇拜者都熱鬧起來了？」

「我沒加你，我發給珈．珈吧。」提到珈珈兩個字，婁承穎咬字特別清楚。

不過，杜書綸明顯的沒聽進去，他已經陷入思考愚人教與惡魔崇拜間的關聯了。

「如果因懶惰而犯下大罪，可能就會被吞噬嗎？」李百欣壓低音量，卻每次都說得精準，「這次是怠惰者。」

聶泓珈抬眼，與她四目相交，本想反駁以掩蓋眞相，但是她說不出來。

李百欣還是很聰明的。

「什麼？」張國恩倒是傻傻的望向她。

「拜託，最近在我們這裡發生的命案都有相關啊，變態補習班老師是色慾、其他班那些暴怒的恐龍家長加學生、然後是暴食的沉溺者、再來是你捲進的詐騙集團事件，不就貪嗎？」李百欣緊張的吁了口氣，「懶惰也太容易犯了，我常常懶散，我可不想犯什麼大錯……」

「或許也不一定是需要犯下什麼大錯才——」

「噓！噓！不聽！」李百欣指著杜書綸要他閉嘴，不要說其他五四三的嚇人！

連誰負責孕育惡魔、在哪裡降生都不知道！怠惰之罪又是誰判定的？

「我也會偷懶啊，但也不是什麼大事吧？」周凱婷喃喃自語，突然間人人都在回憶自己因偷懶而犯下的事。

你一言我一語的，唯有婁承穎從剛剛開始突然就沉默了。

他把網站連結發給聶泓珈後，就陷入了詭異的沉默中，低頭說話也不回應，甚至連面前那一堆薯條都不再迷人。

「喂，你怎麼了？搞得好像你有因爲懶散犯過什麼大錯一樣！」身邊的張國恩打趣的說，跟著發出低沉的爽朗笑聲，哈哈哈。

婁承穎看了他一眼，旋即一抹苦笑擠出，要笑不笑的，但看起來更像快哭出來的模樣。

哎呀！女孩子們都敏銳的發現了這點，李百欣趕緊捏了張國恩要他閉嘴，笑什麼啦！對面的周凱婷跟劉潔欣也有點慌亂，想著該怎麼扯開話題。

聶泓珈難掩緊張的看著婁承穎，總、總不會眞的——

「懶這件事眞的很可怕，跟毒品一樣，只要曾經有過偷懶的念頭，就會一直墮落下去。」他慢條斯理的開口，「我因爲懶得回我朋友的信，一拖再拖，一轉眼拖了一年，然後……我就再也沒見過他了。」

李百欣轉著眼珠子，「這個再也沒見過是……」

「他死了。」婁承穎輕描淡寫的說著，望著李百欣時，他眼底閃爍難以隱藏的淚水。

就只是回封信，他爲什麼會這麼懶呢？

朋友是個喜歡寫字的人，寫得一手好字，而且收集了許多漂亮的信紙，在這個3C當道的年代，一般都是訊息爲主，但他偏偏就愛手寫字的溫度。

所以朋友轉學時，他們約定好，一個月寫一封信，告訴對方這一個月的生活。

但距離的確是會拉開情感，他離開後，婁承穎有了新的朋友、新的社交圈，學校各種活動都在繼續，已經沒有餘力再去跟一個遠在不同城市的朋友頻繁聯絡。

而且說眞的，對不常寫字的他們而言，寫字很累耶！

所以他們從一個月一封、到一季一封，再到半年一封信，再然後……因爲自知理虧，他變得不敢跟朋友聯繫，連社群上的訊息都不敢打，就這麼一日復一日，得過且過下去。

不過朋友沒有失望，在婁承穎生日那天，看到美麗的夕陽時，都還是會拍照傳給他看，婁承穎總是回個笑臉，簡單聊個幾句後，總說：「我有空一定會快點寫信給你，我是眞的太忙了。」

明天就寫、後天就寫、下週一定寫……桌上堆著的信紙都生了灰，他始終沒動過。

「我甚至連他寄來的信都沒看，積成一小疊，因爲一旦看了又不回信，我怕有種愧疚感。」婁承穎幽幽的訴說，「直到某天到學校時……同學告訴我，他自殺了。」

「咦？」張國恩很誇張的咦了很大聲，「爲什麼……」

李百欣立即在桌下踢了他一腳，別亂問問題啊！婁承穎正因爲沒讀信而愧疚，萬一對方早早把事情都寫在信裡怎麼辦？

「我們還能有什麼事，他就是被霸凌了！」婁承穎緩緩抬頭，視線恰好與聶泓珈相對，不過他看的是更遠的地方，「被排擠到一個無法忍受的地步，就跳軌了。」

聶泓珈瞬間一顫身子，手下意識的一收。

她眼前彷彿出現了火車飛掠的畫面，鮮血在她的眼前濺開，甚至濺入了她的眼睛裡，世界頓成一片血紅！

杜書綸不動聲色的伸手過來，覆住了她開始發冷的手。

一桌子人沒敢接話，不好問信的事、也不該問他朋友是否有求救，畢竟婁承穎都沒看對方寄來的信啊！愧疚與自責感都拉到滿點了，他們這些外人真的少說兩句，因此現場氣氛陷入一種低迷的悲傷中。

「哎，好了，大家不要這麼低潮啦！我只是在分享惰性。」婁承穎飛快的抹去眼角滲出的淚，「這真的很難控制，『明天就寫』這四個字，我想了整整一年，到他離世我都沒寫過。」

「這的確就是惰性，而且會毫無感覺的拖下去，其實不一定會得到快樂，但也不會有什麼損失的感覺，得過且過。」杜書綸微微一笑，「但他的離去，不是你的錯。」

婁承穎看著杜書綸，眼神有些複雜，「或許吧。」

「婁承穎，你不要太自責了！他的痛苦跟難處，只有他自己知道。」李百欣也趕緊勸慰。

婁承穎一定是懊悔沒有及時發現好友的低潮，或許那個朋友在每封信裡，都提及了被霸凌的痛苦吧？可是話說回來，都不同校，婁承穎真的無法幫上什麼忙，只能聽其訴苦罷了。

很多課題，都還是只能自己面對。

「不說我了，看我把氣氛搞得這麼差！回到正題……對，我們不能被這種惰性影響，得振作。」婁承穎把話題拉了回來，「我覺得我們都還好吧，一堆懶惰有理的人比我們誇張多了。」

「這話讓我想到關東煮小開，躺平萬歲，懶惰有理！」周凱婷忍不住翻了個白眼，「最令人厭惡的是，他說的某些話好像又沒錯……像他就真的可以躺平過日子啊！」

「對啊，他爸媽還在前面辛苦忙著賣關東煮，他倒是呼朋引伴的在外面逍遙悠閒。」劉潔欣也忍不住說了幾嘴，「我們沒那個命，就認份一點！」

說起那個金毛，杜書綸就感興趣了，那種人才應該是懶惰最佳代表！不僅貫徹到底，還跟著嘲笑他們這些努力生活的人啊！

周凱婷將大家的注意力拉回，再次分配完各人工作後，大家也差不多該回家了，杜書綸趁機小聲的對著聶泓珈附耳：「等等我們去吃關東煮吧！」

聶泓珈詫異的瞅著他，他覺得那個金毛可能是對象嗎？

「我以爲你會想先去醫院。」那場醫療事故不該查查？

「我們去也不能做什麼啊，沒人會理我們的！不如靜觀其變，眞的有事，搞不好受害者會自、己處理！」杜書綸早想過一輪了，「那個金毛比較經典，他根本是信奉者吧！」

「所以？」聶泓珈皺起眉，「惡魔會傷害自己的追隨者嗎？」

杜書綸突然覺得聶泓珈這句問得眞有道理，既然躺平萬歲，或許惡魔應該要大大讚揚金毛吧？

「我們換個角度，如果是獻祭呢？不是追隨者都願意奉獻自己之類的？」

聶泓珈揹起背包非常猶豫，但不是在想誰是追隨者，或誰是怠惰者，而是——他們要不要蹚這個渾水？

「我們如果不是那種懶散的人，是不是就不要理了？」她自己做著結論，「我沒因爲拖延害過誰，也沒有因爲懶得做什麼鑄成大錯。」

所以，正常生活就好了，她眞的太累太累了，不想一直生活在恐懼中，那些惡鬼、可怕的人，還有連死後都繼續作惡的人們。

杜書綸看出聶泓珈的擔憂，不過「說得也是」這四個字始終沒有出口。

「我就是覺得，應該……有我們能做的事。」

「唸書，把小組報告弄好，平平安安度過高中生活。」聶泓珈認眞的回應，他們只是高中生啊！

「什麼平平安安？」婁承穎冷不防地從後面追上來，「你們好嚴肅喔，在討論什麼？」

杜書綸淡漠的瞥了他一眼，婁承穎眞的很認眞的在引起珈珈注意。

「沒有，我跟杜書綸說，我不想去管什麼雜七雜八的事了，我覺得太可怕了……我只想平安的過完高中。」她嘆了一口氣，面露沮喪。

「就妳一直想當透明人，不想被注意對吧！」婁承穎永遠記得她自我介紹時，頭低得快貼到地板了，是眞的社恐內向的模樣。

聶泓珈用力點了點頭，這就是她的志向，隱形的度過高中三年，不被任何人注意到多好！

結果高一才開學第一週，就有亡魂在她座位旁的窗戶外喊她，後面捲入了各種事都不堪回首，幾週前在禮堂建造處差點摔進水泥裡，上週清淤泥都能清到斷臂——現在S高誰不認識她？

自然，她忿忿的看向杜書綸，書綸無緣無故跑來唸普通高中，還跟她在一起，這也是備受矚目的主因好嗎！

「幹嘛？」杜書綸縮了一下身子，爲什麼他有種被討厭的感覺？

「都你！」聶泓珈又狠瞪了一眼。

他？他怎麼了？杜書綸才準備要拉過她好好問問，婁承穎卻突然扯過了聶泓珈的書包。

「可是妳做的事、跟妳想成爲的人，一直是背道而馳的耶！」婁承穎不解的看著她，「我都覺得妳像是在強迫自己成爲透明人！」

喝！聶泓珈沒有隱藏恐慌的看著婁承穎，她是比他還高，但這瞬間她卻有種被睥視的感覺！

「我……沒……」

聶泓珈都快忘記呼吸了，她選擇原地轉身——直接撲進杜書綸的懷裡！

杜書綸直接張開雙臂，準確的接住了她，她緊閉著雙眼直接埋進他的肩頭……是有點吃力，畢竟他們差了十公分的身高。

「別逼她！那天在關東煮店時我就說過了！」杜書綸朝婁承穎伸直右手，「不然我只能請你以後都當她是個透明人了。」

「爲什麼？我明明感覺到——」

「噓！」杜書綸再次打斷他，「不關你的事，你就少說兩句吧！珈珈想成爲什麼樣的人，她就是什麼樣的人。」

杜書綸眼神變得非常不客氣，充斥著滿滿警告。

然後他帶著聶泓珈就往速食店門口走出去，還不時回頭看向婁承穎，像是警告他不要太快上前。

其他已經出去的同學都在熱切聊天，完全不知道剛剛裡面發生的事，只是當杜書綸拉開玻璃門時，劉潔欣才瞥了眼。

「欸，都出來了，走了走了！」她吆喝著，一票學生持續吱吱喳喳的朝路口走去。

婁承穎自然是最後一個出來，他臉色難看的望著走在前面的人，聶泓珈已經不再躲進杜書綸的保護傘內，而是選擇疾步往前，她想走到大家前面，離婁承穎越遠越好。

杜書綸再度回頭，沒好氣的看著他：「何必？」

珈珈說她是社恐，她就是社恐、說自己是透明人，就是透明人，就算看出來也少說兩句啊！

他也趕緊繞到前面去，李百欣看得丈二金剛摸不著頭腦，「你們是趕著要去哪裡嗎？」

一個紅燈擋下了他們，走得再快，還是被那個紅燈擋下了所有，一群人聚在走廊下。

婁承穎沒有貿然上前，中間聊得正起勁的同學們，也沒留意到他們前後異常冰冷的氛圍。

燈號轉綠，聶泓珈急著跨步而出。

而有輛車子突然左轉，轉得又快又急，而且他是從外線道切過來的，讓直行車措手不及，瞬間就撞了上去！

「磅」的撞擊巨響傳來，正在過馬路的他們都嚇了一跳，才直覺朝右方看去，卻看見了直直噴飛過來的機車！

誰都來不及反應，唯聶泓珈回身一把拉過了只差一步的杜書綸，二話不說的往前衝！

「哇呀——」

砰——磅——撞擊、尖叫聲幾乎是同時發生的，衝到對面廊下的聶泓珈也沒有止住衝力，快到時她直接往廊裡撲去，連帶著杜書綸一塊被甩進了走廊裡，雙雙都滾了好幾圈才停下。

巨大的聲響就在他們耳邊傳來，可是他們什麼都沒看見，也什麼都反應不及！

杜書綸只感覺到有很多東西往他身上彈，還有一堆物品落在他週遭。空氣中都是刺鼻的汽油味，等能睜開眼時，只見煙塵瀰漫，令人嗆得難受。

「聶泓珈——杜書綸——」李百欣的尖亮聲音傳了過來，好，聽見這聲音就代表她應該沒什麼事吧！

蜷在地上的聶泓珈被李百欣搖著，她意識迷茫的被拉起來，暫時沒感覺到痛或是受傷，但就是耳鳴得厲害。

「書綸……杜書綸！」開口第一句話，還是杜書綸。

「他在這裡！還活著！」張國恩喜出望外的扶起杜書綸，還搬走他身上壓著的塑膠板。

「謝謝你……對，活著。」他亦跪坐在地，努力的想集中精神。

斑馬線上到處都是廢鐵跟機車殼碎片，有好幾個人或趴或躺在地上，分散範圍甚廣，好像大家都被撞開似的。

「你們……你們沒事嗎？」杜書綸終於意識到，剛剛有車子衝向他們。

張國恩用力搖頭，「沒事，我們跟你們中間隔了一段兩個人的距離，有台機車就從這中間撞過來！」

「大家都沒事！哈囉，聶泓珈？」李百欣發現聶泓珈沒什麼反應，在她眼前彈著指，「聽得見我說話嗎？」

聶泓珈兩眼發直的看向自己的面前，他們是在轉角處，但是她的眼前、走廊裡居然有輛車子？那輛車不知道從哪裡衝進來，不僅衝進走廊下，還撞進了某間麵攤……

車子底下，有人……

「同學有沒有事？好可怕，就差一點點你們就被撞上了！」

「那台車根本沒打方向燈！他突然就右切了，大家都來不及！」

路人們紛紛上前，把聶泓珈他們半拉半拖到旁邊休息，另有一票人想去搶救麵攤裡正在吃飯的客人，但狀況太過慘烈，沒人敢動。

「他的上半身跟下半身不同地方啊！」

「等……等救護車來好了！」

「轎車駕駛還活著啦！快拖出來！」

上半身跟下半身是分開的……聶泓珈打了個寒顫，她剛剛坐起來時，正巧對上了車底下的一雙眼睛……不，只有一顆頭，是個紮著馬尾的女人，她雙目圓睜，定格在驚恐的瞬間。

路人們合力把扭曲的車門打開，總算拖出了滿臉是血的駕駛，駕駛意識不甚清楚，但卻是活著的。

意外的，只是個少年。

「你搞什麼啊？打方向燈不會啊！說轉就轉，馬路你家開的啊？」

「看見沒有？你撞死多少人了！」

血流進了少年的眼裡，他疼得唉唉叫，都還沒反應過來發生什麼事，就被一群人圍著罵。

「壞了……」他喃喃說著，還很委屈。

「什麼？什麼壞了？」

「方向燈……壞掉了……」他邊說，還開始咳嗽。

「方向燈壞了……這是理由嗎？壞了你不會修啊！」

少年有氣無力的皺著眉，「……懶……我懶得修……」

懶得修。

第六章

懶得核對的藥品

少年只有十五歲。

他偷開家裡的車子出外遊玩，車上還載著一樣年紀的朋友們，他們不會阻止未成年駕車的行逕，只會覺得同伴厲害威武，沒有駕照也能開車上路，這是多值得炫耀的事！

少年更是志得意滿，不必考駕照一樣能開車上路，自覺自己是賽車手般的自豪，所以隨著自負上升，油門也越踩越快，直到那個轉彎。

他直接從外線切內線急速左轉，速度快到無視對向車輛，重點是他還沒打方向燈，同向的車子反應不及，就成了可怕的多向追撞！

機車族們車殼與安全帽同時噴飛，人在地上磨擦，磨掉肉事小，磨掉半顆頭顱的更是拖出了一條血痕。

被撞擊的車子無法控制，牽連到機車，許多台機車是直接朝著垂直方向的待轉區衝去的！現場宛如保齡球般，只是被打飛的是待轉區的機車與行人。

而主要失控的轎車左轉後直接衝進轉角廊下，那兒有間經營三十年的小麵攤，眨眼間只剩下一塊陳舊的塑膠招牌掉落在地，白底紅字的招牌上甚至看不清字，因爲已經被用餐客人的鮮血覆蓋。

她是兩個孩子的母親，叫碗麵配油豆腐，簡單吃個晚餐；他是剛成爲爺爺的男人，散完步想念古早味，坐下來吃上一碗；他們是疲憊一天的上班族，晚餐時分就是補充動力的來源……他們是大家身邊的普通人，只是想吃個晚餐。

就這麼身首異處、或攔腰撕裂，死狀悽慘。

而肇事的少年，剛剛說他想吃蔥抓餅。

「他不是不打方向燈，他打了，但方向燈早就壞了。」急診室裡的刑警搖了搖頭，「他們家一直沒修，懶得修，他父親覺得沒方向燈上路也沒差。」

懶得修。

身上貼著紗布的杜書綸聽著家屬的淒厲哭聲，蹙著眉看向拉起的簾子內，與滿地染血的紗布。

「這兩個要觀察後才能出院，都有輕微腦震盪。」護理師走過來，匆匆交代，「其他學生都可以走了。」

婁承穎手肘擦傷、李百欣是被碎片割傷小腿，幸好沒有切到動脈，周凱婷跟劉潔欣都沒事，只是受到驚嚇而已，張國恩因爲幫忙救人、收拾碎片時割到手，打了一針破傷風。

他們之間最嚴重的當屬聶泓珈與杜書綸，不過與那些慘死輪下的死者而言，他們都只是手腳剉傷、外加一些擦傷割傷以及輕微腦震盪罷了。

「你們快回去吧，我們可以的。」聶泓珈催促著同學，「明天照樣上學。」

「眞的可以嗎？可是……」婁承穎一副想留下來陪她的模樣，「想吃什麼？

我去幫妳買。」

幫妳買，不是幫你們咧，杜書綸覺得自己才是被視為透明的那位！

「我媽等等就過來了，她會幫我們準備晚餐，也會陪我們。」杜書綸非常自然的交代著，「所以你們眞的可以回去了，不然你們的爸媽也會擔心。」

婁承穎明顯的不悅，但他好像也沒立場說什麼，聶泓珈畢竟跟杜書綸是一起長大的啊，連監護人都共用！

聶泓珈看著婁承穎，頷首表示他可以放心，杜媽眞的等等就來了。

而她的眼神，卻始終離不開那個在角落裡上著手銬接受治療的少年，以及在他旁邊一臉憂心忡忡的父親。

「你們輕一點，他很怕痛！」男人用帶著斥責的口吻對著護理師說，「怎麼傷得這麼重啊！」

少年除了瘀傷跟額角的開放性傷口外，眞的看不到「傷得很嚴重」的跡象。

杜書綸回頭看著那對父子，也有股無名火在燒。

「總共多少人傷亡？」他伸手，拉了拉正在對別的傷者做筆錄的警察。

「呃……目前確定死亡有八個。」警察皺了皺眉，「病危三個，其他就是這一整間的傷者。」

骨折的、氣胸的、每個人的傷都比少年跟他同車的朋友們重！

「懶惰……也是能鑄成大錯的。」聶泓珈眞沒想到，一個方向燈也能造成這麼大的錯誤！

當然，肇事原因絕對不僅僅因爲一個方向燈，無照駕駛的少年、超速，這些都是導致這起事故的主因！但是方向燈的確還是個關鍵！

「不知道懶得好好管教孩子，算不算得上一種懶惰？」杜書綸轉回頭來唸著，「我想回家，這裡不管什麼時候來，我都不太舒服。」

聶泓珈苦笑一抹，「連你都不舒服，你就知道這個地方……」

畢竟是生死交界的急診室啊！

一道道簾子隔開了一張張病床或擔架，生與死都在轉瞬間，滿地的鮮血是常態，永遠在跟死神拔河的護理人員們衝進衝出，這個地方承載了太多痛苦與黑暗。

還有，難以一眼望盡的亡魂們。

眞的太多了！多到有一個貼在她耳邊嗅聞著，她都得假裝看不到的發顫。

「他要降臨了！」

冷不防地，令人討厭的字句在急診室裡響起，聶泓珈立刻搜尋聲音的方向，看見一個穿著帽T的男人，正蹲在一個傷患的身邊。

「用罪愆孕育他，他就會降臨。」對方握住患者的雙手，「我們只要夠虔誠，說不定都有機會親眼目睹他的到來。」

被握住手的患者嫌惡的皺眉，一把將手抽出來，「在說什麼啊！」

「愚人們——」帽T男冷不防地站起，張開雙臂朗聲大喊，嚇得現場一半以上的人失聲尖叫。

「愚人們！」他誇張的仰首，看著天花板，「用你們的血向他獻上忠誠！我們期待您的降臨！」

「喂！不要吵！」醫護上前勸解，「這是急診室，你在做什麼？」

那人仰著的頭緩緩回正，然後，他轉向左方——看向了少年。

聶泓珈嚇得一顫身子，可惡的寒湧上，雞皮疙瘩瞬間爬滿她的全身！杜書綸覺得心臟漏了一拍，那個男人轉頭的一瞬間，他雙腳居然不自覺的抖了起來！

杜書綸雙手按住自己的膝蓋，這不聽使喚的抖是怎麼回事!?

被注視到的少年也毛了，他慌亂的閃躲眼神，拉過自己胖胖的父親，仍舊希望父親當擋箭牌。

那名男子伸出手，這次直接指向了少年。

「怠、惰、者！」他中氣十足的大喝！

「先生！」警方準備勸下他，因為這奇怪行為已經讓急診室裡人心惶惶了。

可下一秒，那男人居然開始全身抽搐，就像那天被電擊的女疑犯一般，全身亂顫，伴隨著尖銳可怕的笑聲，每個音也都是抖著的！

「嘻嘻嘻—哈哈哈哈——他要來了！他等著你們——」

警察終究是撲倒了他。

可即便如此，臉貼著地板的他，仍舊拼命轉頭看向著少年那邊，上吊的眼睛死死瞪著他，笑聲與抽搐更沒有停止過。

「我們相信他會降臨，用你們的血獻祭，孕育他降生——嘻嘻……嘻嘻……嘻嘻……」

那笑聲一個字比一個字細，分貝不停拉高，聶泓珈忍不住摀起雙耳，那聲音像數千支細針，鑽進她的毛細孔裡！

她身邊的杜書綸早已站起，他沒有壓制發抖的指尖，只是緊皺著眉看向躲在父親身後的少年，如果那男人是惡魔的使徒，對方現在是光明正大的找上門了啊！

惡魔降臨似乎已成必然，懶惰也是能犯下大錯的，想想今天慘死的人們，那一臉覺得自己無辜的少年，言必稱自家兒子很乖的家長……他們都是原罪犯！

杜書綸一臉痛苦，緊繃著身子，頹然的坐了下來。

「貝爾菲格。」他喃喃唸出了這個名字。

聶泓珈望向他，她知道這是主管懶惰的惡魔。

「他要降臨了嗎？爲什麼用這種方式？」

「不知道……或許是最近的事情，讓惡魔的信徒有信心！」杜書綸看著聶泓珈一臉困惑，「就類似……發表會或簽唱會嘛！既然要登場就要做個大的！」

聶泓珈聞言眉頭蹙得更緊了，「你知道你在說什麼嗎？」

「欸，這很合理啊，默默出現在芒草原多無趣，世上本來就有信奉惡魔的人，這樣登場不是超華麗嗎？」杜書綸還認眞扳起手指，「預言、孕育、獻祭、降臨……」

每一樣，都符合了過去召喚惡魔的儀式。

聶泓珈聽到有人信奉惡魔一時覺得不可思議，「有沒有可能只是因爲某個人的召喚？」

「不可能。」杜書綸再度斬釘截鐵的否定。

鬧事的男子被警方帶走，接著杜媽很快就到了，心疼的爲他們送上熱騰騰的便當，由於醫生沒發話，他們還必須留院觀察，杜媽不放心的也拉張椅子在旁陪伴；肇事者的筆錄全程也都在醫院進行，一點輕傷卻唉得像是骨折一般，少年甚至也留院觀察。

聶泓珈實在不想待在醫院，但最後也只能在這冰冷又令人膽寒的走廊上沉沉睡去。

滴答——滴答——

杜書綸的耳朵動了一下，他睜開惺忪雙眼，有幾秒鐘的時間不太懂自己身在何方……喔，醫院。

他隔壁病床是聶泓珈，媽媽就睡在他們兩張床中間，趴在他床緣睡著，又冷又充斥藥水味的地方，要不是太累或傷得重，根本沒人會想在這個地方睡覺吧！

小心撐起身體，有點渴，他又不想吵醒母親，正想著該怎麼辦。

放眼望去，走廊上滿滿的都是擔架，有一半是這場交通事故的受害者，被車掃到可不是小事，腦震盪都是基操，所以許多人都被留院觀察。

包括那個肇事者。

坐在床上就可以看見少年的床，肇事者待遇也不差，不但有床位、還有簾子，甚至還有警察保護，他的小熊包包掛在床邊，這麼可愛的包包，跟八殺的少年真不般配。

滴——答——水滴聲再次傳來，杜書綸聳了肩下意識閃躲，誰讓那聲音給他一種隨時都會滴進他頸子裡的感覺！

抬頭向上望，他上面剛好是個通風口，仔細觀察，沒有水啊！

但那聲音哪裡來的？

「不舒服嗎？」突然的聲音從身後傳來，嚇得杜書綸差點跳起來。

他倏地回首，是來巡邏的護理師。

「別怕別怕，來，量體溫。」護理師拿起額溫槍，溫柔的笑看著他。

突然出聲會嚇死人的好嗎！杜書綸心跳依舊飛快，他是眞的被嚇到了好嗎！

「我只是剛好醒來，有點渴。」他邊說，指著護欄，「我想去裝水。」

「我拿給你。」護理師說著，畢竟杜書綸手上還吊著點滴。

隨手把筆放回口袋裡，筆套上是有一隻小熊，很溫柔的護理師，名牌上寫著呂平平。

護理師很快的遞來水，杜書綸不好意思再讓她倒第二杯，再三道謝後，便乖乖躺了下來。

他看著護理師檢查每個急診室的傷患，因爲寒冷所以她在白衣外面又套了件大外套，背後竟也有一隻熊的圖案！意外的是不是可愛的熊娃娃，而是看起來挺威猛的棕熊，跟溫柔的白衣天使頗有違和感。

不一會，另一位護理師突然疾走而至，臉色僵硬的拉過那位呂姓護理師附耳細語，呂平平明顯的臉色唰白，然後慌亂得不知所已。

「妳先到樓上去躲！」來通風報信的護理師推著呂平平離開。

呂平平匆匆奔離，而她在轉身的那刹那，杜書綸卻發現她外套背後的熊不見了！

咦！

他立即坐起，不安的感覺襲捲全身，像是有無數隻螞蟻在身上爬似的令人難耐。

滴答——此時此刻，滴水聲再度響起，但是，聲音移動了！

喝！杜書綸屏氣凝神的抬頭，聲音往前移了幾格，朝向門口的方向……此時此刻，有幾個護理師也行色匆匆的朝門邊跑去，而在他看不見的地方，有一股濃厚的黑暗正緩緩逼近。

他看不見人，但有一縷一縷的黑色霧氣瀰漫在空中，並且緩緩的飄過來。

杜書綸沒有思索，拔掉手中的點滴，小心的從床的另一邊翻床下地——他背靠著隔壁床，女孩同時睜開了眼。

「連太太，請您不要打擾到患者，今天在市區發生的車禍您應該知道，傷患很多都正在休息。」

「把她叫出來。」女人的聲音輕飄飄的，聽起來有氣無力。

「連太太，她現在正在上班，這是妳們私人恩怨，是不是可以……」

「私人恩怨？」女人帶著十分怒火的眸子立即瞪向說話的護理師，「她是你們醫院的一員，她給錯了藥、間接害死了我女兒，這叫私人恩怨？」

「連太太，我們眞的很能理解您的心情，但是……我想官司已經結束了，是不起訴的！醫院也給了您一些慰問金，您這樣不依不饒對我們醫院來說眞的很困擾。」

「慰問金？我要那個做什麼？你們能賠我孩子嗎？」連太太激動的喊著，但她聲音眞的太小了，看上去也弱不禁風。

杜書綸假裝去裝水的偷看，正是那位醫療糾紛的媽媽啊！

她比之前也憔悴太多了，又瘦氣色又差，看上去像生了重病似的，有連站都站不穩的感覺。

她出現在這裡，剛剛呂平平慌張的上樓去躲藏……所以說，剛剛那位護理師就是醫療事故的主角嗎？

門口僵持不下，連太太鐵了心想進去找人，護理人員跟保安全都上前阻止，一再的請她以其他病患的安全爲前提。

「我只是要找那個女人而已！她給錯了藥，害我女兒死了！你們以爲幾十萬元能買我孩子的命嗎？」連太太哭了起來，「我孩子死了，她卻活得好好的，憑什麼！」

「那些都是您的一面之辭，無法證明她給錯藥，您忘了嗎？法院已經……」

「我沒說謊！是她心機重！」連太太即刻反駁，「她騙我把藥換回來，我才沒有證據的！我孩子死後監視畫面也沒了，她在外面活蹦亂跳，還繼續當護理師！你們醫院怎麼能再用她？讓她再殺更多人嗎？」

唉，他們眞的不知道該怎麼勸連太太了！

當年連太太指稱呂平平放錯了藥，導致她的孩子暈倒腦子，但是醫生跟警方都發現連太太手邊的藥沒錯，等患者四個月後死亡時，監控畫面早就被洗掉了！法醫解剖也無法確定吃錯藥的關聯，也有部分原因是患者自身的原因，但確實沒有任何直接證據，證明是呂平平放錯藥。

最後，醫院給了些慰問金想寬慰連太太，可是連太太卻始終放不下。

當然，寶貝孩子的死亡沒有人能放下，但是——

「我可以請教您嗎？到底要怎麼樣您才會願意停止這一切？」

連太太低著頭，突然身子一陣顫動，那抖動的方式一如下午在急診室裡喊著愚人們的男人、拘留室裡的女性疑犯們一樣——只是她就幾秒鐘，然後頭依舊低垂，眼神卻向上吊的看向眼前的護理人員。

「我要我的女兒回來。」

「妳明知道那是不可能的！」

「那我要她死！一命、賠一命！」連太太咬著牙，氣到全身發抖著，「她沒有資格活著！」

說時遲那時快，連太太直接從人牆中縫隙要往醫院裡衝，只是保安速度更快的攔下了她，立刻進行了壓制。

「不——」連太太居然從口袋抽出了刀，直接劃傷了保安。

「哇！」保安的手被割開，痛得鬆手，連太太立刻衝進了醫院！

咦咦咦！杜書綸傻在原地，連太太一衝進來，就剛好跟他面對面了！

四目相交，杜書綸清楚的看見連太太眼底的瘋狂，她只看了他幾秒，立即往地板看去，然後向右奔向了就近的樓梯！

杜書綸完全不敢動彈，眼尾瞄著地面，爲什麼連太太要看地板？而且他聽見她上樓的足音？彷彿早知道呂平平躲在樓上似的！

「快點！她進去了！」

「不能引起騷動！」

門口的人個個慌亂得六神無主，杜書綸選擇旋過身，他只是路過裝茶的患者喔，什麼都沒看到，什麼都不知道……

「你在幹嘛？」熟悉的布鞋映入眼簾。

杜書綸抬頭看向聶泓珈，尷尬的笑著，「剛剛……」

「我都看見了。」她回身，看向了不遠處的樓梯，「一路上都是腳印……簡直像引路標記。」

「腳印？」杜書綸定神看去，什麼都沒有啊，「什麼腳印？」

聶泓珈有些緊張的掐著衣角，杜書綸看不見嗎？她皺起眉再次看向地板，在地上的血腳印一步一步，都像是在為那位太太指引方向。

「珈珈！什麼腳印？」

「熊的腳印。」她指向地面，「染著血的，每二十公分一個，一路往樓上去。」

熊，又是熊！杜書綸緊張的掐住了她的手肘，喉頭一緊，「懶惰原罪的代表動物就是熊！」

兩個學生登時倒抽一口氣，同時看向地面的腳印，然後一起跟著奔上了樓！有別於慌亂又想低調行事的其他護理人員，聶泓珈是準確朝著腳印往前走的，腳印一路通向了五樓，夜間的醫院非常安靜，他們一路循跡，又得假裝從容。

「你查過那起事故了沒？」聶泓珈抽空問著，「事發在這間醫院嗎？」

「我們S區只有一家大醫院啊！」杜書綸壓低聲音，「連媽媽說是護理師給錯藥，導致小孩吃下去後產生癲癇，昏迷後腦死，躺了四個月後才拔管。」

由於那女孩有先天的糖尿病，很早就經受洗腎的辛苦，而給錯藥的代價，就是直接讓她陷入器官衰退，昏迷後便再也沒醒來，母親每天祈禱著奇蹟發生，最終還是走向了腦死。

因爲患者腎功能異常，再加上四個月後才死亡，所以很多事情變成不確定性，無法證實給錯藥與其死亡的直接關聯，而且也沒發現給錯藥的證據，所以呂姓護理師並無過失，不起訴。

不甘心的媽媽堅持要爲孩子討公道，在街上發傳單，就希望世人能關注女孩的枉死……直到最近，她在街頭消失了。

「我記得這件事很久了，六、七年前的事了！」

「對，很久了，所以那個媽媽發傳單也好幾年了。」杜書綸瞬間意識到聶泓珈的問題，「妳想說，爲什麼現在突然到醫院來找護理師嗎？」

「嗯，她從街頭消失，跑到醫院來……難道那個護理師有離職？現在才回來？」聶泓珈緊張的搓了搓掌心，她在冒手汗啊！

因爲她想起了那位街友說著的，崇拜降臨與孕育。

會不會媽媽信了什麼惡魔教，召喚出……

啪噠。

有什麼東西，滴落在杜書綸身後的地板上，他也聽到了聲響，回頭看去。

白色的醫院地板上，有著一灘奇怪的液體，那質地黏稠且帶著粉色，怎麼看都令人非常不舒服。

杜書綸直接拉著聶泓珈向後退了幾步。

「腳印呢？」

「早不見了。」不然她爲什麼停在這兒呢！

緊接著，天花板突然又啪噠的滴落了一團東西——是通風孔！

杜書綸想起剛剛聽見的滴答聲，之前是水聲，現在爲什麼變成一團——還沒來得及細想，通風孔上的細縫突然全部流下了一條又一條的東西了！

「噁！」聶泓珈忍不住反胃，她感受到強烈的恐懼，緊掐住面前的杜書綸，直接就近進入了他們身邊的病房！

杜書綸將門關上後，不忘趴在門上的玻璃往外看，直到看見了手指頭落下，他才確定他猜得沒有錯！

「那是肉泥！」他用嘴型說著，一陣噁心再度湧上，背貼著門蹲了下來！

聶泓珈雙手都掩著嘴，她知道！她感受到了可怕的殺氣，還有那種屬於亡者的戾氣！

肉泥從天花板的隙縫如雨般降下，堆積在走廊上後，開始組合成形，杜書綸抱著聶泓珈躲在病房門後，他想起警局廁所裡迸開的排水孔蓋，那天晚上，那個男士是怎麼進入殺掉林嘉琪的！

會不會有人，也從那排水孔蓋一寸一寸的擠……不不！他們只是普通受傷的人，不關他們的事，他們路過而已！

嗡——背貼著的門板震動了一下。

這讓如驚弓之鳥的兩個學生嚇得背脊發涼，聶泓珈用顫抖的手從口袋裡拿出金色的手指虎套上左手，杜書綸也把掛在鑰匙圈的符……他手抖到拔不下來啊！

爲什麼有人在推他們的門!?

聶泓珈咬緊牙，貼著門悄悄的頭向上望……卻看見有顆頭，貼在門外玻璃上——向下睨著他們！

「哇！」她忍不住悶叫一聲，直接拉起杜書綸就往病房另一端的深處拖去！

杜書綸連站都來不及，他眞的是被拖到病房底端的，他還在組合他的護身符，聶泓珈只能擋在他前面，戰戰兢兢的看著推門而入的人。

完整的、穿著衣服、一如傳單上一模一樣的那個女孩。

「冤有頭債有主，我們不認識妳……」聶泓珈每個字都在發抖，但她得說完。

身後的杜書綸終於把鑰匙圈扣上了藏在頸子裡的項鍊，這可是「百鬼夜行」的經理給他們的，聽說是惡魔界使用的護身符！

對鬼有沒有用他不知道，但是——他們也有平安符啊！

才舉起平安符跟護身符，杜書綸卻越過了聶泓珈肩頭，看見了病房裡除了他們還有別人！

杜書綸由後摀住了聶泓珈的嘴，另一手緊緊扣著她的腰，兩個人直接縮到角落，貼著牆，讓自己越渺小越好！

女人走進來的步伐非常奇怪，有點同手同腳，像是不會走路似的，而她臉上維持著傳單上那樣的燦爛笑容，像嵌上去般，在昏暗房間裡反而更加令人覺得恐懼。

女人走到那張病床前，轉了身，面對著病床。

『妳……懶得……對名字……』

床底下有個正瑟瑟發抖的身影！聶泓珈也瞧見了，她繃緊神經的蹲坐在原地，完全不敢動彈。

而且當眼睛適應黑暗後，她才更加看清在病床旁的地板上，竟然是一灘鮮血……這房間裡有幾個人啊!?

不！她爲什麼偏偏選了這間！

「對不起……對不起！」哽咽聲從床底下傳來，「我不是故意的啊！」

『妳把別人的藥給了我啊……』女孩開始哭了起來，『我明明還有很多事要做的！』

「我眞的不是故意的，我就只是……」呂平平嗚嗚咽咽的，卻沒辦法爲自己找個理由開脫。

只是懶得做確認的動作，放錯了藥不要緊，重點是她沒有再度確認。

聶泓珈已經意識到這又是一個怠惰者，只是一個念頭的偷懶，卻造成一個女孩的死亡。

洗腎的確辛苦，但她本該還有大好歲月，卻因爲信任服藥而提早終結，這些只是因爲一個護理師的一時偷懶。

下午的懶得修方向燈，到現在這醫療事故，今天她眞的感受到偷懶有時是非常可怕的！

『妳這麼喜歡偷懶，那我幫妳吧……』女孩突然手抓著床底，啪的就掀起了床！

哇啊！聶泓珈激動得顫了一下身子，身後的杜書綸牢牢錮住她！

那張本該被掀開的床，卻這麼飄浮在了半空中！

咦咦？兩個學生看得目瞪口呆，而且飄起來的不只是床，還有剛剛那一地的鮮血，現在竟變成一顆一顆的血珠或血絲到處飄動，接著又浮起一把刀子、還有……另一個人！

翻過來的人剛好正面向著他們，那瘦弱的身體，紊亂的頭髮，穿著灰色格子衣，翻白的雙眼，張大的嘴，還有那被割開的喉嚨——是連太太！

眼看著她就要飄撞過來，杜書綸死命的想再往後退，但他們已經沒有位置了！哇啊啊啊——

連太太一個轉身，又變成背對著他們，持續飄了上去。

聶泓珈趁空把護身符都給拉出了衣服外面，她也有一組惡魔界的屏障符，還有兩個平安符跟三串佛珠！

不知道是這些東西起了作用，還是女孩根本沒理他們，他們只知道在這病房裡的一小塊區域，呈現了無重力狀態——包括護理師。

「哇……哇哇！」護理師無法控制自己身體的飄起，看見女孩時更加歇斯底里，「哇！鬼！鬼啊！」

『對不起。』

嗚，這反應是不是慢了點啊！

刀子倏地飛進了女孩的手裡，她伸手扣住了護理師，二話不說一刀就往她的眼睛刺了進去！

『連對名字都懶，那妳眼睛就不需要了！』

「呀——」慘叫聲傳來，女孩手起刀落，拔出來後立刻再刺向另一隻眼珠！「啊啊啊——」

救命！聶泓珈緊閉起雙眼，別過頭去，她不想看這個！

『重複唸名字都不要，那妳的舌頭也不要好了。』女孩直接伸手進入了尖叫中的呂平平嘴中，拉住了她的舌頭！

啪——她沒有用刀。

天！杜書綸也閉上了眼，他沒有同情呂平平的意思，可是被害死的人回頭出手也太狠了……而且，爲什麼拖了這麼多年？連太太又爲什麼會被割喉？她不是才拿著刀過來追殺呂平平嗎？難不成先被呂平平反殺了？

悶叫聲淒厲的迴盪著，但光聽那慘叫就知道那有多痛。

『拿藥都不會，那妳手也不需要了！』

『右手沒用，左手也不必了吧！』

『害了我還想掩蓋，跑出來跟我媽換藥，妳的腳也罪惡滔天。』

那也不要了吧！聶泓珈都知道潛在台詞是什麼了！

他們兩個人完全不敢再睜眼，只能聽見慘叫聲越來越弱，病房裡只剩下那女孩平靜的聲音，還有骨頭被折斷的聲響。

啪！喀——

『犯罪者的靈魂最可口，他們的鮮血最營養，足以孕育我們偉大的主人。』

女孩的聲音突然變了，低沉沙啞，像極了男人！

杜書綸立即睜眼，看見了飄在空中的大量血液，還有已經不成人樣的呂平平，她的各個部位，都一起飄浮在空中。

女孩鬆開了刀子，倏地一個轉頭，看向了杜書綸！

她依然在燦笑，而且燦爛到嘴角都已經裂到了耳朵，甚至仔細看……那被頭髮遮住的耳朵，似乎是尖角的？

女孩平舉著雙手，手心向上，突然往上做了一個推的動作——接著飄浮在空中所有的血絲血珠，倏地衝向了上風的通風孔！

或者說，通風孔把那些血吸了進去更爲恰當！

珈珈！杜書綸掐了她的肚皮一下，聶泓珈趕緊睜眼，恰好看見了血液上衝被吸光的最後一刻。

『是她的錯，她懶得對名字，害死了我。』女孩仍舊看著他們，但是卻流下了淚，『我，也害死了媽媽……』

女孩邊說，她的頭髮開始飄揚，臉部開始變形，通風孔果然存在著強大的吸力般，開始撕扯了女孩的身體跟每一寸的肉……直到她變成肉泥。

她分解成來時的樣子，一塊一塊的被吸進了通風孔裡，身體、手指、腳指，最後是那顆頭也輕易的扭曲變形，塞入了通風孔那明明狹窄的細縫中，剃！

在後一塊肉消失之際，浮在空中的屍體軀幹們，咚咚砰的掉了下來！

哇啊！聶泓珈側身回抱住杜書綸，不要靠過來！

鏘！

最後發出清脆響聲的，是那柄連一滴血都沒有沾染的，水果刀。

第七章

懶得生活的毒蟲們

鮮血孕育，杜書綸已經確定了這一點！

那些怠惰者都是祭品，他們的血被抽乾，拿去餵養要降臨的惡魔！這太合情合理了！

他跟聶泓珈完全不敢動，深怕破壞到「命案現場」，反正其他護理師本來就在找連太太跟呂平平，所以很快他們就找到了他們。

護理師死得非常慘，雙眼眼珠被捅破，舌頭被活活拔出，四肢被斬斷，這點一如林嘉琪，筋骨盡斷，成了一灘爛泥，差別在於一個內傷，一個外顯，但都很符合懶惰的意象，反正他們動不了、也不用動了。

但是這麼慘烈的現場，卻一滴血都沒有留下。

「人在哪裡？」

熟悉的聲音傳來，那種帶著磁性與威武的嗓音，來自於特殊小組的武警官！

警方當然是找他們來，這種現場任誰都無法用常理解釋！

武警官一轉進五樓病房區走廊，就看見了坐在外頭的聶泓珈與杜書綸，他登時煞住腳步，倒吸一口涼氣。

「停，不必說。」他先一步打斷了要開口的聶泓珈，「我看見你們在現場就知道沒好事……你們大半夜到醫院來做什麼啊？」

「瞧你把我們說得跟災星一樣，好像我們到哪裡哪邊就會出事似的。」杜書綸為自己抱不平，「看見我們身上的繃帶沒有，我們是下午八殺車禍的受害者好嗎？」

「八殺……又你們？」老李非常沒禮貌的使用了另一種措詞。

法醫恰好從房間走出來，搖了搖頭，「這次更扯！都分屍了，但牆上跟床單上卻一滴血都沒有。」

上次警局廁所還是因為搶得及時，才在地磚縫裡獲得幾滴的血液，但這次……

武警官立刻轉身看向他們，「血呢？」

「通風孔？」聶泓珈小心的回答著。

「查過了，沒有。」鑑識小組正站在椅子上，採集著通風孔邊的血液反應，零。

蓋著白布的擔架被抬了出來，聶泓珈別開了視線，她很怕亡魂會衝出軀體，衝著她鬼哭神號。

杜書綸自然的伸手攬過她，他倒是目不轉睛的看著被抬走的全屍，完整的屍體應該是連媽媽的，而後面那團，應該就是呂姓護理師了。

「割喉是怎麼回事？」法醫問。

「學生說不知道，他們進來時死者已經死了。」

武警官跟老李在裡面聽著死者的關係報告，不一會，他果然步出命案現場，朝著聶泓珈使了眼色。

所以他們另外到了其他空著的病房，充當簡易的筆錄場所。

「家屬在嗎？」

「我媽去幫我們買宵夜了，因爲太餓太累。」杜書綸連手指都是冰的，他有種虛脫感。

彷彿被吸走的不只是血，還有他們的精力似的。

「我好累……」聶泓珈這麼說著，眼皮都快闔上了。

什麼都不想說，也不想回答，她現在就想躺在床上——等等！她忽然坐直身子，冷不防地給了自己一巴掌！

響亮的巴掌聲迴盪在房間內，武警官嚇得高舉雙手，可不是他打的喔！

聶泓珈下一秒轉過頭，揚起手就對著杜書綸——「我沒想睡！我現在一點都不想睡！」

開什麼玩笑！他哪受得住聶泓珈的一巴掌啦！

「這是……怎麼回事？」老李狐疑的看著學生，「你惹她生氣？」

「我哪敢！我們不能成爲懶散者，不能散漫，要振作！剛剛突然有種怠惰感，連坐在這裡都不想，所以珈珈才會用物理方式逼自己清醒。」

武警官聞言，眼神沉了下去，他認真的思考著，精明雙眼看向杜書綸。

「這次是——懶惰？」

會問這個問題的，都是行內人了！

聶泓珈點了點頭，「從林小姐的事情開始，應該就是了！」

「而且牽涉到了血祭跟惡魔降臨，我建議去找找邪教份子，什麼愚人教的，他們應該知道惡魔降臨的順序——友情提示，下午有個人在急診室鬧過事。」杜書綸倒是很積極，「還有，那個連太太最近的蹤跡也順便查一下比較保險。」

「為什麼？」

「她討公道七年都在街上發傳單，最近突然消失，又跑來醫院找呂護理師……太奇怪！那個護理師是最近調回來的嗎？」

老李手上正翻著卷宗，「並沒有，事發後她只休了幾個月，一直都在醫院工作。」

聶泓珈聞言更為詫異，「那就更奇怪了！為什麼連媽媽的行為會突然改變？她在街頭討公道這麼多年，而且她的女兒也經過七年後才突然以亡靈模樣殺了護理師？」

當年媽媽發現藥物不對，打電話到醫院詢問，而護理師卻找了個無監視器的地方，跟連太太把藥換了回來；而藥局處的監視器因為時間過久，錄影紀錄早被洗掉，嚴重缺乏實質性證據，護理師最後獲判無罪。

如果那個女孩真的是枉死，為什麼這樣的報復會選在七年後？是惡魔給了女孩復仇的力量嗎？但為什麼她在下手前，卻哭著對護理師說對不起？

那模樣總給人一種……她是被逼的錯覺。

「我會再細查這起醫療事故，你們兩個確定沒事吧？」武警官蹲下身來，還是很心疼這兩個學生。

「我們這Part沒傷到。」杜書綸帶著點虛弱的說道，他是有點累了。

「先回去吧！唉！我得好好的聯繫一下，這不找人來說不過去。」武警官看上去非常苦惱，不停的搔著那短寸頭。

最近整個S區都出現懈怠的狀況，許多員工請假甚至索性離職，他相信在「影響到利益」的前提下，有錢的大人物們應該會願意出錢，找專人來解決這件事情。

聶泓珈與杜書綸雙雙起身，拖著疲憊的步伐往外走，但臨出門前，杜書綸還是停了下來。

「怎麼？還有事？」武警官似乎早料到般的說著。

「如果犯了怠惰罪，罪刑嚴重的話，我會建議有個目標需要注意一下。」杜書綸回頭，指指自己手上的繃帶，「這場八殺車禍，起因是懶得修方向燈。」

武警官跟老李瞬間圓睜雙眼，一旁的同僚二話不說即刻衝出去，少年還在急診室裡，必須嚴加保護！

一走出病房，杜媽與杜爸便焦急迎上，關切的看著他們兩人，沒想到杜爸也來了……唉，畢竟遇到了這種事，父母都會擔心的。

「珈珈，妳爸今天就回來了，妳放心，我都跟他說了。」杜爸溫柔的安慰她，深怕孩子因爲父母不在身邊而難受。

「我沒關係的！」聶泓珈立刻微笑，「爸不必趕回來的，我沒事！」

杜媽難受的摸摸她的頭，傻孩子，哪可能沒事！

就算幾乎都在她家長大，但沒有孩子不希望出事時父母在她身邊的！

她是眞的沒關係，已經習慣了。

沒有母親的她本來就該獨立，爸爸的工作也比較特別，而且杜家儼然就是她另一個家，她是眞的不在意，更何況……她下意識看了杜書綸一眼，書綸在就好。

等等還是打電話給爸爸，讓他別這樣趕來趕去，睡眠不足開車，會讓她更擔心。

幾位護理師上前，再次檢查了他們的狀況後，終於放行讓他們回家。

一波未平、一波又起，急診室裡許多傷者只覺得惶惶不安，他們不知道樓上發生什麼事，只知道自己渾身疼痛得在這裡治療，警車卻一輛接一輛的抵達，讓他們想起了前一天下午的意外。

坐在車上時，聶泓珈恰好看見警方押送著少年離開，他本是輕傷，根本不需要住院！背包上那個小熊現在看起來格外刺眼，聶泓珈還在手機上找著與地板指引上匹配的熊腳印，但是一般熊的腳印都是一根指頭一個利甲，共有五根；但在醫院地上的腳印卻有七根指頭，且一根指頭上有兩個利甲，指甲的長度非常長。

凌晨沒有什麼車，但是卻意外的看見城市裡不知何時，居然開始有人懸掛紅布條。

「看見了嗎？」杜書綸緊張的抓住了她，「綁在外牆的紅布條！」

「我這邊也有！」聶泓珈不可思議的看著紅底白字的布條隨風飄揚。

「愚人們，惡魔即將降臨！」開車的杜爸皺著眉，唸出了布條上的字，「這是什麼電影宣傳嗎？」

才不是！感覺惡魔的信徒們有種即將要辦派對似的興奮，他們是認真期待惡魔降臨嗎？

說眞的，他們早就在人類世界中了！只是這次這般大費周張，令人感到更加毛骨悚然！聶泓珈想起那飄浮著滿間的鮮血，被什麼吸走的詭異感，無論哪個都令人生理不適！

紅燈，他們車子的正前方是輛大貨車，後車門赫然是一隻熊的圖案，不過正分別往窗外看的兩個人都沒注意。

「又是熊，怎麼覺得今天看見很多熊？」杜爸打趣的說，「剛剛那個孩子的包也是個熊。」

聽見關鍵字，杜書綸立刻正首，往前挪了挪身子，「什麼熊？」

「那個。」杜媽指向了正前方，「大熊貨運，這是新的公司嗎？之前好像沒聽過。」

杜書綸壓低了視線，終於看見了那個大大的棕熊LOGO——那隻熊的圖案，與之前呂姓護理師背上的一模一樣！

聶泓珈沒有湊過來，她根本不必上前，就可以感受到前面那台車的陰氣森森！

黑色的氣息包裹著整台貨車，貨車外有很多血手印與抓痕，而且她還能聽見裡面不時傳來的尖叫聲！

「遠離……我們車子靠邊停一下好嗎？」聶泓珈連聲音都在發顫，「我、我不太舒服！」

杜書綸立刻回頭看向她，珈珈的臉色都發白了！

「停停！靠邊停！」他趕緊拍著前面座椅，搞得爸媽也很緊張，好不容易等到綠燈後，立刻將車子靠邊停下。

聶泓珈沒有下車，她只是坐在位置上咬著牙發顫，雙眼直盯著前方那台貨車駛離，離他們越遠越好。

「怎麼了？珈珈哪邊不舒服？」杜媽趕緊回首問著，焦心得很。

「我……我緩一下就好。」她小心的說著，悄悄瞥向了杜書綸。

在車上他們不好說什麼，但是彼此都知道那台大貨車絕對有問題！LOGO就是護理師背上出現的圖案，別說那圖案後來還消失了，簡直像是個……標記似的。

直到視線範圍內不再有貨車後，聶泓珈才說自己沒事了，想快點回家。今天還要上學呢。

杜書綸趁機查詢大熊貨運的資料……還眞找不到資料，憑空出現的貨運公司，那貨櫃裡載送的是什麼？

才在想著，那熊頭圖案再度出現在不遠處，貨車正停在路邊，司機下了車，正準備送貨。

清晨六點送貨，多勤勞啊！

不知情的杜爸依舊駕駛著車子往前，就在快逼近貨車的時候，司機打開了後方的車廂——

『啊啊啊啊啊——』

淒厲的慘叫聲從車廂裡傳了出來，貨櫃深處是粗大且縱橫交錯的血管，交織成如蜘蛛網般，而有一堆「人」被蜘蛛網纏住，在裡面掙扎的想往外求生！

他們一個一個伸長了手，拼了命想掙脫束縛，而每個人都只有上半身，下半身都像是與血管黏膜融為一體。

司機俐落的搬下一箱貨，然後將車門給關上。

『啊啊啊啊救命——』

『放我出去啊！』

慘叫聲此起彼落，都在關上門的那一剎那靜了下來。

同時，他們的車子恰好也經過了貨車。

那森森的陰氣甚至纏綣上了他們的擋風玻璃，但很快的又被貨車扯回似的。

後座兩個學生不由自主的回頭看著那台貨車——那司機送的是什麼貨啊？

前一晚發生車禍，當晚急診室又發生命案，這讓聶泓珈與杜書綸再度成為焦點，一到校大家就圍著他們問昨晚的情況，畢竟昨天同行的朋友們，並沒有人留在急診室內。

「別問了別問了！他們就算知道也不能說！」李百欣再度出面把好奇的同學都打發走，「沒看見他們很累了嗎？不要吵他們！」

她跟張國恩合力把同學都趕走，婁承穎則擔憂的直接坐到聶泓珈面前，「你們怎麼沒請假？看起來好累喔！」

「是真的很累……」聶泓珈喃喃說著，心更累。

從昨晚看見喉嚨被割開的母親、被拔掉舌頭的護理師、滿屋子無重力狀態的血液……還有貨運車後那許多慘叫哀號的靈魂。

「撐一下還是可以的，我們也都不想待在家裡。」杜書綸邊說，邊打了個大大的呵欠。

「還痛嗎？」婁承穎憂心忡忡的看著聶泓珈，他一向都沒在理杜書綸，「昨天都腦震盪了，今天實在應該……」

「我沒事的，婁承穎，真的！」聶泓珈勉強擠出一個笑容。

比起身上的皮肉傷，內心的恐懼與驚惶，對未解之謎的疑惑，才更折磨她。

「早——安——」

有別於傷者的疲憊，從前門衝進來的幾個人倒是意外的活力十足！

「怎樣怎樣？」有同學也跟著興奮的站起來。

「成——功——了！」只見三個男生做出中二的姿勢，個個像特攝英雄一樣，但整張臉都洋溢著光彩。

「哇！」熟悉內情的人紛紛回以熱烈的掌聲！

「欸～科展組的！」婁承穎也好奇的起身走了過去。

喔喔，是了，冠達、賀澤軒、阿賓及其他數位同學，他們是科展的主要負責人，不過聶泓珈不知道他們今年打算進行什麼項目。

這樣的歡樂卻打破了班上每日早晨的頹靡，大家都很好奇科展小組是在開心什麼！

「現在還是祕密！但我覺得我們的發明大家一定很愛！」冠達志得意滿的，「真正的懶人神器！」

懶人神器！這敏感的詞語再度引起聶泓珈的注意，怎麼連科展都難逃「懶惰」一詞嗎？她焦急的看向杜書綸，結果他卻露出一種複雜的神情——懶人神器，市面上不是一堆這種小物品，都取這種名字嗎？

等等，科技始終來自於惰性啊！

還沒說上兩句，賀澤軒突然朝著杜書綸走了過來。

「欸，杜書綸。」他是被推派過來說話的，有點結巴跟難為情。

科展組的人日常跟杜書綸都不太好……應該說只要成績好的都不喜歡杜書綸，畢竟天才唸普通高中本來就是高手虐新手村，佔了光輝跟獎學金，大多數好學生都看杜書綸極不順眼。

「幫。」對方都還沒開口，杜書綸就乾脆回覆了，「在哪邊？我隨時能去！」

冠達錯愣得愣在當場，其他小組成員因爲過度詫異而接不上話，當機幾秒後雙眼發光的直接衝上前握住杜書綸的手！

「謝謝！謝謝！今天午休可以嗎？」

「可以。」杜書綸尷尬的想抽回手，但同學太激動。

冠達他們道謝完即刻跳舞般的轉身離開，剛巧小組其他成員剛進來，他們就奔向走告這個「好消息」！

聶泓珈忍不住用狐疑的眼神看向他，她一直知道杜書綸是會幫助人的，但他的彆扭個性，一般都不對外表現，幾乎都選擇私下進行。

就像上學期他橫掃了校內、全S區的獎學金，氣死一堆優等生，甚至有人因此記恨他，有人因爲少了這筆獎學金被迫去當詐騙車手，至今許多人依然對他恨得牙癢癢的。

但是，他沒說的是，那些獎學金他都捐出去了，利用各種管道，回到了清寒家庭，或是更需要幫助的人身上，一毛都沒留。

甚至因爲被貪婪鬼引導而簽中的樂透，他也全數給了那個被送到福利院的小孩。

「我能拿獎學金是我的本事，我不必因爲其他人能力不足而拱手讓出。」他最喜歡跟那些想情勒他的同學這麼說。可是他沒說的後半句是：「我想把獎學金捐出去給更需要的人，也是我的事，我獲取與我捐出，沒有必然關係。」

一切隨心而已。

冠達他們對杜書綸的態度可沒好過，看來是不得已的情況下才會找他幫忙，而且書綸平時才不會這麼好聲好氣，太奇怪了。

「你──」她才開口，杜書綸右後方的同學就訕訕的說話了。

「太陽從西邊出來了喔，你居然會想幫同學？」

聶泓珈回頭瞥了一眼，嗯，果然也是討厭書綸的人之一。

杜書綸連回頭都懶，逕自拿起早餐吃著，他向來不跟不喜歡的人打交道。

「我看他們勢在必得的樣子耶，好像眞的發明了什麼好東西！」婁承穎眉開眼笑的回來，被感染得朝氣蓬勃，「他們前幾天試驗了幾十次，聽說早上六點就到學校來了！」

「六點！哇……」聶泓珈不由得圓睜雙眼，這麼早，這可勤勞得很，跟懶惰沒有關係！

「有趣吧，有一票勤勞的學生，一而再再而三的做著實驗，是爲了發明一個懶人神器。」杜書綸慢條斯理的說著，「能孕育出惡魔的，會是哪種惰性？」

咦！聶泓珈聽出來了，是啊！因爲懶得洗衣服所以有了洗衣機、懶得走路所以有了汽車，甚至懶得洗碗、懶得掃地，各種機器不是相應而生嗎？這些都是讓生活變得更便利的物品，但起因就是「懶」啊！

「我都開始覺得這是個正向的人性了！」

「是啊，這種惰性一直推進著科技成長啊！貝爾菲格一直都不是絕對的惡！」杜書綸細細回味惡魔學裡的內容，「所以讓惡魔降臨的……都是眞正的犯罪者。」

或者說是，貝爾菲格眞正的信徒們。

因爲懶到拖延而不去補坑的工務人員、因爲懶得核對藥品而害死病患的護理師，他們都是貫徹懶惰的人，把惰性發揮到淋漓盡致，甚至葬送他人性命。

「這樣昨天那個少年……」聶泓珈看向自己仍舊裹著繃帶的手，「八條人命啊！」

「我覺得他一定是人選。」

站在一旁聽得清楚的婁承穎不由得皺起眉心，「那這種事什麼時候會停止？」

「這種一般都只能等惡魔降臨……或是降臨失敗。」聶泓珈嘆了口氣，「但我們不知道怎麼阻止他的降臨。」

「我們連誰在孕育、在哪裡都不知道！」杜書綸忍不住嘖了一聲，「那些血去了哪裡，警方眞的找不到嗎？」

鮮血淋漓的場景，聶泓珈腦海中閃過了貨櫃裡的景象！

那是孕育處嗎？可是那裡面好多被禁錮的亡魂，她以爲的孕育應該是有個子宮或是軀體，等著惡魔降臨才對吧？

那些反而像是被吞噬的靈魂……等等，她是不是應該算一算有幾個？

上課鐘響，科展小組還處在亢奮狀態，「杜書綸！說好了喔！」

杜書綸逕對他豎起大姆指，沒問題。

在一旁的婁承穎突然笑了起來，「你們都變了耶，眞有趣。」

什麼!?聶泓珈斜睨了他一眼。

「其實你們挺講義氣的。」

「沒有！」「沒有！」兩個人同步搖頭、異口同聲，千萬不要把他們歸在義氣行列裡。

杜書綸是眞的沒有，而聶泓珈呢……是不想要有。

婁承穎帶著笑走回座位，在杜書綸後面的同學趴在桌上，怎麼看那個背影就是不順眼，他們總是告訴自己要更努力、更勤奮，相信可以拼過這惹人厭的天才。

但是……他現在連唸書都懶了，這麼努力太累了，而且再努力似乎也跟不上杜書綸的車尾燈！

「我眞的很討厭你，杜書綸。」同學懶洋洋的說著，「你讓我覺得我花再多時間都沒用，還不如躺平。」

杜書綸頓了幾秒，回頭看了他一眼。

「你這部分是傲慢，還沒輪到你，別吵。」

聶泓珈忍不住戳了他一下，少說兩句行嗎？他這話讓她覺得帶有道理，七大原罪的傲慢，化成現實體簡直就是杜書綸本人了。

唉，胃痛。

導師走了進來，看得出仍是一番掙扎後才來學校上課的，不過一聽聞科展小組有大幅進展也跟著開心，幾乎是一秒掃除了那種懶散的氛圍。

聶泓珈轉著筆，偷偷回頭瞄向了趴著上課的學生們，想起了之前討厭杜書綸的那些人。

「你覺得，要讓惡魔降臨需要多少祭品？」她傳了紙條過去。

杜書綸只瞥一眼，立刻比出了七的數字。

眼鏡下的雙眸閃過了一種緊繃感，這個數字聽起來一點都不好。

七個祭品？

聶泓珈認眞的回想著貨櫃裡的亡魂，早就超過七個了，那貨櫃關著那些亡者，又是要做什麼？

放學第一時間，他們就衝回了杜書綸的家。

「回來啦，要不要吃點……」杜媽才在說著，孩子已經衝上二樓。

「媽，先不要吵我們，我們要做個功課！」杜書綸邊跑邊喊著，與聶泓珈一起進了他房間。

他們今天要一起認眞的把與惡魔相關的書籍都讀一遍，之前是把書借給聶泓珈，這些天第一次一起讀，尤其是關於貝爾菲格，想看看對方有沒有看漏的！

這是首都知名夜店「百鬼夜行」送給他們的東西，那間夜店以店員裝扮成各種妖魔鬼怪聞名，聽說化妝術栩栩如生，還有高超的魔術技巧，例如雪女眞的可以讓飲料瞬間結冰，吸血鬼能任意伸出獠牙等等……結果等他們去拜訪才知道——那哪是妝扮，個個都是貨眞價實的妖魔鬼怪！

連端盤子的各種死狀服務生，全都是眞的亡靈！

店經理厲小姐給了他們一疊書，都是惡魔界的書，不只有惡魔學、魔法陣大全，還有各種對抗咒語……但由於文字的問題，根本看不懂魔法陣裡寫什麼，之前驅魔人是教過杜書綸，他是硬背的，否則每個魔法陣都複雜得要死，誰能畫出來？

「咦？你買新地墊喔？」聶泓珈正要坐在地上時，發現杜書綸已經坐在地板上一張毯子上了。

「嗯，冬天到了，暖和些。」杜書綸逕把書遞過來，「我找到這邊有提到獻祭，以召喚惡魔降臨的篇章……」

只見杜書綸看了一下目次，一百二十七頁。

「惡魔界沒有電子書可以下載搜尋嗎？」聶泓珈看著那厚厚一疊就頭疼，「好歹讓我搜個關鍵字。」

「沒關係，我之前瞄過，我記得在哪裡……」杜書綸一邊說，一邊疾速翻閱。

聶泓珈手上是魔法陣大全，只有圖案跟看不懂的文字，說實在的，這本書對他們而言就是一本異世界畫冊，根本不知道內容在講啥。

唐恩羽給杜書綸的那幾本，至少很明顯的寫出哪些是正向陣或反向陣……她起身回到桌邊，找尋那本書，看有沒有對應懶惰的咒陣，能把惡魔送回地獄。

「如果貝爾菲格是需要信徒的血來孕育，他又會賜予這些人最懶散的能力，使其沉溺於怠惰中無法自拔……」杜書綸沉吟數秒，立刻拿起手機，「我問問武警官，最近有沒有類似奇怪的案件，屍體的血液被抽乾之類的。」

聶泓珈接過那本書繼續看，血被吸乾這種事應該算得上大事，但看武警官他們的反應，好像對這樣的命案現場很吃驚；翻沒兩頁，頁面中再度提及了地獄晶石跟匕首，會變色的晶石一般以金色呈現，上頭會流淌著金色與橘色的光澤，她的手指虎就是用這種東西做的吧？這種晶石是能傷害惡魔，其邪惡的力量甚至也能讓亡魂恐懼，而杜書綸則有把亦屬於惡魔界的匕首。

「如果，護理師跟林小姐只是頭兩位的話，表示後面還有五個人。」杜書綸已經在計算人數了，「人可以懶到犯多大的錯？我腦海裡只有八殺少年跟躺平崇拜者，但……」

聶泓珈忽地顫了一下身子，「吸毒者呢？」

「什麼!?」杜書綸詫異的看向她。

「記得嗎？芒草原裡那一票，吸毒者不是都沉溺在毒品裡，天天醉生夢死？」

兩個人只看了彼此一眼，即刻衝出房門，想趁著天黑前，前往芒草原。

「出去一下！」兩人邊喊邊衝出家門，聶泓珈下意識再看了眼森林。

「那邊還是有東西嗎？」杜書綸是真的看不出來。

聶泓珈蹙起眉，搖了搖頭，「我覺得跟這兩天看到的東西比起來，森林還正常多了。」

「對了，那個……好像已經知道割開連太太喉嚨的人是誰了。」杜書綸有些嚴肅，這是剛剛武警官跟他說的最新消息。

「誰？」因爲在他們進入那間病房前，連太太就已經死了吧！

可是，她記得護理師手上是沒沾血的。

「是她自己。」

自刎。

女人躲在病床下瑟瑟發抖著，她是趴在地上的，這是間無人的空病房，整棟醫院這麼大，應該不會這麼巧就找到她吧？

她咬著自己的袖子，深怕自己發出聲音……咿。

門被推了開！她曲起手掌，把臉埋在手肘間，全身無法克制的顫抖，看著一雙腳從右邊走來……爲什麼連太太會知道來這間！

灰色的布鞋停了下來，就在床尾處，女人連呼吸都不敢，儘管她已經要哭出來了！

「搭啦！」連太太倏地彎腰，一張臉就在床尾出現，「找到妳了！」

「哇呀——」女人嚇得大叫，但她忘記自己在床底，隨便向上一撞就撞到了床，啊！

那雙腳開始繞著床邊走，女人嚇得往角落縮，但這床底才多大，她能去哪裡？

「那天我孩子藥吃下去後就說不舒服，我以爲你們換了藥，一時沒注意……然後她就開始抽搐了。」連太太的聲音輕輕柔柔的，「她說很累，我讓她躺著休息，我才一個個檢查藥袋，發現那根本不是我孩子的病症。」

呂平平悄悄的往前爬，匍匐前進著，她想從床尾處爬出去，這樣一個右拐就能衝出病房了。

「我打電話給醫院，結果妳聯絡了我……告訴我把藥帶著，跟我約在醫院附近一個巷子裡……」連太太倏而回身，一個箭步滑回床尾！

恰好與準備爬出來的呂平平四目相對。

呂平平正抬著頭，連太太用森寒的臉色看著她。

「妳跟我換藥時就都算好了對吧？沒有監視器、沒有證據……」淚水奪眶而出，「我孩子就這樣腦死了！」

呂平平趴在地上，她不敢起來，但是也不敢說話，她怕連太太身上有錄音機，等等她一旦說出對不起，就會變成她認錯的證據！

她要認七年前就認了！所以這個謊她會守著直到踏進棺材！

是，她是疏忽了！或者是說是懶吧，每份藥都要對名字對藥物多累，她其實已經懶得對照很久了，因爲她相信藥劑師啊！只是她沒想到，一個錯誤都來自無數個疏忽，而最終該核對的她，懶得核對——

她也未曾想過，用錯藥最糟的情況會發生在她身上！

她也很愧疚，但是她好不容易逃過了罪責，她認不得！

法院都說證據不足的事，她不可能自投羅網！

「我不知道妳在說什麼！」呂平平咬著牙，再度抬頭看向連太太，「妳……哇！妳做什麼！」

她的驚恐，來自於連太太手中晃著的刀。

她嚇得想要爬出來，可是連太太向前一剁腳，逼得她往床下撤回。

「我不甘願，我孩子更不甘願，憑什麼害死我女兒的妳沒事的天天過日子，我的孩子卻在最好的年華中死去！」連太太痛苦的嘶吼著，「妳怎麼可以這樣子！」

「妳……妳殺了我也沒用！」呂平平趴在床底下尖叫著。

「誰說，我要殺了妳……」幽幽的，連太太帶著哭腔仰起頭，「我要讓我女兒，親自向妳討公道……」

她、她女兒？呂平平不禁錯愕，那個女孩都已經死七年了啊！

她再度戰戰兢兢的爬出床底，連太太卻沒有再阻止她爬出來，呂平平趕緊起身，才要往門口離開，卻一轉身就與連太太面對面。

她就站在門口，擋住了去向。

「妳懶得對名字對吧？把我女兒的命視如草芥！」連太太死死瞪著她，「像妳這種人，就該承受他的降臨！」

什麼？呂平平一陣錯愕，什麼降臨？

「愚人們——」

咦咦！她嚇了一跳，這不是今天大鬧急診室那個奇怪男人的用語嗎？聽說他是個邪教的沉迷者？

難道連太太會從街頭發傳單，到今天闖上來找她，是因為——

呂平平沒來得及思考太多，鮮紅的血就濺到了她的臉上。

連太太手持著水果刀，刀刃向著自己，用力的、狠狠的，由左至右，親手切開了自己的喉嚨。

她要用血爲祭，獻給能爲她們母女討公道的主人，讓她的女兒可以親自從墳裡爬出來，殺掉這個該死的、不把病患的命當命的護理師！

「哇啊——嗚——」呂平平趕緊摀住自己的嘴，她怕引起注意，頸動脈噴出的血如噴泉，濺滿她整張臉！

她嚇得連連後退，甚至因此踉蹌跌地，而連太太死意堅決，她強撐著最後一口氣，拼了命的要割開自己的頸……子……

那些噴出的血，突然間在某一刻停住了。

女人驚恐的發現血珠一點一滴的從她臉頰上飛起，離開了她的皮膚，然後飄浮似的在她與連太太間，又突然全部落在地上，成了一大灘的血！

連太太頹然倒地，她趴在自己的血泊裡，一句話再也說不出，但那雙眼卻依舊忿忿的瞪著她。

不不不！女人別過了頭，不要這樣看她，她不是故意的！誰能想到只是一時的躲懶，會賠上他人一條命啊！

啪！濺水聲清楚的出現在這空盪盪的病房裡，那女人嚇了一跳。

她戰戰兢兢的正首，究然看見……連太太流出的血窪裡，伸出了一隻手！

那隻手像是從地底爬出來似的，先是扣住了地面，然後掙扎的、努力的冒出了一顆頭……一顆其實她這輩子都無法忘掉的頭……

是那個女孩！

『都……是妳……』帶著痛苦的哭聲，女孩一寸一寸的從血液中爬出，『是妳……害的……』

不可能！不可能——儘管腦子裡迴盪著無數個為什麼，但女人還是無法否認這詭異的現象；那正在成形的女孩，像是七年前，被她一時偷懶害死的人！

別找我！她驚恐的毫無退路，她只能爬回床底下，這是幻覺！這是夢——

『妳的主人在呼喚妳，妳沒聽見嗎……』女孩終於爬出了血窪，『他需要妳的血——』

喝！少女突然回首看向門口，有人來了！

呂平平嚇得縮回了床底下，而少女瞬間向上鑽進通風孔。

「腳印呢？」

「早不見了！快！進來！」

第八章

懶得修的方向燈

隨著晚風送來的，不是芒草原的植物香氣，而是一股令人作噁的臭味。

其實那並非全是腐爛味，更多的是毒品的可怕氣味，前幾天來時是到芒草原中心位置才聞到，但今天那臭味更強烈，感覺是有更多人在這裡吸食毒品了。

他們小心的彎著腰往前，這時就會希望芒草沒被颱風吹倒，至少可以隱藏他們的行蹤……但也幸好風一向很大，沙沙聲便能掩蓋掉他們的足音。

聽！杜書綸指向前方，有音樂聲傳來，還有燈光，看起來他們在開PARTY似的。細瑣的聊天聲傳來，杜書綸跟聶泓珈蹲在地上仔細聽著，卻發現他們明明是在說話，但說什麼卻根本聽不懂，簡直語無倫次。

「我跟你們說喔！」

總算聽到一句清楚的了！杜書綸把手機伸出去偷拍，先看看這快樂天堂是什麼模樣。

「我以前可是絕頂聰明的……好學生呢！」瘦高的男子這麼說著，但是現在的他，卻骨瘦如柴的癱在一張廢棄的沙發椅上，「多少人都覺得我前途無量！以後一定是什麼棟樑！」

「呵呵……是喔……」旁邊的女人隨口應和著，因為她正在專心的將針管注入已經青紫色的手肘裡。

「是啊，沒騙妳！就前幾天，還有學弟妹寫信來要採訪我！呵……呵呵……」

男子笑得癲狂，瘋到笑聲都分岔了，「傻子！那麼拼命幹嘛！還不如現在這樣逍遙快活！」

聶泓珈覺得有點巧合，李百欣是不是說過，她的社團想採訪之前畢業的學長——當時第一名畢業，還保送進首都第一學府的藍東謙學長？

藍東謙是大他們三屆的學長，因爲分數目前還無人出其右，所以想詢問他塡志願的想法、以及現在唸到大三跟未來志向的選擇。

「笑死，我國中畢業後就出來混了，現在還不是跟你這個高材生在一起Happy！」另一位男人的聲音傳了出來，接著大家笑成一片，雖然聶泓珈聽不出到底有什麼好笑的！

「藍東謙！」拆掉東帶的女人懶洋洋的偎上他，「我這最後一管，我們快沒藥了。」

藍東謙？藍？聶泓珈震驚萬分，這姓氏非常少，這哪會是巧合啊！

聶泓珈第一時間，傳訊息問了李百欣：「妳是何時跟藍學長聯繫訪問的？」

「沒關係，再想辦法，總會有辦法的。」藍東謙摟著女孩，兩個人一起癱著，享受幻境裡的美好。

說話聲停了，只剩下手機播放的音樂在芒草原裡迴盪著，從杜書綸偷拍的畫面可以看見他們眞的把芒草原當作一個據點，有人是躺在沙發上、有人躺在輪胎上，也有人直接把折斷的芒草當床，隨處躺著就睡。

空氣中瀰漫著毒品、排泄物、汗臭、以及腐爛的氣味混雜在一起，這群人彷彿在這兒活活腐爛發臭，衣衫襤褸、髒亂不堪，而且骨瘦如柴，血管都已凸起。

聶泓珈與杜書綸走到他們身邊，其實不必過度小心翼翼，因爲這一地的人都已經陷入了快樂的幻境，毒品可以保障他們在美好的世界中過活。

杜書綸甚至繞到了藍東謙的前面，他的模樣眞的很驚人，宛如只剩皮包裹著骨架，乾枯得不成人形，前方用紙箱臨時建成的茶几上，都是留下的針管。

杜書綸發現到奇怪的點，仔細循著附近的地面走，他看不到任何食物的殘渣。

沒有剩下的食物、飲料，什麼都沒有！

「他們不吃東西的嗎？」他回頭問向聶泓珈，她有什麼發現嗎？

結果聶泓珈僵在原地，她低首瞧著自己的腳下，正緩緩蹲下身，撥開了厚厚的芒草。

因爲她剛剛踩到了一個凸起物，凸起物是小事，但是踩著時，卻能感受到裡頭有東西在流動？所以她小心的撥開芒草，終於摸到了剛剛踩到的——聶泓珈拎出來時，她整個人都石化了。

杜書綸立刻衝到她面前，深怕她會鬆手，「別放，別放！」

要放也只能輕輕放下！聶泓珈看著自己手裡一條鮮紅色的「管子」，溫熱且裡頭有液體在流動，只覺得一陣反胃。

杜書綸則是輕輕的再拉起那像血管的東西，想知道這玩意的源頭在哪裡，又長又沉重，他回頭，朝著吸毒者的篝火晚會處移動。

拉著拉著，杜書綸忍不住打了個寒顫，因爲這眞的太像血管了，甚至開始分出數條細微的管子，通往的都是那些醉生夢死的吸毒者們。

杜書綸輕手輕腳的把血管放下，示意聶泓珈也要輕拿輕放，接著他索性走到藍東謙的身邊……他是癱在一個廢棄沙發上沒錯，但是當杜書綸仔細看時，就能看見他的身體幾乎都跟沙發黏合了。

他的背部、手與腳上都有著類似的細微血管，伸進了沙發裡。

吸毒者或倒或癱，但他們身上都生出了血管，血管連著沙發、椅子甚至只是坐著的輪胎，然後細小的血管匯成粗大的血管，通往土地的每一吋……

聶泓珈跑去查看藍東謙旁邊的女孩，她因爲是坐在輪胎圈裡的，所以情況更加明顯，只是不知道是土裡的血管鑽進了她的肌膚中，還是她的血管長出來並鑽進了地裡……無論如何，他們跟這些血管是緊緊相連的！

兩人下意識的望向遠方——那麼，血管的另一頭在哪裡？

突然間傳來車子關門聲，那門相當沉重，還帶著開鎖的聲響，他們嚇得趕緊找地方躲，因爲那一聽就知道是貨車的聲音啊！緊接著，伴隨著口哨聲，有人走進來了。

他們眞的是跑到了更深處，好不容易才在對向人影出現的剎那，趴上了草地，以芒草遮擋！

男人輕鬆的抱著一箱東西出現，他身著棕綠相間的制服，是大熊貨運的司機！

「嗯……你來了？」藍東謙半夢半醒的說著。

「您好，來爲你們續命了。」司機客氣的說著，將手裡的紙箱打開，「幫各位打個點滴喔！」

打點滴？聶泓珈才在覺得奇怪，突然間，司機身後出現了更多人！

每個人都各自來到吸毒者的身邊，他們沒敢抬頭看，因爲芒草被颱風壓得太低了，深怕一抬頭，就被抓個正著了。

「毒品也幫你們補貨了，醒來後愛吸多少就吸多少，管夠。」

「別……別碰我……」

「聽話，怎麼可能不管你們呢？要讓你們好好活著啊！這不是你們最喜歡的生活方式嗎？躺著，什麼都不做，每天都快快樂樂，多棒！」

杜書綸悄悄的往上抬了點頭，他實在太想知道這群人是什麼人了，提供毒品、還幫忙打點滴，這全方位服務未免也太周到。

只見除了司機明顯的穿著制服外，其他都是普通人，有男有女，他們還熟練的架著點滴架，擱在那些吸毒者的身邊。

電光石火間，司機突然朝他們這裡望了過來。

喝！杜書綸嚇得不敢動彈，他連躲回芒草堆裡都沒有，就怕因此造成大動靜。

「怎麼了嗎？」

「我感覺好像有什麼東西在那裡……」

同時間，一票人齊唰唰地都轉了過來。

聶泓珈屏住呼吸，杜書綸也繃著身子，看不見他們、千萬不要看見他們……

「可能是錯覺，這裡畢竟……草太多了！」司機轉過身，「就交給你們留守了，點滴打完記得撤走所有東西。」

「是。」

幾組腳步聲離開，還有人留在那兒，四周安靜得令人恐懼，而留下來的人毫無反應，就只是站在那兒，靜靜等待著點滴完成。

天色漸暗，氣溫驟降，聶泓珈慶幸他們都穿得多，然後藉著夜色，杜書綸終於可以重新埋回芒草裡。

「嗯……」有個吸毒者動了一下，與正在打點滴的人對上視線。

但吸毒者的眼神太渙散了，他的意識可能根本就不在現實裡。

「看什麼！你沒資格看我！」對方的口吻裡帶著明顯的恨意，「你們這些行屍走肉，人不人鬼不鬼的，自己墮落就算了，還要拖著別人一起死……爲什麼你們還活著？」

「噓。」其他人出了聲，「專心，他們要不是這樣，也輪不到他們成爲迎接主人降臨的祭品。」

那不滿的聲音沉默許久，終於才再幽幽開口，「我只希望他的降臨，能讓一切回到正軌。」

「一定可以的。」

「一定可以的。」

好幾個人附和著，語氣中滿滿期待。

但聶泓珈跟杜書綸聽了卻只有毛骨悚然。期待惡魔降臨帶給他們什麼好處？這是電影還是小說看得不夠多嗎？

等待的時間極爲漫長，最後終於等到那些人都走了好一會，兩個學生才腰酸背痛的爬起來！

「那是信徒嗎？」聶泓珈瑟縮著身子，「是誰先知道惡魔要降臨的？」

杜書綸語塞，他眞答不出來，「或許跟神蹟一樣吧？要降臨前會透過什麼管道先通知？」

他已走到藍東謙的身邊，依照他們已經與身後物品相連的狀態，他們根本不可能自己覓食，剛剛那些點滴純粹爲了維持他們的生命跡象而已，就算有心想掙脫這兒，也已經來不及了。

環顧一圈，他們彷彿被乾屍所包圍，偏偏他們都還是有呼吸與心跳的正常人們。

聶泓珈看著這些懶到極致、連自己人生都放棄的人們，的確是貝爾菲格的最佳崇拜者了。

聶泓珈指著現在已經看不見的地面血管，「這些人還比較像血包，像是提供養分的！」

第一個工務林小姐、第二個醫療事故呂性護理師、如果第三個是這群吸毒者，第四個會是八殺少年嗎？

「如果中斷這個孕育過程，貝爾菲格是不是就不會降臨了？」

「懶惰是人性的原罪啊，不是只有這些人會好逸惡勞，我們中斷了一個，惡魔再找下一個就好了！」聶泓珈才沒那麼樂觀，「偷懶這個原罪太好犯了！」

「可是我覺得……很多事像是特定的！否則也不會連七年前的醫療事故都搬上來了！」杜書綸持不同想法，「如果眞的這麼多値得當祭品的人，犯得著挖出七年前的事件嗎？」

聶泓珈緊張的絞著衣角，他說得不無道理，要懶到某種程度，才有資格迎接貝爾菲格的降臨嗎？

「這些人我們無能爲力了，走！」杜書綸轉身就往芒草原外面跑，「去找那個八殺少年！」

聶泓珈遲疑數秒，還是拿起手機將現場這票吸毒者拍下來，或許報警，先讓武警官他們來處理這幾個人也好！

才剛拍完，李百欣便傳了訊息過來，回覆了剛剛她提的問題，關於那位藍東謙學長。

她是三個月前提出的邀約，當時學長欣然同意，只是近期都聯繫不上，而且學長的各個社群也的確許久沒更新了。

末了，李百欣還附上一張爽朗陽光的照片，那是藍東謙在大學裡活動照……

聶泓珈下意識回頭看向那個形容枯槁的男子，任誰也無法相信是同一人。

但即便如乾屍，學長的嘴角依舊掛著笑容，他是幸福的嗎？

明明那樣聰明又上進的人，爲什麼最後會投入毒品的懷抱？

「珈珈！走了！」杜書綸在前面等著，「妳在幹嘛？」

「我想讓武警官他們來處理這些吸毒者，抓走或送去治療都好！」聶泓珈趕緊傳送著照片。

杜書綸有些擔憂，看向遠方，「好吧，妳跟他說說看。」

雖然，他覺得收效微乎其微，如果眞的是惡魔要的祭品，哪可能輕易的讓他們逃脫？

✥

未成年的少年，就算一口氣殺了八個人，他依舊是能安然的回家，窩在床上打起他的電動。

「還打電動！打打打打打，這種遊戲是有什麼好打的？」父親氣急敗壞的走進來，「等等有人知道你帳號上線，又要說你什麼殘忍，害死這麼多人還在打電動！」

二話不說的抽走他手上的手機，曾建維急的想搶回！

「我又不是故意的！我怎麼知道會這麼嚴重！打遊戲是在緩解我壓力好嗎！」

他伸長了手，但要不回手機。

「不行！律師在講你都沒在聽，現在要低調！你沒看到網上把你罵成怎樣？」

曾父看著兒子，實在痛心，「小維，八條人命啊！」

曾建維扯了嘴角，他知道八條人命，但不能全怪他吧？

「我就只是撞進走廊裡而已，其他是他們自己亂撞的吧？不能全怪我！」他絞著衣角，「我其實根本不記得發生什麼事，我只知道後面有人按喇叭，然後我就撞上去了！」

「唉，不管你記不記得、是不是不小心，現在是八條人命啊！」曾父眞的是無可奈何。

「可是、可是律師也說了，我是未成年，應該不會有什麼事對吧？」

他的確不是故意的，但是人眞的死就死了，他也沒辦法啊！他又不能讓他們復活？

重點是他只要未成年，就能逃過一切刑罰的對吧？之前殺人割喉的都沒事了，最多就是轉學，美其名矯正一下，再改個名字就能重新生活了。

「那些家屬一定會求償的，唉！你怎麼能開我的車去呢！」

「好了啦！講那些已經發生過的事都沒用了！」曾建維竟也不耐煩起來，「爸，我想吃炸雞！」

男人看著自己的兒子，他眞的沒有一點悔意或是憂心，孩子太小了，根本沒有意識到事情的嚴重性！兒子不知道，但他得有想法，第一步得快點脫產，省得被那些家屬拿走。

「我去買，還想吃什麼？」

曾建維開心的點起餐來，最後答應爸爸不再用原本的帳號上去玩遊戲，他選擇用其他帳號看影片滑手機，這樣就不會被人發現了。

他也因安全氣囊炸開而受傷，疼得靠在墊子上，事發經過他沒印象不是騙人的，他是眞的什麼都不知道，等到意識過來時，只聽見尖叫聲、碰撞、胸口的疼，以及滿鼻息的汽油味。

同學也都受了傷，但他們記憶也模糊了。

聽著外頭引擎發動聲響，少年透過窗戶看著最疼他的爸爸要出去幫他買宵夜，他有預感未來一陣子的日子不會太好過，只怕他也不能再去上學了——嘿，那太棒了！誰喜歡上學啊？這樣子他就可以每天在家看手機打電動了！爽！

揮手向父親道別，當車子轉出庭院的那刻，他卻突然發現車子後有坐人！

咦？誰？

媽媽去接補習的弟弟了，爺爺不可能跟著爸爸出去啊！而且他仔細回想，後座看起來是坐滿了人啊！爸爸開的可是九人座耶！

「媽！爺爺！」他撐著下床，一拐一拐的跑出去。

「怎麼啦？」爺爺的聲音從二樓傳來。

「媽在嗎？」他抬頭看著樓梯間。

結果爺爺沒有回應，正在客廳遲疑著，門口突然傳來鑰匙聲，他一拐一拐的朝門邊去，聽見外頭的爭執。

「有事去找警察，你們跑到這裡來做什麼？我孫子也是傷患！」

咦？少年愣住了，又是爺爺的聲音？他下意識往二樓看去，爺爺剛剛不是在二樓回應他嗎？

接著家裡的大門開啓，爺爺拎著水果蔬菜走了進來，而他身後，跟著兩個穿著S高校服的男女。

「啊，你怎麼起來了？小維，看，爺爺幫你買了什麼！」爺爺邊說，急著想關門。

「等等，我們只是想問問……」杜書綸還在喊。

「爺爺！你剛剛不在家嗎？」曾建維倒是比誰都激動起來，「可是剛剛二樓有人在跟我說話！」

「誰？」

「是你啊！」曾建維嚇得魂飛魄散，撲進了爺爺懷裡。

門外的聶泓珈可以看見上方有東西急速晃動，絕對是不乾淨的東西……亡魂已經到了嗎？

「怎麼可能！爺爺現在才回來，你媽媽去接弟弟了啊……你爸呢？他車不在。」爺爺注意到兒子的車不見了。

曾建維此時驚愣的抬頭，「對！爸！爸開車去幫我買東西，可是、可是我看見他車子後面坐滿了人！」

爺爺聞言皺眉，直覺寶貝孫子這兩天一定是驚嚇過度了，說話怎麼語無倫次？但是，門外的杜書綸卻突然瞪大雙眼，高聲一呼，「錯了！」

「什麼！」聶泓珈被他突然的驚叫嚇了一跳！

「我們想錯了，他是殺了八個人沒錯，但是起因是什麼——」杜書綸頓了頓，「沒打方向燈？不！不對……」

不，不是沒打方向燈，而是方向燈壞了！

因為懶得修。

那車子的主人是誰？

「你們是誰？」曾建維顫抖著聲音，現在才問起他們。

他們兩個同時轉向了曾建維，「你爸爸去哪裡買東西了？」

懶得修方向燈，反正每天開車的人都馬有Sense，不會有人這麼傻的。

曾父一直是這樣想的，所以區區一個左轉燈，他完全沒放在心上……但是他沒料到，兒子會偷開他的車出去，還在外線道往左切，更沒想到會引發這麼大的連鎖反應與八條人命。

那間麵攤他也很常去吃，吃了幾十年，跟老闆夫妻都很好……他眞的沒想到有朝一日，他們會死在自己的車下。

聽說死狀甚慘，許多人身體都被撞裂了，唉唉，他那個兒子啊！

遠方紅燈，曾父踩下煞車，準備慢慢靠近……踩、踩……他突然緊張的低下頭，煞車怎麼沒有用！

「怎麼會！我剛剛開時還好好的！」他拼了命的踩到底，車子不僅沒有慢下來的跡象，反而越來越快！

他第一時間是鬆開油門，可是車速依然沒有任何減緩的趨勢！

『你每次來，我都會多給你放半份麵的……』

熟悉的聲音，突然從後方傳來！曾父驚恐的抬頭看向後照鏡，鏡子裡映出他這九人座的廂型車後，坐滿了滿臉是血的人們，正中央那個頭沒接好的，就是麵攤老闆！

「哇啊！」男人被狠狠嚇到了，他轉頭往後方看去……車裡沒人啊！

『只是修個方向燈，有這麼難嗎？』突然間，身邊的副駕駛座也傳來了幽幽的聲音，『我孩子還在等我帶麵回去……』

那個他不認識的母親，聽說不僅身首異處，還腰斬。所以此時此刻的副駕駛位子上，腰部到坐墊突然開始滲出一大灘血！

「哇啊啊——不是我的錯！」他失控喊著，喊到一半才想到，難道要說是兒子的錯嗎？

他狂按喇叭，叭叭聲響引起了附近所有車子的注意，也包括了右方平行街道上、一路追著他的兩輛腳踏車！

「是那台！」聶泓珈看著那台黑色廂型車，裡面滿滿的都是人啊！而且，全都是死狀慘烈、渾身是血的亡魂！

坐在靠右車窗的女人彷彿感受到她似的，突然轉了過來，那張臉那顆頭……聶泓珈一下就想起來了！

那顆就是在車底下、與她四目相對的女人！

不要！她下意識的別開視線甚至閉起眼，腳踏車跟著扭動了龍頭！

「聶泓珈！」並肩騎行的杜書綸大喝一聲，騰出左手趕緊握住了她的龍頭。這一喝一扶，讓聶泓珈嚇得睜眼，回神的穩住重心。

「他們都在車裡！那八個人！」她大吼著，果不其然——懶得修方向燈的是父親啊！

是的，肇事者是少年，但是因爲懶惰沒去修方向燈的是爸爸啊！

叭——叭——看那台車子扭來扭去的模樣，失控了？

他們騎的小路將跟馬路有個交會點，聶泓珈看準了空隙，咻地一下鑽進馬路車群裡！

「珈珈！不要太靠近！」杜書綸大喊著，但根本來不及，「不要靠近那台車！」

看那模樣，恐怕是煞車出問題了啊！太靠近的話容易被波及啊！

聶泓珈騎術了得，橫過了幾台車子後，試著逼近黑色車子，眼尾一瞥，就能見到那張毫無血色的臉，穩穩的坐在副駕駛座上。

女人緩緩的舉起手指，突然望著她，比了個噓——

黑色廂型車始終左右劇烈擺動，嚇得兩旁車輛紛紛走避，很快的就影響到了聶泓珈。

「喂！腳踏車不要進來！」有駕駛忍不住開窗探頭出來喊了，「太危險了！喂——小屁孩！」

說時遲那時快，又一台腳踏車橫切過來。

「離開！」追上的杜書綸往外線道的方向比劃。

「他們都在車裡！」聶泓珈邊騎邊慌亂回頭，「你不是要切斷獻祭嗎？」

「那也要我們先活著吧！那台車煞車出問題了！」杜書綸放聲吼著，「我們要快點離開，越遠越好！」

「可是……」聶泓珈很想做些什麼，但……唉！人就在眼前了，明知道他會出事，卻只能眼睜睜看著，這感覺眞的太痛苦了！但書綸說得對，他們什麼都做不到，尤其……曾父是被選中的祭品啊！

車子裡的曾父試圖拼命閃躲，但他離前方緩速的車陣越來越近了，他瘋狂的轉著方向盤，死命踩著煞車，但完全無濟於事！

而他只要一抬眼，就可以從後照鏡看見滿車的怨魂，全都是今天死於兒子輪下的受害者！

「對不起——對不起啊！」男人不敢再看後照鏡，「我的錯！我應該要去修方向燈的，是我一時偷懶才造成你們的死亡，對不起——冤有頭債有主，請不要怪我兒子！」

一股寒意從他的後頸襲來，冰冷包裹住他全身，一隻鮮血淋漓的手由後伸至前方，直到握住了他的方向盤。

『你是不是，也懶得檢查煞車了……』

幾天前，他覺得煞車怪怪的，想著有一天再去檢查吧……經過了修車廠，但就是懶得停下來、懶得停進去、懶得——

『都是你——』許多手驀地從後衝來，將他的方向盤猛地朝左打去——

磅！

黑色廂型車高速狠撞上了中央分隔島的電線桿，附近的車子紛紛緊急煞車，但仍然多少都遭到波及——也包括了來不及騎回外線道的兩台腳踏車！

所幸並無大礙，聶泓珈跟杜書綸只是跌倒而已，都沒被任何車子碾傷。

杜書綸伸手，一把就將聶泓珈拉了起來，他們驚魂未定的看著自撞的廂型車，堅固的鈑金倒是沒有讓車子損傷太嚴重，但是裡頭那個未繫安全帶的駕駛卻沒有這麼堅固。

他撞破了擋風玻璃，整個人飛出去，撞上了寫著公里數的路牌。

強大撞擊力讓普通鐵片路牌成了利刃，曾父頭顱自中間嵌了進去，他的頭便卡在了上面。

還沒死透。

曾父側躺在自己的車前蓋上，他聞到了汽油味，看見了煙塵，聽見此起彼落的尖叫聲，還有流淌自眼裡的紅色鮮血，以及……站在車邊、那些殘缺不全的亡魂們。

『你兒子，不無辜。』麵攤老闆娘歪著頭，頭顱就這麼掉了下去。

不不，不要找他兒子，不要！

「我沒事啦！我有未成年這個免死金牌，放心！」

少年拿著冰箱的飲料，好不容易爬上二樓，朝著陽台邊走去。

「是喔，那就好！我們只是坐你的車，應該也沒什麼事！」同學嘆著氣，

「但是眞的好靠北，我都不知道發生什麼事！」

「我也是啊！啊阿賢是眞的腳骨折喔？」

「對啊，他最衰了，還得住院幾天！」

「眞歹勢！唉！我現在都不能出門，你們再幫我去看阿賢！」

曾建維打開落地窗，走了出去，輕靠在自家二樓陽台邊，滿懷期待著想第一時間看見老爸回來的車子。

「小維！」媽媽在樓下喊著，「你要不要先洗澡？」

「喔！等等！」小維繼續跟同學聊著，「喂，我媽叫我去洗澡啦！」

爺爺剛切好了水果，端著走到餐桌，「小維喔！下來吃水果。」

「我叫了，他好像在講電話……啊！爸，你不是說要找熟人來修陽台的欄杆？」

「喔，好好！修！修……明天修！」

女人有幾分無奈，「別拖啊，那很危險，我晾衣服時都很怕捏！」

「好啦！」爺爺打著馬虎眼！

修，明天修，明天再明天。

少年掛掉電話，身後卻突然一鬆，二樓的欄杆鬆脫了！

哇！他及時伸手抓住了門，回首看著搖搖欲墜的鐵欄杆，嚇、嚇死他了！要不是他反應快，差點就摔下去了！

才要抓著門框站直身子，一股冰涼卻突然覆上了他扣著門框的手。

半透明的、帶著髒汙與血跡的手從屋裡伸出，開始扳動他的手指……少年呆愣的看著從牆邊冒出來的人——渾身是血、皮開肉綻、甚至錯位組裝的男人……

『你想去哪裡？』

重疊的聲音從後方傳來，曾建維嚇得回頭，一隻一隻皮開肉綻的手從下方攀著危傾的欄杆上來了！

「不，等等……等——」

半透明的男人用力的扳開了他扣著門的手指，爬上來的人們從後抓著他的頭髮他的衣服他的人！

『未成年在我們這裡，永遠不會是免死金牌！』

「哇啊啊啊啊——」

磅！

第九章 惡魔崇拜者

廂型車的車禍現場亂成一團，雖說車主是自撞安全島，但也造成了小型的連環車禍，警方趕緊調度著車輛，盡量要清出車道；鑑識人員已到現場拍照、採證，得快點把這死狀悽慘的屍體給搬走。

「離開！那兩個學生！」警員遠遠見湊近的杜書綸就大喊，「注意！有孩子！」

「我不算孩……」杜書綸還想表示一下抗議，已經被一把推了開！

他縮著身子走向在路旁等待的聶泓珈，她一臉沮喪，明明是來救人的，卻變成親眼看著他被開瓢。

「我們是不是什麼都阻止不了？」她難受的問著。

「我們只是人啊，珈珈。」杜書綸只能這樣安慰，「但我跟妳保證，我一定會想辦法中止一切的！不管是切斷獻祭，或是阻止那個惡魔降臨——」

聶泓珈微蹙起眉，抬頭看著他，「你怎麼突然這麼熱心？我以爲你會說，我們不要懈怠，保持自己勤奮就好了啊！」

「欸……」他一笑，「說不定是被妳傳染的？」

餘音未落，聶泓珈就變了臉色，她不悅的推開他。

「別哪壺不開提哪壺！你明知道我最不想當熱心人！」她雙手抱胸，一秒呈現防禦姿態。

杜書綸無耐的深吸了一口氣，「珈珈，一年了，妳不累嗎？一個不熱心的人，是不可能騎腳車穿過快車道，就爲了幫助一個煞車失靈、還被怨恨厲鬼纏身的人。」

「我不是熱心的人！」聶泓珈激動的瞪向了他，「我是社恐、我是透明人、我——」

「是是是，妳說什麼就是什麼。」杜書綸趕緊上前安撫。

聶泓珈忍不住的揉眉心，繃著身體，「對不起，我實在怕……你是全世界最應該知道我個性的人，我的熱心曾帶給我什麼樣的下場，你比我清楚。」

「嗯，我懂。」杜書綸大方的將她擁入懷中，他懂她的心境，但是珈珈啊，妳邏輯錯了啊！

「留下附近車主的訊息，請他們提供行車記錄器！」警察們奔相走告，要搜集車禍發生的事故，「清場，同學，沒事請離開了！」

數個警察開始驅趕圍觀民眾，聶泓珈跟杜書綸趕緊牽起腳踏車，他們想鑽回小巷中離開。

「不要多管閒事，主人降臨是必然的。」

冷不防的警告聲在兩人身後響起，杜書綸第一時間回頭想看是哪個人，但是圍觀的人並不少，他們身後的人只是錯愕的望著他。

聶泓珈緊張的留意到一個背對著他們疾走而去的人影，但沒親眼看見他說話，也不能斷定他就是留話者。

「信徒。」杜書綸喃喃下了結論，「是剛好遇見我們？還是盯上我們了？」

「邪教本不少見，但之前我都沒聽過什麼愚人教！」聶泓珈也十分不安，「這是特地來警告我們的嗎？」

杜書綸沒接話，因爲他又陷入了沉思。

在沒有結論前，書綸應該是不會告訴她了。

武警官的車停在前方，特殊調查小組飛快的接管一切，看著他們在指揮調度、一一跟其他車的車主做筆錄，杜書綸突然注意到了一個奇怪的景象。

說不上爲什麼，但他看著許多輛車子前方的行車記錄器，就有種莫名的預感，每輛車前的行車記錄器，都散著一股紅光。

珈珈沒瞧見嗎？他不算很敏感的體質，當然，現在這種狀況看不見也難，只是若是平時，他不可能瞧見什麼異象的啊！

聶泓珈的確沒察覺，現在讓她渾身不對勁的，是隱藏在人群中那些盯著他們、警告「不要多管閒事」的目光。

特殊小組控制住現場後，有人輕易的看見了他們，「喂！又是你們——武警官！S高的學生！」

武警官聞聲回頭，這場自撞車禍他眞不意外，畢竟有亡靈在作祟，早有預感事情沒那麼快結束，加之以因爲八殺事件死傷慘重，只是之前大家防範保護的是肇事的少年，沒想到他父親也有關聯。

「小心！往後拉，來……」身後的人員正在搬動屍體，在不破壞遺體的前提下，他們必須非常謹慎的將男人從路牌上挪出。

老李正在現場盯著，看看這擋風玻璃碎滿的車前蓋上，居然一滴血都沒有；而當男人被切開的頭顱終於平穩的離開路牌後，路牌上也沒有留下半滴鮮血。

「來阻止的嗎？」武警官靠近了路旁的他們。

「其實也很難阻止，這麼快的車速，我們……原本以爲是那個八殺少年。」杜書綸實話實說，「一時沒想到是父親！」

「因爲他才是車主吧！少年也不可能去修車！」武警官在接到通知時就想到了，「懶得修方向燈的是他，目前現場一滴血都沒有。」

還眞不意外，聶泓珈看著那輛撞凹的車，被撞死的八個亡靈，此時正包圍在屍體的擔架邊，冷冷的目送曾父被抬上救護車。

接著，他們才漸漸的消失。

「武警官，我剛剛有跟你說芒草原的吸毒者……」

武警官嚴肅的搖了搖頭，那搖頭的速度與神情，只是讓他們更加不安。

「沒辦法救他們嗎？」杜書綸解讀。

「不，根本沒看到人。」武警官嘆了口氣，「我知道你們沒說謊，針管跟毒品都有遺落在現場，但一個人都沒有！」

移走了？杜書綸大爲震驚，那些身體都跟沙發、輪胎、地面黏在一起的人，是怎麼移走的？他邊想邊忍不住打了個哆嗦，太厲害了，不愧是惡魔的同路人！

這些邪教是存在已久，只等契機嗎？

「對了，關於你們問的案件，我把還沒解決的都整理了一下，有空再傳給你。」他邊說，手機響起，「喂，武警官。」

沒兩秒，武警官臉色丕變，還看了一下他們。

杜書綸喉頭緊窒，看武警官的表情，感覺大事不妙。

「肇事少年死了。」他放下手機，「從自家二樓摔下來，好像是欄杆斷裂。」

斷掉的欄杆，眞是巧合到一點都不令人意外。

「是懶得修的欄杆嗎？」杜書綸淡淡的說著，連方向燈都懶得修的一家人，拖著沒修欄杆也是正常。

「好了，快回去吧！」武警官繼續趕人，自個兒匆匆往回走，他得趕去少年家了。

聶泓珈其實一點都不想待，因爲視線灼人，她知道那些「信徒」們其實依舊在盯著他們！所以揪了揪杜書綸的衣服，快速的離開現場。

現在這些惡魔信徒比惡鬼或是貝爾菲格更加讓她感到害怕！想想芒草原的吸毒者，他們甚至可以爲他們提供點滴與源源不絕的毒品，還能在警察抵達前移走所有人！

「那些人希望惡魔降臨，能爲他們做些什麼！」聶泓珈突然出口問了。

「惡魔本來就能承諾任何東西啊！他們是開支票大王好嗎！」杜書綸吁了口氣，「人啊，總脫離不了錢財權勢跟地位吧！」

「跟一個掌管懶惰的惡魔祈求這些？」聶泓珈完全不能理解。

「如果，能讓對手懶惰呢？」杜書綸笑了笑，「我瞎猜的啦！」

聶泓珈咬了咬唇，十幾個吸毒者都能移走的力量，她覺得比惡魔貝爾菲格還可怕了！

兩個人回到杜家時，杜媽剛好煮好晚餐，把腳踏車牽進庭院裡，聶泓珈又看了森林一眼，她眼神裡帶著困惑與惶恐，但什麼都沒說的匆匆進了屋。

跟在身後的杜書綸踏上木階梯，也惴惴不安的望著那大片的森林。

珈珈以爲他不知道。

森林在這幾天快速生長，比之前更大、範聞更廣、更高，而被風吹拂的沙沙聲，似乎變成了一種低鳴。

嗚……嗚嗚嗚……嗚嗚嗚嗚……

✠

連續事故的當晚，特殊小組徹夜未眠，法醫依舊想問，死者全身的血究竟去了哪裡？小組人員仍舊遍尋不著，車禍現場周遭的行車記錄器查了一圈，人人都拍到車禍瞬間，就是沒看見男人的血到哪兒去了！

慘死在醫院裡的護理師，應該算是被做成人彘，雙眼被挖出、舌頭被拔掉，四肢都被鋸下，與林小姐有異曲同工之妙——她們都是物理意義上的躺平者，被搞成這樣，未來是眞的不需要做事了，絕對可以懶到底。

目擊學生說血珠是成無重力狀態，被通風管道吸入，但鑑識小組在通風口以及管道內，完全沒有測到血液催化魯米諾發光的反應。

專辦詭異案件的負責人武警官，開了一夜的視訊會議，不能放任事態變得嚴重，地方上有錢有權的人，必須出錢聘請專家到S區來解決這些事情。

這種手段其實存在於每個城市，「怪力亂神」之事，人們會拜會信，但不能放到檯面上說，坊間有什麼難以解釋的事情，也只能當作鄉野怪談、都市傳說，不能明白的將之定義為：事實。

但鬼依然懷怨、厲鬼是凶惡的、惡魔是唯恐天下不亂的，這些都不是普通人力所能解決！越困難的事，就越需要專家——享受權勢金錢的人，出點錢、也爲了自己日子的平安，應該不爲過吧。

其實地方上有頭有臉的人，都是相信亡者作祟的，每個地方都有專業的「中間人」會在這些有錢人具有一定的金錢與地位後，去說明相關事項及他們的責任，並且給出利弊得失；據說「中間人」本身也是特殊人士，遇到不信邪的，還會直接讓他們「開開眼」。

所以每當遇到嚴重事件，大家都是願意合資聘任專家前來。

道理是一碼子事，人性畢竟還是自私的，前幾次S區發生了慘烈的案子、厲鬼肆虐、惡魔鬧事，傷不到有錢人時，他們就完全不想理；但，懶惰可不一樣了！

想想哪個老闆，能接受他的員工三天打漁兩天曬網？能接受遲到早退或乾脆請假？效率是他們最想要的啊，多少老闆巴不得員工自願加班不支薪，絕對不能接受半點散漫的風氣，效率的低迷！

所以當武警官提出需要「集資」，請專家來解決這件事時，完全沒有受到任何阻力，所有大老闆們不但秒答應，出資的金額都創歷史新高了！

一收到錢，武警官即刻傳訊給了他熟識的驅魔人，一對姐弟。

「這星期？這麼趕？賭輸人跟珈珈應該多少能擋一下吧？」螢幕那頭是一個正在敷臉的女人，狀態閒散輕鬆。

「這次太抽象了，是懶惰！我們S區一堆人都開始散漫，許多事情都大亂了！」武警官才準備提起惡魔降臨，對向鏡頭裡突然出現了一個精英範兒的俊帥男人。

「我們沒空。」他邊說，邊推著女人的椅子往鏡頭外，「妳去吃麵！」

「喂……喂！唐玄霖！」武警官喊住了他，「我們不能讓聶泓珈他們去涉險，他們什麼都不會！只是高中生！」

「不必太小看他們。」唐玄霖認眞的坐了下來，「懶惰這種東西太抽象，我們去也沒用啊，你希望我們做什麼？」

武警官一時語塞，「不是，你先聽我說，最近的死者身上一滴血都沒留下，然後，有一票信徒認爲惡魔會降臨，那些被害者都是祭品。」

喔喔！唐恩羽湊了過來，進入了鏡頭範圍，「我們眞的沒空。」

「唐恩羽，我還沒說完，他們說……」

「我沒有要聽，我們在確定安全之前不會去的。」唐恩羽又撂了一句，走人。

武警官愣住，他跟唐家姐弟交涉過幾次，他們的確跟他一樣是人類，但沒有這麼逃避過啊！

「……我們這裡這麼危險嗎？」

「嗯。」鏡頭前的男人，勾著淺淺但毫無情感的營業笑容，「因爲扯到人了，還是崇拜惡魔的信徒。」

武警官更傻了，「呃……所以？」

「這種事一旦扯進了人的因素，難度就上升了！淨化惡鬼，或是封印惡魔是我們的專業，我們是驅魔師啊！但是惡魔的信徒們，那可是人！」唐玄霖搖了搖頭，「那些信徒的團結力量跟演技都是上等的，我們對付惡鬼魔物已經很辛苦了，這時如果有人類背刺，那我們就死定了。」

尤其，在不知道誰是信徒的情況下，說不定連警局裡都有內鬼啊！

要成爲信徒太容易了，只要有欲望，就能輕易被吸收。

武警官在電腦前震驚得久久不能自已，他完全找不到正當的理由去反駁唐家姐弟，對方就下線了。

是啊，惡魔降臨對這些信徒來說簡直是神蹟等級，值得慶祝的大事，他們爲了讓自己的主人降臨，絕對會排除萬難！自古以來，邪教的執著度特別高，且加上不被世人所接受，隱藏功力也格外的好。

如果他們從中做梗，那再厲害的人只怕也防不勝防……他想起聶泓珈說芒草原的吸毒者，照片裡有十幾個，但他派人過去時卻已經被移走！

有人知道警方動態啊！武警官邊想，暗自打了個寒顫，是他們身邊的人？還是其他部門的人？

不知道哪些人是惡魔崇拜者，不知道他們會做出什麼事，這眞的比那些有仇必報的厲鬼可怕多了！

至少，報仇是有明確目標的啊！

眼前另一台電腦上正反覆播放著曾父出車禍時周邊車輛的行車記錄器，這台車是離事故車最近的車輛，車尾拍到了曾父衝出擋風玻璃的那瞬間。

啪，武警官按下定格。

畫面停在曾父剛衝出擋風玻璃的瞬間，上半身在外頭，下半身還在車裡……畫面雖然模糊，但是他還是看見曾父的下半身是浮在空中的。

換句話說，他是以平躺的姿勢，從車內飛出車外！

就算他沒繫安全帶，飛出去時下半身也該是從「坐著」的姿勢，因慣性而被拋扔出去，雙腳不可能平躺併攏。

這姿態，他更像是被人舉著，「扔」出了車！

武警官不敢細看，因爲他甚至能在這模糊的畫面中，看到有數雙手抬著曾父往外拋……

啪的蓋上電腦，他怕，他是眞的怕！

不是怕曾父是被亡者弄死的，也不是怕裡面的死者會來找他，他怕的是人們再這樣「懶散」下去，還會出多少意外？懶惰的殺傷力眞的太強了！

而且曾父被處理掉不到半小時內，八殺少年也死於非命。少年的死的確是「意外」，他們家二樓的陽台本來就有鬆動，爺爺表明有認識的熟人會修，但他也懶得催這件事，一拖再拖，直到少年墜樓……雖然，連他都很懷疑，少年的墜落有幾分是意外？幾分是那八個亡者的手筆？

畢竟自二樓墜落，全身粉碎骨折的機率眞的太小了。

更別說，庭院裡照慣例，沒有留下一絲的血液。

唉，武警官起身走到窗邊，天已經濛濛亮了，揉揉酸澀的眼睛，他只有長嘆，這時不知道是不是該慶幸這些亡者搞得他「生意興隆」，他一點點想怠惰的心思都沒有。

出去洗了把臉，再泡杯咖啡後，他重新坐回位子，傳了個訊息給唐家姐弟，請他們務必考慮幫他們壓制惡魔，至少、至少不要讓亡靈肆虐，最好能把懶散的氣氛掃除更好。

接著，他要再檢視其他行車記錄器，目前爲止，都沒有人拍到飛出去後，曾父流血的畫面。

嗯……武警官看著螢幕裡數個行車記錄器，他突然想起了之前有個案子。立刻動手搜尋，果然看到兩個月前某個事故。

那是場偏僻路段的車禍，死者是僅二十七歲的年輕男性，清晨運動時被撞死，由於現場沒有監視器，所以家屬尋找目擊者，他們幾乎確定那時是有輛藍色的房車過去，但不管在網路上尋找，或是警方查閱附近，都無法確定該車的車主。

因此，也沒有人提供行車記錄器，所以無法找到肇事者。

調查的同仁認爲，只怕有行車記錄器的，正是肇事車輛啊！他更不可能交出來！所以目前那起車禍事故依舊是個懸案，聽說死者遺孀非常的痛苦，她已經懷孕六個月了，臨盆在即就沒了父親。

臨盆……武警官突然想到了「孕育」！

該不會惡魔降臨，是這樣淺白的意思吧？

✝

手機震動傳來，聶泓珈停下了動作，是武警官傳來的，關於他們索要的近期詭異案件。

那一整串文字不是重點，聶泓珈比較好奇的是最下面額外提到的晨運車禍案。

「怎麼了?」杜書綸正蹲在地上努力，他們兩個手機同時響，就鐵定是群組裡的人。

「武警官把最近怪異或未解的案子都傳給我們了。」聶泓珈拿著油漆桶，彎下身子朝向杜書綸。

只見他手裡拿著油漆刷，往桶裡又蘸了一下，然後繼續在地上畫圖。

他們今天凌晨四點就起來了，說真的又沒睡好，但是他們有必須要做的事！畢竟現在整個S區，可能就只有他們有《惡魔學》這本參考書了啊！

她沒有杜書綸那麼聰明，所以辦法由他想，她負責協助執行就好，他們一向很有默契，絕對能搭配得宜、事半功倍。

「想什麼?」杜書綸再次抬頭時，溫柔的問著，珈珈出神了。

「我……唉，我在想藍學長。」她顯得憂心忡忡，「芒草原裡那些吸毒者，就這麼消失了?」

「邪教組織轉移的吧!而且藏好藏滿，所以我猜警方裡說不定也有信徒。」杜書綸挺挺腰，扭扭頸子，「或許需要他們的血，或許……他們還沒懶到一個標準?」

「標準是什麼?要像那個少年一樣，害死八個人嗎?」聶泓珈忍不住翻了白眼，「到底是要多大的罪才算啊？」

「至少不是像我們一樣，半夜爬起來做預防措施。」

「你覺得惡魔會怎麼降臨？剛剛武警官提到兩個月前某個晨運車禍，死者的老婆找不到肇事者，也沒人提供行車記錄器，重點是，遺孀現在懷孕八個月，應該快生了！」

杜書綸搖了搖頭，「這跟懶惰沒什麼關係吧！而且，我不覺得貝爾菲格會眞的從某個人的肚子出來，妳想想，這樣出來是不是只會哇哇大哭？」

「但那是惡魔啊，只要他想要，可以立刻長大吧！」

「既然這樣，何必多此一舉！」杜書綸認眞分析，「我讀了很多惡魔相關的書籍，當然也有惡魔之子這類降生，靈魂附在人類身上長大，但這種很少，因爲太費神了！除非是想要融入人類社會，掌控一切之類的！幾乎都是透過召喚，或是——寄生。」

利用儀式與咒語，直接降身在一個喜歡的成年肉體上。

如果貝爾菲格的喜好是這樣，那麼誰才有資格孕育他？

「你們黑眼圈爲什麼這麼重？」恢復提早到校的李百欣一進教室，就看見呵欠連連的杜書綸，「別告訴我你在唸書！」

「我眞的在唸書！」杜書綸非常肯定的點頭，不過唸的是惡魔學。

「你們聽說了嗎？那個八殺少年的爸爸昨天出車禍死了！」張國恩跟在後面進來，「今天大家都在討論這件事。」

少年的死沒人覺得可惜，但他爸爸也出事就太奇怪了。

「這有什麼好意外的嗎？」周凱婷拎著很香的炸雞排漢堡進入，「那天他不是說懶得修方向燈！問題是車主是他爸吧！」

周凱婷對「懶得修」這句話非常感冒，因爲當時少年被救出來時，她離他最近，她親眼看見少年一副無所謂的態度，沒有一點恐懼，更沒有感受到他對慘死輪下的八條人命有一丁點在乎。

慵懶的口吻，淡淡的說：懶得修，那時正扶著流血額角的她，聽得一肚子火！

「妳買的早餐過分了！」杜書綸眼睛盯著那袋早餐，「哪一家的？也太香了！」

「嘿嘿！你們沒吃喔？」

「吃了，但沒妳那份誘人。」聶泓珈必須承認，聞到就好想吃炸雞了。

李百欣跟張國恩放下書包，拖著椅子就圍了過來。

「說得也是啊，本來就不可能那個男生去修車……哇，這樣有夠精準耶！懶得修車燈，所以少年打方向燈無效、害死八個人……」李百欣邊說邊不太舒服，

「所以他們就……」

林嘉琪、呂護理師、八殺少年、吸毒者，說眞的，現在加起來也才四個而已，跟惡魔相關的數字，不是六就是七。

「還有兩到三位嗎？」聶泓珈喃喃的說著。

她不是在聖母心泛濫，她怕的是因爲這些人的怠惰，會害更多人受傷！想想，少年的父親只是懶得修方向燈，卻帶走八條人命，還有十數人的輕重傷啊！

像有台機車在車禍中被掃到，從她與李百欣中間飛過去，砸中在待轉區的騎士，那個騎士臉部裂開、腰椎都碎裂了，人是活著，可是未來將要面臨半身不遂的人生！

一個怠惰的念頭，可能都會引發蝴蝶效應，傷害的卻是更多無辜。

周凱婷把她迷死人的漢堡取出，硬捏出兩小塊給了聶泓珈跟杜書綸，兩個人如獲珍寶般的塞進嘴裡，哎，眞好！

聶泓珈嚼著酥脆的雞排，有股莫名的傷感湧上，上一次這樣跟朋友們圍成一圈、自在的吃飯談笑是什麼時候？

她根本沒想過，會有再現情景的一日。

「七個。」杜書綸好不容易吞下漢堡，慢悠悠的出聲，「七個祭品，對應在七個方位。」

後面那句講得非常小聲，意思是「對應在召喚陣的七個方位」。

聶泓珈有不解與不滿，幹嘛不早說？

「七個？」婁承穎抓到話尾，剛好抵達他們身後，「什麼七個？」

連書包都懶得放，他也拖過就近同學的椅子湊過來，硬擠在聶泓珈身邊坐下。

杜書綸倒是頭也沒抬，連個眼神都沒給。

「像八殺少年這種自己散漫還害人的，可能還有三個！天曉得還會有多少人倒楣？大家最近走在路上都小心點吧！」

昨天大部分人都有帶傷，每個人都深深明白這點的可怕。

「還有三個人的話……那就是已經有四起意外了嗎？」婁承穎認真的計算著，「昨天那個八殺父子算幾起？」

「我覺得一。」聶泓珈認眞的說著，他們父子都是劊子手，同起案件，應該不可能拆成兩部分。

他們還在計算，科展同學再度歡呼般的衝了進來，而且這一次是直接衝向了杜書綸！

「杜書綸！天才杜書綸！」賀澤軒邊吼邊叫，直直衝過來抱住了杜書綸！

聶泓珈第一時間就站了起來，她伸手要擋下對方，在最後一秒確定同學沒有惡意而收了手！

全身緊繃，雙拳握得血管都暴起了，渾身散發出一種令人望而生畏的氣勢，一旁的婁承穎看得目瞪口呆！

聶泓珈眞的非常的緊張耶！

賀澤軒抱住杜書綸，又搖又晃的，他都覺得快暈車時，冠達也進來了！

「你超強的！杜書綸！天才不是亂叫的！」他也撲了上來，從另一邊抱住了他，「就一眼！大家！他只看一眼就知道我們那邊的設計出問題了！」

我……杜書綸很想開口說些什麼，但是他眞的被搖到頭昏腦脹了！

「眞的！是我們之前都沒想到的思維，可是杜書綸一下就提出來了！還順便幫我們延伸研究，我們一口氣就能有四樣發明餓去參加科展！」其他小組成員也趕緊補說明，「勢在必得啦！」

「好厲害，不愧是天才！」

「所以你們眞的能準備四個嗎？」

「當然！每個都是懶人神器！」組長賀澤軒信誓旦旦，「善加利用的話，可以應用到很多事情上，事事都能事半功倍！」

「我們昨天已經跑過模型了，非常順！」

班上的氣氛好活絡，是那種前所未見的熱鬧，聶泓珈看了眼時間，距離鐘響還有二十分，但幾乎全班都到了！即使沒有參加科展的人，也都被這份積極感染，紛紛提早到校。

「到時需要幫忙的話，儘管說喔！我腦子不好，但體力還行！」有同學自告奮勇，畢竟正式參展前後，有一堆瑣事要做。

「放心，怎麼會放過你們！」

杜書綸扯著摟在他頸子上的手，「我早餐快被你們搖到吐出來了！」

「啊？哈哈哈！你太棒了！我真的心服口服，你腦子真的很好！」賀澤軒由衷佩服。

「就是EQ有點差。」另一個同學老實的說，惹來聶泓珈一陣笑。

六班的吵鬧引來了其他班的注意，說真的，現在其他班都是萎靡不振的狀態，人人懶散當道，請假不來的人越來越多了，很少像他們班這樣，熱鬧非凡，人人還提早到校！

磅磅！有人拍了拍門板，是導師。

「安靜安靜！全走廊就我們班最吵。」張導師都被迫提早進教室了，「我知道大家都很興奮，但是不要打擾到別班啊！」

「我們才沒有啊，是他們自己都死氣沉沉的！」

「就是啊，老師，九班的他們還說連研究都懶，如果他們都不參加的話，我們班的競爭對手又少了一個！」

嗯？對啊！如果別人懶散，自己仍舊積極的話，對方自然就構不成競爭者了！杜書綸深表同意，那些信徒們，所求的應該就是這個！

人們要的無非是情愛、成就、金錢、權勢，惡魔能誘惑許諾的也正是這幾樣，貝爾菲格可以讓他人變得萎靡，便能成就追隨者的願望！

門外又有人走進，是日常巡邏的教育組長，最近因爲懶惰風氣太盛，組長每天都會來「鼓勵」大家，積極向上、不要懈怠！市長跟某些議員最近也開始拍各種影片宣導，甚至許多路口都放置廣告，連一日之計在於晨這種話都出來了。

但還是沒辦法阻止日漸增多的離職潮與請假潮。

「昨天班上有幾位同學遇到事故，那幾位……」組長很快看到圍成一圈在吃早餐的他們，「還好吧？眞的是很危險，大家過馬路必須小心再小心！」

教育組長看著杜書綸，突然欲言又止，轉頭問向了導師。

他爲什麼覺得，這兩個學生是不是那天在清操場淤泥時，撿到斷臂的那兩個吧？

「你們……」他本來還想說些什麼，最終還是嚥了下去，「小心點，好好養傷。」

離早自習還有一段時間，大家尚且不必上繳手機，聶泓珈趁機看著武警官傳來的訊息，單從案件上看，眞的無法判定哪些跟怠惰有關係。

讀到颱風當夜的火災，她有點困惑，她好像沒看到這則新聞……背後突然感受到溫度灼人，聶泓珈緊張的回頭，迎面竟撲來一個人！

『好燙！救我——救救我！』

火燒上男人的臉，肌膚頓時萎縮，乾縮轉炭，他全身都裹著火，如抓到救命稻草般扣住了她的雙肩！聶泓珈來不及推開，眼尾餘光只看見剛剛還是教室的地方，成爲一片火海，有人掙扎著匍匐前進，有人已經嗆死在地上，窗邊有人正在尖聲呼救！

『警報器爲什麼沒有響！』

『你錄到爲什麼不拿出來！』

接著，她手上的手機竟也著了火，燙得她鬆開了手！

啊——聶泓珈嚇得向後踉蹌，一隻手疾快的撐住了她，避免她直接向後倒去！

「聶泓珈！」周凱婷也都嚇得站起了。

聶泓珈雙手交叉眼前，以手遮面，椅子早就被她的踉蹌推挪了數步，她戰戰兢兢的睜眼，發現她依然站在她的位置範圍，全班都錯愕安靜的看著她，而左手邊正摟著她的，是婁承穎。

右前方的杜書綸及時接住了她突然拋扔掉的手機。

「怎麼了？」李百欣也半站起身，因爲聶泓珈是突然跳起來，扔掉手機再往後倒的，「妳貧血嗎？」

「我這邊有奶茶！」周凱婷即刻把早餐的大冰奶遞上前。

聶泓珈全身汗濕，大口喘著氣，眼神略帶惶恐的看向杜書綸，暗暗握了握左手，那高熱的餘溫仍在。

「我沒事，對不起，就是一時暈眩。」她正了身子，扭了扭肩，離開婁承穎的掌心，「謝謝你，婁承穎。」

「要不要去醫務室休息一下？」導師焦急的跑下來。

「我……」

「應該要去休息一下。」杜書綸即刻上前，輕拉住她的手，「我送她去。」

她不……聶泓珈到口的話嚥了下去。

「快去快去！最近太累了！你們前幾天才遇到車禍，需要的話可以請假的！」導師眞心擔憂，因爲在她心裡，聶泓珈的身體好得很啊，如果都如此虛弱的話，事情可大了！

聶泓珈有點茫然的被帶著轉身，身高超過一百七十五公分的她，絕對是坐在最後一排，因此距離後門最近，很快就離開教室；婁承穎看著自己的右手，不免有些不甘，他怎麼這麼遲鈍啊，杜書綸帶珈珈離開就這麼自然，他明明都扶著她了，卻還是慢一步？

不過，珈珈的身體好結實，感覺連背部都是肌肉！

一離開教室，聶泓珈簡直健步如飛，杜書綸忙把她拉到學校最偏僻的樓梯處，那邊的一樓樓梯下方有個陰暗的死角，可以完美躲藏。

一鑽進去，杜書綸立即捧起她的臉，目光灼灼的穿透他的眼鏡，掃視著她。

「妳沒事吧？別嚇人啊！」

溢出來的擔心讓聶泓珈也愣住了，以前……書綸沒有這麼在意過她的狀況啊。

「幹嘛突然這樣？我沒事的，我身體好得很！」

「拜託！妳整個人都往後倒了！」杜書綸語調裡帶著點怒氣，「接連出事，妳身上一直帶傷未癒，妳向後倒時我都傻了！」

有種奇怪的感覺漫延開來，她不知道怎麼形容，氛圍有點尷尬，因爲她身體素質很好，比杜書綸好太多了，從小到大哪有需要他擔心的時候？

可是，心底深處又有點開心，原來被人這樣擔心的感覺挺好的！

「還行，都是外傷，我剛剛是看見了……」她低下頭，取過他手上的手機，「這則火災新聞，說不定跟祭品相關！不過重點不在這個火災，在——」

她滑動對話框，到了倒數第二則。

「晨運車禍？」

「對，我剛看到整間教室都燒起來，有很多人在火場裡求救，還有人朝我撲過來，是手機都起火了我才嚇到踉蹌的！」她深吸一口氣，「但最後，我聽見有人大喊：『你錄到了爲什麼不拿出來！』」

咦？杜書綸再重看了一次武警官發過來的新聞，的確是那起不知肇事原因的晨運車禍。

他再度想起了昨晚曾父的車禍現場，他看到多輛車的行車記錄器上都泛著紅光，果然不是錯覺。

「看來是有人有錄到車禍經過，但沒有交給警察……我以爲這算個人意願，能稱得上是因爲懶惰而鑄下的大錯嗎？」

杜書綸自己邊說都不確定起來，又看了聶泓珈一眼，是吧？

能犯上什麼錯呢？

聶泓珈蹙眉搖著頭，掐著指尖深吸了一口氣。

「那個質疑聲的殺氣，比那些在火場裡被燒死的人還要恨。」

說真的，只怕是目前感受上，懷怨最深的亡者了！

「杜書綸！」

庭院傳來高呼聲，女人好奇的走到門邊，透過紗門往外瞧，「又買了什麼？」

「杜書綸住這裡吧！包裹！」男人將鴨舌帽抬了抬，「麻煩簽收一下喔！」

女人推開紗門走了出來，他們家門前的馬路上停了一輛大貨車，此時前院外已經有個碩大的包裹，司機上前拿單子讓她簽收，接著準備扛起那一大個包裹入內。

「請問要扛到哪裡？」

送貨員倒是輕而易舉的扛起那半人高的物品，女人連忙進屋引領著他，「放二樓就好。」

走上二樓，她指著外頭的地面，書綸不喜歡人家進他房間，他們夫妻一向尊重。

「要幫忙送進房間嗎？」走上樓時，男子爽朗的問。

「不必不必，就放這裡吧。」杜媽指著角落，「回來看他自己要擺哪裡……這什麼東西啊？」

「好像是……懶骨頭沙發吧！」司機放下了箱子，「最近很流行的啊，聽說躺上去就懶得動呢！」

「唉！」杜媽敷衍的笑笑，一邊送著司機下樓。

看著司機背後的制服圖案，倒是熟悉，前幾天載孩子們從警局出來，就在路上看見這間全新的貨運公司，一大清早就在工作了！

大熊貨運。

第十章

癱瘓的世界

最近有一場大火，被風災後的慘狀蓋過，人們只知道有間屋子失火，但無人去瞭解事發原因或是背後的故事。

其實那是棟全新大樓，火災是由於廚房用火不當導致，但是火警警報器沒有響、灑水系統也沒有作用，加上煙囪效應，活活燒死了五個人；這還是因為當時搬進去的人不多，且事發時未放學未下班，死亡人數才會只有五人。

起火原因很快就查到，但讓事故變大的主因，就是因為建商對火警警報器沒有進行詳細的檢測！他們認為住戶還不多，這不是急切的事……殊不知，就是這樣的懈怠，燒死了一家大小。

火災那天就是颱風來襲那日，消防隊光救災就疲於奔命，結果又來一個火災，只是此後數日整個S區都陷在風災的慘狀中，火災新聞被輕輕一筆帶過。

「颱風當天嗎……」杜書綸嘆了一口氣，「這樣說，這是第一起事件。」

「為什麼？」聶泓珈不解的看向他，「這些是受害者啊！他們是因為建設公司的躲懶才死的，警方還沒找到建設公司的負責人啊！」

「我意思是起源。」杜書綸略頓了一下，「妳覺得建設公司那位還活著嗎？」

燒乾的人們，自然體內也沒有血液殘留，他們是受害者？或是祭品？杜書綸覺得比較詭異的是這點，火災死亡的人究竟是受害者？還是在無人知曉的地方，是加害者？

「我只看到被火燒死的人們，還有行車記錄器相關……」火災的始作俑者，她倒是沒印象。

聊著聊著，他們來到了晨運車禍的現場。

即使是白天，這裡依舊偏僻車少，跟他們家附近的產業道路有得比，但是產業道路多的是貨車跟大車，這裡則是一般的小街小路，既不熱鬧附近又完全沒有住家，難怪要找個監視器都難。

杜書綸遠眺著很遠的閃黃燈，搞不好那上面也沒監視器，中間這段足足一百公尺長都沒有紅綠燈跟監視器，難怪出了事會沒人知道。

看見地上鮮花，輕易就能知道這是數月前車禍的地點，而且現在就有個女人就站在那兒。

聽見腳步聲與車輪聲，女人回首，聶泓珈卻沒看見大腹便便，不像是傳說中的孕婦。

「您好。」杜書綸主動禮貌上前，「那個……還是沒有目擊者嗎？」

女人明顯的怔住，她再次謹慎的看著兩個學生，S中的制服，是誰的朋友？

「不重要了。」她勉強擠出笑容，「找不找得到，也都挽回不了什麼。」

「我們都有注意之前網路上的徵求目擊者文章，但這裡眞的太偏僻了，或許眞的沒有……」

「是有的。」女人打斷了聶泓珈的提問，「有兩組車輪印，一個肇事者，另一台應該就是目擊者。」

喔喔，這點武警官倒是沒提啊！畢竟車禍是正常案件，特殊小組不知道也實屬正常。

「對方不出面，警方找不到嗎？」杜書綸再試探著問，「明明都目擊這麼嚴重的車禍，爲什麼會不願講……」

「是啊，我們也想問。」她抹去了眼角滲出的淚水，「不過這些現在都不重要了，愚人們就該爲自己的罪付出代價！」

聶泓珈跟著一顫身子，頭皮發麻的看著朝他們頷首微笑的女人，那表情看上去如此恬靜，此時此刻卻讓她忍不住渾身發抖！

杜書綸也緊繃著身體，他又不傻，剛剛那句愚人們就足以讓人背脊發涼了。

他們兩人誰都沒敢動，牽著腳踏車，目送女人騎上機車遠去，然後聶泓珈第一時間跑去事故地點，翻找那些乾枯與新鮮混雜的花束們。

最新鮮的花束，卻刻意掩藏掩埋在下方。

是黑百合。

「喂，武警官，我是杜書綸！」身後已經傳來杜書綸在打電話的聲音了，「拜託你幫我查一下，那個晨運被撞死的車禍……」

黑百合名字雖爲黑色，實際上是一種極暗的紅，像是氧化後的鮮血，聶泓珈只是望著都覺得暈眩，花瓣彷彿融解滴落在土裡，沒有一滴血殘留的被土壤吸收……然後向著左方流動。

這兒的地底下彷彿也有著那巨大的血管，如同那些黏在吸毒者身上的一樣。

「什麼？」杜書綸衝口而出，深深覺得大事不妙，「對！很不對勁！一定有目擊者……嗄？我要是知道是誰我還需要問你嗎？」

附近的樹幹上也有紅光流淌，彷彿紅色的血液在樹幹裡傳輸，一棵接著一棵，像一種方向指引，聶泓珈緩緩站起，順著紅光流動的方向走去；杜書綸匆匆切斷電話，牽著車子趕上她。

「晨運死者的妻子也死了，她是墜海，不確定是失足還是自殺！」杜書綸說著都覺得毛。

自殺？會有媽媽帶著快出生的孩子自殺嗎？聶泓珈覺得胸口好悶，「好可怕，難怪剛剛那個死人說，目擊者有沒有出現都來不及了！」

所謂來不及，指的是因爲晨運的男人已經家破人亡！

愚人們，剛剛那個女人不知道是誰的家屬，但已經是信徒了！

貝爾菲格能給她什麼？懶散或怠惰不會使人復活，但如果害死他們家人的是怠惰者的話——

一陣風從頰畔掃過，聶泓珈與杜書綸兩人雙雙僵在原地，他們腦袋一片空白，根本完全無法反應發生了什麼事。

那陣風，是一輛高速行駛的貨車從他們面前駛過的風。

就差一公分，他們兩個就會被撞成肉泥了。

聰穎如杜書綸也無法立即反應，他呆然看著衝過去的貨車，連煞車也沒踩、一聲喇叭都不按，就這樣衝過去了！

連聶泓珈都忍不住腳軟，「剛剛是……」

砰！尚未搞清楚怎麼回事，那輛車子就在下一個路口撞上了垂直向的車輛，而且是跟打保齡球般，連續追撞。

煙塵四起，聽著碰撞聲不絕於耳，可以想見那個路口的慘狀。

不過，讓杜書綸不安的不只是車禍。

「妳……有聽見按喇叭聲嗎？」

聶泓珈戰戰兢兢的搖著頭，沒有啊！根本沒聽到有人按喇叭——現在大家是連按喇叭都懶了嗎？

「這什麼東西？」

回到家才走上二樓，杜書綸就看見陌生的大包裹。

「下午送來的，不是你買的嗎？」杜媽在樓下回喊著。

「嗄？」

杜書綸好奇的看著那像座椅的東西，上前動手拆開，發現是那種放在地上、可靠可癱坐著的椅子，叫什麼來著……

「懶骨頭沙發。」

這三個字從他口中說出來時，自己都莫名的打了個寒顫。

他才沒訂這個東西，他最近訂的最急最趕的，是鋪在地板上的那塊地毯！而且訂這種東西會被珈珈罵死吧！舉凡不符合人體工學、傷腰傷脊椎的都不好！懶人好物，絕對不是生活好物！

杜書綸只沉吟幾秒，立刻下樓詢問母親，貨是誰送來的。

得到大熊貨運的答案後，他臉色一沉，默不作聲的重新走回到二樓；就在書房外的地板上，與那張懶骨頭沙發面對面許久，最終決定把它拖進房間裡。

「為什麼送這個給我？」他試著觸摸懶骨頭沙發，質地柔軟，觸感絨密，非常舒服。

比起為什麼送這張懶骨頭沙發給他，他更想知道：誰送的？

他把懶骨頭沙發搬到了新買的地毯上，拍照外加傳訊息給聶泓珈，問她有沒有收到一張懶骨頭沙發後，深吸一口氣，一屁股坐了進去。

哇喔！他放鬆的靠著，果然舒服的東西都傷身？這硬度剛剛好，角度也不錯，杜書綸拿起手機把玩，連扶手都挺符合高度，舉著滑手機也不會累！

隨意滑著社群，突然看到有人貼出了奇怪的照片，一隻熊玩偶大咧咧的躺在人行道上，就像遊樂園裡那些穿著布偶裝的人，只是那隻布偶不會動。

配文：「在樓上發現不知何時躺了一隻熊？是什麼活動嗎？」

接著下面有人回文，表示剛剛路過，距離很遠就能聞到臭味，是類似尿騷味那種令人掩鼻的氣味。

緊接著其他地方也陸續出現其他布偶熊，或坐或躺或趴，它們出現在各種不同的地方，有大馬路上、有草坪上，詭異得胡亂分散，但因爲比人還大隻，不僅佔據空間還非常危險。

「在馬路中間那隻有點誇張啊！」

「有沒有人要去挪開啊？」

「懶……那麼大隻誰知道多重？」

「我才不要，我連走下去都懶了。」

大家已經懶到，甚至連回文數都不如往常的多了。

杜書綸不自覺的整個背部都靠上了椅背，這椅背給人一種溫暖安心的感覺，像是被包裹著一樣。

他突然眼皮有點酸，默默放下手機，連手機都不太想看。

甚至，當手機傳來連續的訊息音時，他連拾起來都覺得懶……這樣躺著好舒服，全身都非常放鬆，什麼都不想思考……剛剛本來在思考那些布偶熊……還有……

電話響起，他雙眼無神的看著地板，但不想動。

隔壁撥打著電話的女孩，正急得在房間來回跫步，怎麼不接電話咧？

「杜書綸，接啊！」她焦急的唸著，「無緣無故誰會送什麼懶骨頭沙發啦，好爛的名字！」

她家只有她一個人，就算有貨要送也沒人簽收，但這時送懶骨頭沙發這種東西，就是讓她渾身不自在！

他們剛剛才目擊了第六個祭品的獻祭，如果杜書綸判斷沒錯，火災是第一件，那麼，已經六位貝爾菲格的信徒獻祭完畢了！第七位便是最後關鍵，貝爾菲格就快降臨了！

她也留意到布偶熊的胡亂出現，但現在的她無法專心思考！她只對他們身上發生的意外感到不安！

「杜書綸！」

一分鐘後，她已經直接殺進了杜家，一骨碌衝上二樓。

伸手要推開門，卻發現……門推不開！

她用力握著把手，沒有鎖，但是她卻推不開門？

「你幹什麼？杜書綸！回答我！」她依舊撥打著手機，隔著房門，她都能聽見房裡的手機正在響。

「珈珈！書綸剛進去！」杜媽的聲音從樓下傳來，眼瞅著即將上樓。

「沒事！杜媽媽，您在樓下就好！」她趕緊回應，不想讓杜媽被牽扯進來。

伸出顫抖的手，她輕貼上門板，明顯的感受到窸窣聲傳來，甚至有東西在門板上磨擦……聶泓珈嚇得縮手，她感覺到了，那種令人頭皮發麻的聲音，排山倒海的邪氣從門的後方竄了出來。

啪的，有東西纏住了她的腳！

「啊！」她嚇得低首，只見門縫底下居然伸出了似血管的東西，五根血管組成像手的姿態，握住了她的腳！

不不不！聶泓珈驚恐的抬頭，她突然意識到門後可能的景象了！

是不是有無數血管抵住了門，甚至纏住了杜書綸!?

她趕緊把手伸進體育外套的口袋裡，那兒放著金色的手指虎，她俐落的將五指放入後，抽出手、一拳就先打在了門板上！

「咚」的一聲門板震盪，聶泓珈清楚的感受到邪氣的退縮，她再度扭動門把，這一次順利推開了門！

門一開，她就看見了在半空中的眾多血管，紅色與青色，像是動脈與靜脈，有粗有細，它們漫天飛舞，全都是從地上那張懶骨頭沙發中竄出的！而坐在裡面的杜書綸，平靜且面無表情，對於衝進來的她，更是毫無反應！

「杜書綸！」聶泓珈大喊著，她意圖上前，但血管們即刻上前攔住她！

別惹我！聶泓珈運氣，使勁再一拳出擊，重擊在一條粗大的血管上——這一次，那根血管瞬間萎縮轉黑，成爲粉塵掉落在地板上！

聶泓珈沒有遲疑，握緊左拳，上前不搖醒杜書綸，而是選擇重重的搥上懶骨頭沙發，觸及懶骨頭時，她完全能感受到裡頭有液體在流動！

一拳、又一拳，她最厲害的，一向是左拳！

杜書綸突然間驚醒似的，眼皮微顫，帶著迷糊的眼神看向蹲在面前的她，眼底盈滿困惑。

一對上雙眼，聶泓珈毫不猶豫的以右手扳過他的肩頭，一把將他拽出了懶骨頭沙發！

「啊！」杜書綸被狠狠摜在地上，正面著地，還撞出了血。

而在他離開位子的瞬間，聶泓珈清楚看見幾乎要鑽進他背部全身的每根血管！

「滾開啊！」她氣急敗壞的直接再一拳，擊中懶骨頭椅背的正中心！

唔……嘗到鐵鏽味的杜書綸已經清醒了！多虧牙齒撞破了嘴，才讓他清醒得快了些！他撐起身體，回首看著瘋狂「虐打」一張懶骨頭沙發的聶泓珈。

「珈珈，珈珈！……」杜書綸上前，由後扣住了聶泓珈，「我沒事了，我沒事！」

每一拳都像打進棉花裡，表面看似無傷，但只有聶泓珈知道，她就是要揍得裡面的東西不能鑽出。

「這太邪了、這簡直是……」

「我知道，我完全無法思考，我連靈魂都要被吸走了。」杜書綸溫聲的說，「但現在沒事了，只有躺進去才會有事。」

杜書綸由於環抱住她，將她的雙手也一起困住，感受到被擁抱住的聶泓珈，終於放鬆的向後靠上杜書綸，他們雙雙癱坐在地板上，與這張懶骨頭沙發對望著。

「誰送給你的？你爲什麼要坐進去？」聶泓珈依舊氣忿難耐，「是想當第七個嗎？」

「我們想阻止貝爾菲格降臨是不爭的事實，大概我看起來比較好欺負？」杜書綸由衷說著，「我只是想坐坐看，我不是傳訊息給妳了！而且我想說有唐姐給的護身符，這只是個懶骨頭應該沒什麼……」

「你……太大意了！」她知道，是因爲杜書綸聰明，總能察覺到他們的方向，對方才下手的！「他們一定是怕你發現什麼……最後時刻了，怎麼能被破壞！」

是啊，這麼在意他的話……最後的降臨儀式會是什麼？杜書綸抓起落在地上的手機，短短數分鐘而已，社群分享出更多的布偶熊，眞的是散落得到處都是，卻無人靠近，也沒人知道裡面是空的？還是眞的有個人？

「降臨勢必要有儀式……」杜書綸看著手機裡各種從高處拍下的布偶熊照片，若有所思。

啊！

下一秒，他飛快的滑到床底下，把床底某箱東西拖出來，那裡面可是他的空拍機！

「這時候玩空拍機做什麼！」聶泓珈瞪著那張懶骨頭沙發，「先解決這個東西吧！」

「那個——拿惡魔爪項鍊扔上去！」

杜書綸已經拿著空拍機衝下樓了，聶泓珈趕緊跳起來到他書桌燈上，找到掛著的項鍊，利爪抓著一顆像貓眼石的東西，是對惡魔有一定殺傷力的護身符，但因爲使用時會自損八百，所以平時他們才不敢戴！

畢竟那是專屬於惡魔的護身符，人類之軀承受不住。

聶泓珈用依舊套著手指虎的手抓住那條項鍊，即刻扔進懶骨頭沙發裡，哼！

「杜媽媽，絕對不要進杜書綸房間喔！」

當她衝下樓時，不忘跟杜媽交代。

「欸……欸！」杜媽正在準備晚餐，「你們在忙什麼？叫書綸玩空拍機時，不要又被抓了！」

「不會啦！」聶泓珈朗聲回著，她哪知道會不會！

她趕到前院時，空拍機已然起飛，杜書綸認眞看著畫面，他內心有個大膽的想法，如果這是場大規模的降臨儀式的話，貝爾菲格絕對跟他猜想的一樣——他想華麗登場！

隨著空拍機越飛越遠，杜書綸的心跳越快，臉部的血色漸漸褪去，甚至轉爲蒼白！畫面不停的放大、各處拍照，他再調動著記憶深處的回憶，然後二話不說轉身再度衝回屋子裡。

屋裡的杜媽是最從容的人，他們早就習慣兒子的行爲，反正孩子不要出事就好了。

杜書綸衝回房間搬出了地上厚重的《儀式陣》，每本厚達一千多頁的書，共有三冊，他只是草草翻了一遍，但的確有記憶——關於召喚惡魔這件事，也是有分階級跟管道的！

翻書的手瞬時停下，他找到了疑似的頁面——就是這個！

「珈珈——」喊叫聲從二樓窗戶傳出。

聶泓珈並沒有跟著進屋，她依然站在前院中，正看向不遠處的那片森林，今天是平穩無風的，空拍機飛得順暢，但是在他們視力所及的那片森林，卻劇烈的震顫著……不是搖晃，而像是裡面有什麼東西正驚擾著樹木，讓比之前更加龐大的樹木們枝葉亂顫！

聶泓珈歛了歛下巴，擦著滲汗的掌心，那些樹葉……已經轉為深紅色了……

第十一章

獻祭布偶熊

「就你們兩個？」

張國恩在網咖裡看見了醒目的紅色頭髮，但紅毛連打遊戲都打得意興闌珊，癱在椅子上呵欠連連。

張國恩問起金毛，結果得到了驚人的答案，前幾天還在一起作樂的狐群狗黨，居然已經拆夥了！而且跟所有人都斷絕聯絡！

「為什麼？你們吵架了？」婁承穎好奇的問。

「沒有！誰跟他吵架！就玩得好好的，他突然就變樣了！」紅毛嘆口氣，「先是出來就想睡，接著懶得出來，說在家裡連線就好，但後來連上線都不了！」

「對啊！我們連去他家都被趕出來，連跟我們聊天都懶，那就算了啊！」綠毛其實是帶著不爽的，「不知道哪根神經出問題！」

婁承穎是巧遇，他看見張國恩跑進來就跟上瞧瞧的。

「長髮那個也沒跟他聯繫？」

「沒有人！完全沒有！」紅毛說得斬釘截鐵，「除了我們，他還有一大票小弟啊，全都聯繫不上，連訊息都不回的！」

婁承穎不由得盤點：懶得出遊、懶得社交、懶得回訊息，這還真是懶到極致了。

「如果一般社恐就算了，像聶泓珈那樣，但是……」張國恩真的就覺得怪，

「那個金毛，感覺平時就是到處跑到處開趴吧，現在卻躺在家貫徹躺平萬歲？」

「他要眞躺平就可怕了！」婁承穎已經拿出手機聯繫，「我覺得要去關東煮店一趟！」

群組發送訊息，他認爲聶泓珈有必要知道這件事。

而這同時，S區各處出現的詭異「布偶熊」已經越來越多了，那些東西有增無減，所處位置沒有任何共通點，但是外型都是一個散發著臭味的等人大布偶熊娃娃。

第一張照片是兩小時前發出來的，至今居然沒有一個人上前把那些東西挪走！

「最新的出現在四線道馬路中央耶！居然大家都寧可繞過去！」張國恩也已經看到這消息，眞的覺得扯，「大家是怕還是懶啊？」

懶，婁承穎腦海裡第一個浮現這個字。

反正又礙不著自己，誰愛弄誰去搬吧，懶得做這些事！路人的話言猶在耳，這就是現在S區的寫照！

聶泓珈很快的回應訊息，他們約在學校附近會合，而且她竟tag了熟悉的朋友，請他們務必出來幫忙，有非常非常重要的事情。

這是聶泓珈第一次這麼主動參與聊天，甚至還tag朋友耶！

十五分鐘後，他們這個小組幾乎都到了，有的人還順手叫了其他願意幫忙的同學出來。

而聶泓珈與杜書綸早就在原地等待，他們倆臉色非常的差，且異常嚴肅。

「我需要大量的人手，把全部的布偶熊都移開！」一匯集，杜書綸立刻說明，「必須離開原地至少五公尺以上，拖到哪裡都行，就是不能原地！」

「嗄？可是……。那是可以隨便移動嗎？」周凱婷有點擔心，「如果是別人的東西，或是裡面有什麼……我看網路上都說，味道很重！」

「這就是要冒險試試的原因了，可以先用道具去戳戳看，但這些東西必須移開。」杜書綸同時傳了一張圖進群組，「移開後，在原本的位置，寫上這個符號……我沒時間準備噴漆，請大家等等去買，一定要紅色的。」

符號不難，挺像某種文字，大家看是看得懂怎麼畫，但實在不明白爲什麼。

「這是咒語什麼的嗎？我們噴了會不會有事？」李百欣經歷過芒草原的魔法陣事件，她很快能進入狀況。

「不把布偶熊拖走才會出事，而且布偶熊一挪走，就要在原地立刻噴漆！而且不能放過任何一隻！」杜書綸轉向了周凱婷，「需要大家各自回報在哪條街，妳邏輯最清楚，拜託了，分配任務、地點跟時間。」

周凱婷一時錯愕，但還是點頭應承了下來。

「能說這些布偶熊是什麼嗎？」婁承穎小心的詢問，感覺事情很大條啊！

「你們把它想成邪教儀式的一環，那些都是祭品，它們現在被放在專屬位置，所以必須把它們拖離。」聶泓珈頓了幾秒，做個深呼吸，「我們懷疑，裡面其實是人。」

人？冠達嚇得連連後退，人類、臭味，「該不會是屍體吧!?」

「不知道，但應該不是腐屍，否則現場應該會有屍水什麼的。」杜書綸緊皺著眉，「我是覺得可能性不大啦，祭品不鮮活怎麼算有誠意？」

聶泓珈默默瞥了李百欣一眼，她跟杜書綸都覺得那些布偶熊的數量……跟芒草原的吸毒者數量相當，加上他們憑空消失，說不定是被信徒們帶走、關起來，留待今天成為重要的祭品。

反正他們已經茫到不知何年何月了，無論對他們做什麼他們也不清楚，被套上布偶裝，躺在哪邊也無所謂，躺在哪兒不是躺？只要人在幻境中的快樂就好了。

所以，李百欣只怕有機會遇上她心目中的偶像，那位藍東謙。

「一拖走就要噴漆，不能拖完再噴，這點一定要切記。」杜書綸趕緊重點強調，「只要按照ＳＯＰ，就不會有事，我們說不定能阻止更多因為怠惰造成的事故！」

「還有一件事要注意，我們必須一氣呵成。」聶泓珈憂心忡忡，「大家中間千萬不要想著偷懶，或是等一下再搬這種事，請不停回報，互相激勵！」

惡魔的影響力是很大的，至今沒人去移動布偶熊，就知道S區人們已經懶到什麼地步了，甚至連交警都不為所動啊！

仔細回想，她看向四周的廊下與馬路，人車都變得很少，因為大家都懶得出門了。

「那我想需要更多的人來幫忙！」婁承穎出了意見，「我覺得我們班其他同學可以試試，因為我們班還蠻積極的？」

「對對！我們班的確沒有那種風氣！都叫來吧！」李百欣催促著，一邊推了聶泓珈，「你們還有事情要做吧！快去，布偶們交給我們！」

咦？婁承穎有些分心，「你們要去哪裡？不一起嗎？」

「我們得去找最虔誠的傢伙！」杜書綸轉身就朝腳踏車奔去。

恐怕是第七個，也是最重要的一位。

有什麼信徒比得上躺平族虔誠呢？主動且積極的參與懶散與怠惰，而且振振有詞，不像有人只是因為惰性、有人愛拖延、有人是不小心、有人只是因為外力，金毛可是身體力行，而且認為人生就是該躺平。

降臨在這樣的人身上，也是他的榮幸吧！

「金毛？搞什麼？」紅毛他們早跟出來了，聞言只有莫名其妙，「爲什麼扯到他？」

「喂，你們——」綠毛想喊住問問，只見兩台腳踏車已經騎遠，「追上去啦！」

「等一下！你們過來幫忙啊！」周凱婷直接上前揪住長髮男，「別去了！你們幫不上忙啦！喂！」

綠毛紅毛都已經跳上機車去了，而長髮男被抓個正著，試圖掙扎，「不是啊，我們要去找金毛！」

「你去沒用啦，幫我們挪布偶熊！」周凱婷可凶了，「不挪會出事的！」

「是在說——」

「閉嘴啦！我要想一下得怎樣分配，你們快叫人！」她大喝一聲，一邊查看著杜書綸剛剛傳來的布偶熊分配圖。

「撂人嗎？這個我會！」長髮男突然聽見了自己擅長的部分！

「找找找！要找那些不散漫的喔，聽話照做又很衝的那種！」張國恩沒忘記重點，「我們不接受偷懶者！」

長髮男只覺得這群學生莫名其妙，但還是拿起手機，趕緊呼喚兄弟們。

而婁承穎則是看著已經消失的身影，他也想去關東煮店啊！

「歡迎光臨！有位子就坐喔！」

輕快但制式的聲音響起，頂著灰白頭髮的老闆抬頭，對著進門的聶泓珈笑著，不過沒兩秒，他就認出了這兩個學生，似乎是前幾天跟兒子發生爭執的學生了。

「您好！我想找金毛。」杜書綸沒拐彎抹角，「這幾天都沒看見他。」

「唉，年輕人，大家都年齡相仿，年輕氣盛的，有些磨擦正常，別這麼認眞啊！」老闆笑吟吟的說著，「把那天的事情留在那天，不是更好嗎？」

「呃……我不是來找他麻煩的！我是有事要跟他說！」杜書綸對於老闆的反應有點啼笑皆非，「我再怎樣也不可能主動惹他吧，就我？跟她？」

他隨手指向聶泓珈，說實話，聶泓珈這身高跟強健的身體，看起來是有一點點威脅感。

「你找他做什麼？你們認識？」老闆相當不以爲然，「他難得最近乖了許多，我們也不希望他再惹事了！想吃什麼隨你們挑，今天我請客。」

「我們不是來吃關東煮的。」聶泓珈一個箭步上前，從旁斜切到杜書綸面前，高頭大馬的站在老闆面前，「我有很重要的事。」杜書綸直接被逼得踉蹌，珈珈這氣勢啊……他是老闆，也會覺得她是來找碴的！

「同學！別這樣，我家孩子是任性了點，但和氣生財嘛！」連老闆娘都出面緩頰了，「眞的，愛吃多少點多少，我們請客！」

「他多久沒出現了？不覺得他安靜得反常嗎？那些七彩毛的朋友都沒出現，這才是不正常，人不會突然間轉性的！」聶泓珈急得激動起來，「你們多久沒看見他了？」

紅毛綠毛恰好趕到，在門口聽見自己被歸在七彩毛的行列中。

老闆放下了手裡的勺子，淡淡的笑了起來。

「有什麼不好！那些朋友都只是不三不四的狐群狗黨，我們巴不得他不要交那種朋友呢！而且安安靜靜是我們所希望的，爲什麼一定要出去吃飯？喝酒玩樂？」老闆刻意的轉向左方的門口處，他是對著紅毛綠毛說的！「他那天說話是難聽了點，但他有本事躺平啊！家裡又不缺他一雙筷子，他這樣過不也挺好？」

「不是啊，這哪裡好了！他連電動都懶得打，這是多嚴重的事耶！」紅毛突然激動的走了進來，綠毛還得拉著他，「什麼懶得說話、懶得打遊戲，這才不是金毛！」

「就是交了你們這些壞朋友，我兒子才會變成那樣！他以前就是安靜的孩子好嗎？」老闆突然也發起怒來，「現在這樣最好！他在家，好好生活，我們能供應他衣食無虞！」

眼見紅毛還想繼續，杜書綸趕緊制止。

「我就問，你們多久沒看見你兒子了？」

老闆張口欲言，回頭看向老婆，老闆娘嚥了口口水，眼神裡透露著迷茫。

聶泓珈看得只覺得一陣寒，他們不知道？他們不知道多久沒見著自己的兒子了？但只要他在家裡就好？

「那不重要。」老闆娘也笑了起來，「他開心就好。」

老闆娘夫妻開始笑，笑容越來越滿，嘴角越來越高，直到一種詭異到令人恐懼的笑顏鑲在臉上。

「幹！」紅毛也起了雞皮疙瘩，「這是在笑三小？」

聶泓珈抓著杜書綸遠離攤子邊，突然一陣不安，她緩緩回頭……沒人留意到店裡安靜異常嗎？

因爲整間店的顧客，全都放下餐具，一瞬不瞬的盯著他們。

「他正在安靜的休息，我覺得你們不該打擾他。」

「對，坐下吃點東西吧？」

「老闆，每樣東西都夾一份，算我的！」

店裡所有客人開始你一言我一語，而且同時都朝著他們走過來了！杜書綸不可思議的看著這可怕的景像，更別說客人們個個都慈眉善目到令人心底發毛！

難道——店裡都是信徒！

金毛就是準備「孕育」惡魔的人！

「他住哪裡？帶我們去——」聶泓珈一手拉著杜書綸，另一手把紅毛往門外推，「快點！」

絕對出事了！

紅毛跟綠毛就算不知道怎麼回事，光看著店裡的客人就讓他們覺得有問題，跟著拔腿就跑！金毛的屋子就在店後方，一般都是直接從店後門，直接穿過去是最快的，可是現在這情況根本沒人敢再進店。

所以他們跑出店門外後，往左拐一小段，再鑽進一條非常非常窄的防火巷。

關東煮店面的後門是一整排三層樓公寓，關東煮夫妻在這裡買了連兩棟的三層樓，其中一棟是給金毛的。

金毛把他的一樓改建成他跟朋友們的聚會場所，無論是看電影、打電動、玩樂器、或是聊天喝酒，全都在這個玩樂基地裡！

防火巷幾乎只有一人寬，還得小心才不會讓肩膀擦到牆，只是他們才剛轉進沒多久，防火巷那可怕的壓力便逼得聶泓珈完全走不動路！她看著巷子裡面的陰暗，不只是因為夜晚的關係，而是一種沉重可怕的邪氣，正從巷子的另外一邊傳過來，感受著眼前黑壓壓的氛圍，聶泓珈就完全不敢想像穿出防火巷後，會有什麼等待著他們……

別說是她，連杜書綸也都覺得一股窒悶，空氣中瀰漫著強烈的不安。他們只想退後。

不過紅毛他們倒是首當其衝，轉眼已經在巷口回頭看向他們，「快點啊！」聶泓珈憋著氣，默默把手伸入口袋裡，穩穩的把手指套入口袋中的手指虎內，以策安全。

一出防火巷，卻發現金毛家外竟聚滿了人，紅毛錯愕的看著那票人，不明所以。

「你們是誰啊？」

金毛家外頭的人，竟個個都戴著棕熊面具，警戒般的轉向他們，氣氛緊繃得一觸即發。

杜書綸跟聶泓珈倒抽一口氣，愚人教？

「請離開。」

「離開什麼東西啊！這我朋友家！」綠毛嗆聲，絲毫沒在管這些人，因為他隱約知道兄弟出事了！「滾開啦！」

才走一步，幾位信徒立刻上前，連成一堵牆擋住綠毛的方向。

「請離開！他不想被打擾！」

「我聽你在放屁，你有比我瞭解我兄弟嗎？」紅毛不客氣的推搡著對方，「滾開啦！」

雙拳難敵四手，更何況現場信眾有十數人之多，綠毛他們兩人再凶，也阻止不了信仰……不，是人們的欲望！

一瞬間信徒包圍住紅毛他們，架起他們往外帶，而聶泓珈調整著呼吸，握起了拳開始暖身。

「用右手就好，珈珈。」杜書綸輕聲說著，「當玩樂，這不是你死我活。」

「我控制不住時，你得幫我。」她無奈的瞥了他一眼。

「我永遠是妳的保險絲。」杜書綸微笑著，給予百分之百的承諾。

接著他也扭著筋骨熱身，他只是瘦，但不代表不會打架！開什麼玩笑，他可是跟聶泓珈一起長大的青梅竹馬！從小就陪著她一起各種運動好嗎！

赤手空拳會痛，所以他剛剛在巷子裡已經撿了酒瓶當武器，見一個打一個，側著身一路撞過去，他再削瘦也是有一定力量，好歹得撞開一條路，先進屋再說！

聶泓珈直接抓過一個信徒的後衣領，拉到身側後一拳朝肚子上擊去，至少幫紅毛他們弄出個缺口，但她沒有時間顧及他們，金毛才是重中之重！

杜書綸揮舞著酒瓶見人就砸，一邊拳打腳踢的助陣，但信念虔誠的信徒們怎麼可能讓他輕易進入，兩三人聯合起來，就抓住了他的雙手與身體！

「珈珈！」有事永遠喊珈珈，聶泓珈聞聲即刻衝來，助跑後便是一個飛踢，直接踹開從後錮住杜書綸身體的信徒。

穩穩握拳，一記右拳就正面砸上另一人的鼻子，剩下一個人杜書綸就能輕易解決了。

他彎身閃過某人的阻擋，直接來到門口要開門，結果發現是電子鎖啊！聶泓珈後腳趕到再一把扯開想從後拖走杜書綸的人。

「密碼是5862！」綠毛遠遠高喊著！

輸入密碼，慶幸著密碼沒變，杜書綸才壓下門把，身後的聶泓珈便順勢一把將他推了進去。

他們雙腳立刻感受到地的不平，略爲踉蹌，因爲他們是踩在……「血管」上的。

這哪是屋子啊？杜書綸不可思議的看著眼前密密麻麻的血管們，各種粗細均有，佈滿了整間屋子，從天花板到牆壁、從牆壁到地板，隨便一腳踩到都是柔軟且有血液流動的血管！

而且屋裡都是濃烈的血腥味，聶泓珈忍不住掩鼻，昏暗的燈光下，可以看見屋子正中間有一個蛋形物。

「幹！這什麼？」紅毛也殺出重圍的衝了進來，綠毛帶著傷殿後，一腳踹開抓著他的信徒，終於反手上鎖。

紅毛直接按住電燈開關，但連續切換卻發現燈像是壞了，整間屋子照明只剩幾個微弱黃光的露營燈。

手電筒忽然亮了起來，聶泓珈與杜書綸嚇得一身冷汗，他們驚恐的回頭，綠毛居然可以搞不清楚現況就直接亮燈！萬一看到什麼或激怒什麼怎麼辦？

但說什麼都晚了，燈亮了就亮了……中間的蛋形物完全被各種血管裹住，看不清裡面是什麼，不過，杜書綸倒是對蛋形物有點熟悉，那不就是他下午收到的懶骨頭沙發嗎！那顏色跟質地他認得啊！

「好噁爛！這到底是什麼!?」紅毛邊說，乾嘔了幾聲。

電光石火間，一雙眼睛突然從裹著的蛋形物中睜開，裡面有人！

「幹！是金毛！是金毛的刺青！」蹲下的紅毛看見了，蛋形物因為被血管層層覆裹，但中有間隙，他瞧見了金毛手臂上的刺青！

金毛不僅被血管困住，他身上每個毛孔也都與芒草原上的吸毒者一樣，藉由血管與懶骨頭、甚至跟整個屋子的血管緊密相連，口不能言因爲最粗大的血管已經伸入他的口腔，自色半透明的管線中，可以看出血液不停的輸入進入他體內。

他就是孕育惡魔的胚胎！

「懶惰的最高等級，不只躺平，還有人主動餵食。」杜書綸也蹲著打量他全身上下，「不必洗澡、不必工作，這是你夢寐以求的人生對吧？」

「嗚……嗚嗚嗚……」胚胎裡的金毛嗚咽的搖著頭，淚水跟著滑落，痛苦的看向他們，他還具有意識啊！

「看起來好像跟他想的不太一樣……」聶泓珈根本不敢碰觸這些血管，否則她已經在思考是不是切斷它們就能把金毛救出來？

如此，惡魔也沒地方可以降生了啊！

身後傳來開鎖聲，綠毛跟紅毛都嚇得跳起，他剛剛反鎖了啊，爲什麼對方會有鑰匙？不過他們沒有遲疑太久，而是立即衝到兩旁，焦急的尋找著什麼。

「不能讓惡魔降臨。」杜書綸即刻擋在蛋形物前，「得想個辦法！」

「能想什麼？」聶泓珈看著錯綜複雜的血管，難道眞的要切斷它們？

門緩緩推開，結果進來的人……是金毛的母親，老闆娘甚至還穿著關東煮的圍裙，露出了慈藹的笑容。

是啊，眞不意外，身爲母親的她當然有鑰匙啊！

「金毛已經變成這樣了，他會被獻給惡魔啊！」聶泓珈趕緊跟她解釋著。

「是啊，這樣就好！這樣就好！」老闆娘居然語出驚人，「我丈夫剛剛就說了，他現在這樣最好了，又乖巧又聽話，不外出不鬧事，家裡眞的也不差他一雙筷子。」

「但他可能會是惡魔的祭品啊！」杜書綸簡直不敢相信，這是媽媽說的話？

老闆娘微微一怔，她的身後突然出現一個、兩個、三個、四個，都戴著熊頭套的信眾們，他們全聚集在門口。

這瞬間，杜書綸才意識到——怠惰從小養成！

「愚人教？」

老闆娘再度露出了慈藹的笑容，輕輕頷了首。

「那是他的榮幸。」她雙手一攤，優雅得像個指揮家似的揮動著手。

她身後的信眾們立即湧入屋子裡，聶泓珈緊張的握起雙拳，她才不想陪葬！

「有病吧你們！」綠毛的咆哮聲打斷了這一切。

「不——」有個信眾突然緊張的大吼著，伸長手要衝進來！

杜書綸眼明手快腳絆倒了他，雖然不知道他見著了什麼，但讓他們不痛快實爲上策！

聶泓珈趁機回首，就見綠毛不知道哪來的水果刀，二話不說抓起一根血管，就硬生生的砍掉了！

簡單粗暴得深得人心啊！

「住手！你們不能切斷營養的來源！」老闆娘驚恐的喊著，所有人撲向綠毛阻止。

可阻止了綠毛，還有紅毛，他們太熟悉金毛屋內的東西，隨便抓就是美工刀或是水果刀，生氣的抓起懶骨頭沙發上的血管就猛割猛砍，勢必救兄弟於水火之中！

鮮血從被割斷的血管中噴出，簡直跟水管一樣，杜書綸趕緊拉開聶泓珈，情與義值千金，但遺憾金毛不是他兄弟啊，他一點都不想被那些血給澆到！他們倆想要衝出去，但唯一的路已經被信眾堵死了！

「保護祭品，那是貝爾菲格降臨的重要人物啊！」老闆娘激動的喊著，下一秒指向他們，「他們是主人降臨後的祭品！帶出去！」

「我們超勤奮的喔，貝爾菲格不會喜歡我們的！」杜書綸趕緊大喊，空氣中可怕的血腥氣逼得他反胃，一張嘴感覺吸收更多了。

「滾！」聶泓珈大喝著，一記右勾拳打向一個壯碩的信徒，然後……

就在這瞬間，她突然覺得掙扎是無效的。

有點暈眩，有點難以呼吸，她的右拳變得綿軟，甚至有一種腿軟的感覺……

是不是坐下來，會舒服點？

「珈珈！」

杜書綸眼尾一瞥，發現她像是要往地上跌，飛快的勾住她的腋下，他一點都不覺得坐在那堆血管上是好事！

可是珈珈好重啊，她雙眼是睜著的，但為什麼不站好咧？再往後看一眼，才發現綠毛跟紅毛全身被血澆淋，雙雙竟坐在地上，呈現極度懶散的姿態！

「你為什麼不休息一下呢？孩子？」老闆娘溫溫的說，「坐下來，累了就該好好休息，沒必要這麼汲汲營營！」

「你們這些淩晨一點才關店的傢伙，沒資格說我！」杜書綸死命撐著，絕對不能讓珈珈倒地！

聶泓珈其實正在掙扎中，她一方面覺得好累好倦，不明白自己在這裡努力阻止別人的降臨儀式做什麼？但另一方面……又覺得不能讓惡魔順利誕生！

左手不停有力量傳來，那像是維持她清醒的關鍵。

「人生能悠閒躺平，為什麼要努力？停止掙扎吧，孩子，跟隨貝爾菲格大人的腳步，可以每天都不必工作，便能享樂無窮。」老闆娘依舊溫柔的說著，不得不說，她的聲音竟也有類似催眠的功效。

「像那些吸毒者一樣嗎？我敬謝不敏。」杜書綸轉頭看著自己抬著的女孩，只能這麼做了，「對不起，珈珈！」

他咬著牙，狠狠一記頭搥！

咚！

「哇！」劇痛讓聶泓珈瞬間清醒，她甚至反射動作般的一拳打向杜書綸。

是，左勾拳。

杜書綸毫無招架之力，直接損血在自家人手上，被打飛出去後，狠狠撞到了某個櫃子……那被血管包圍的櫃子。

聶泓珈來不及回神去救他，身後就撲來一堆人，將她手腳都扣住，下一秒竟將她直接抬起！

「哇——呀——杜書綸！」她被太多人架住，根本掙脫不開！

老闆娘轉身走了出去，信眾們扛著聶泓珈也離開了這間小屋，地上的紅毛跟綠毛兩眼無神的癱坐在地，地上伸來的血管末端如刀般，刺進了他們的肌膚、連結他們的血管，然後其他的血管也開始一層一層的包裹住他們。

刀子從他們手中鬆開，他們現在只感到溫暖與柔軟，一切是那麼的平靜與安逸，人生這樣子多好！什麼都不必想、什麼都不必做……只要享樂享福就好。

他們眼前開始出現陽光、沙灘，他們居然半躺在躺椅上，面前有許多火辣的美女在玩樂，而他們身邊更有人餵他們吃東西，飯來張口、茶來甚至不需要伸手的愜意。

血管伸出牆壁，開始左右交錯、也開始將昏過去的杜書綸層層裹上。

「書綸！杜書綸——」

聶泓珈的叫聲越來越遠，接著門被關了上，電子鎖嗶了一聲，房間陷入了滿是鐵鏽味的死寂。

第十二章

以血孕育

THEY WERE MONSTERS, BOTH IN BODY AND HEART. THE SEVEN DEMONIC BEINGS OF IMMENSE POWER AND PRESENCE.

當張國恩拿掃把戳進布偶熊時，他就知道裡面眞的有個人了。

「是人！」他轉頭看向李百欣，「妳快群發訊息，布偶熊裡是人！」

李百欣戰戰兢兢，「是人還是……」

張國恩也愣住了，他不知道！

「管他是什麼，杜書綸不是說要拖走嗎？先拖再說！」

每個同學都領到了自己的地點，由周凱婷統籌發包；李百欣自然跟張國恩一組，因爲布偶熊實在太重了，所以他們決定用推的才省力。

「我數到三。」李百欣邊說，邊手拿著紅色噴漆罐搖著，「三、二、一——」

力氣大的張國恩使勁推走了躺著的布偶熊，在布偶熊剛剛躺著的地方，居然有一個圓圈跟某個符號！李百欣不打算思考，聽話照做，立刻把杜書綸說的符號蓋在上頭，噴得俐落。

「走！」噴完後，她立刻奔向張國恩，他們得把布偶熊推得越遠越好！

群組訊息不停的湧現，各地都在回報自己的消息，被分配到馬路中央的婁承穎就有點苦惱了，因爲有人有車，他們在知道裡面是人後，就要保證對方的安全啊！

「快！紅燈了！」冠達緊張兮兮的喊著。

他們兩人合力推開……但這個布偶熊也太重了！

「再用力點！我用拉的好了！」婁承穎繞到熊的腳去，「三、二——閃開！」

餘音未落，突然有輛車筆直駛了過來，嚇得他們不知該往哪裡逃竄，但在撞上他們之前，卻又有另一輛車橫空出世，居然直接撞開了那台朝婁承穎衝過來的車輛。

冠達跟婁承穎都傻了，他們腦袋一片空白的呆站在原地。

「同學！沒事吧！」後面居然駛來另一輛逆向的車子，「你們在幹什麼？我來幫忙！」

「我……我們要把這隻布偶熊搬走！至少到人行道上比較安全。」婁承穎喃喃的回著，「裡面是人喔，所以要用拖的或推的。」

「我來！」車主突然對著馬路上揮了揮手，緊接著附近的人、駛過的車輛，居然紛紛都停下並走了過來。

冠達還在看著不遠處相撞的車子，半晌說不出話，現在不是應該報警嗎？

「別發呆了，冠達！」婁承穎大喝一聲讓他回神，「我們現在把熊拖走，你負責寫字！」

「喔，好、好！」冠達趕緊回神，手上的噴漆罐喀啦咖啦！

「你們要做什麼？要在馬路上噴漆嗎？」

「這不可以吧？是在惡作劇喔？」

「不是！不是啦！」婁承穎實在不知道該怎麼解釋，「我們在做一件很重要的事，先請幫我們！我等等跟各位解釋！」

他喊著，但這舉動很難不使人生疑，可是無論是誰都無法解釋這種事啊！所以婁承穎決定敷衍帶過，先夥同幫手一起把布偶熊用力推開——布偶熊下方出現奇怪的符號時，冠達還愣了一下。

「阻止他！」

說時遲那時快，來幫忙的人之中居然有人撲向了冠達！

「哇！」冠達直接就被人撲倒，噴漆罐飛了出去！

婁承穎措手不及，才鬆開手，下方的布偶熊居然又被幫手們推回去了——他們不是來幫忙的！

他瞬間意識到這點，不顧已經綠燈，趕緊衝向其他線道去攔下滾動的噴漆！這舉動迫使許多車都緊急煞車，他要慶幸這些車主還不到懶得煞車的地步，他抓起噴漆罐衝回去時，剛剛那些「善心人士」，已經堆滿可怕的笑容等著他了。

「同學，你在這裡太危險了，快離開吧！」

「是啊，這邊交給我們，我們會好好照顧他的！」

「同學，走……我帶你離開！」說著，有人竟抓住了他的手。

「不——放開！救命！」婁承穎扯開了嗓子，吸引著過路車輛的注意，「救命！他們要害死躺在地上的人！」

由於他剛剛的擅闖車道，逼停了不少車輛，因此這些車主也紛紛狐疑的搖下車窗，從窗戶看了過來。

「這裡面是人！快點把他搬走——這些人要害死他！」婁承穎已經被拖走了，「救命——放開我！救命！」

大家坐在車上觀望著。

好懶得下車喔，這又不關我們的事！

躺在馬路上撞死也是自己的選擇啊！

天曉得那個學生是不是做了什麼事，我們不要蹚這個渾水好了！

懶得管閒事啊……

懶得——喀，有輛車的車門開了。

「放開！放開那個學生！」下車的是一整車的8＋9，「幹什麼這樣拖人！走開喔！」

這群人下車個個自帶裝備，球棒在手，威風我有，迅速趕抵戰場，跟那些「善心人士」對戰，三兩下就把婁承穎拉了回來。

「先把布偶熊推走，推到人行道上！」他大喊著，「拜託！」

「別動他啊！」善心人士還在勸阻。

結果，車子一輛接著一輛的停下，竟全是各種8＋9們，他們用車子直接堵住了車道，下車理論，把冠達救了下來，同時合力拖走了布偶熊。

婁承穎飛快的在原地噴上了那個指定符號。

「有話好好說，對學生動什麼手！你們要幹嘛？」他們衝著善心人士們喊著，「幹！那隻熊有夠臭！」

「吸毒的吧！味道真重！」

他們直接固定住布偶熊的身體，然後使勁拔著熊頭，那群善心人士一臉不甘的低咒著，接著飛快的四散離去，同時間，救護車也趕到了。

剝，熊頭拔除，裡面果然是一個……宛如乾屍般的人。

皮包骨到瘦骨嶙峋，但還有一絲氣息。

「幹！這個才要先救吧！」他們跳了起來，「去攔那台救護車啦！」

婁承穎驚恐的看著那個人不像人、鬼不像鬼的人，皮又乾又皺到真的宛如木乃伊，薄皮裹著骨頭，血管在皮下清晰可見，但……他的確還有呼吸，確實是人！

吸毒吸成這樣嗎？婁承穎緊皺著眉，他們的確可以算是怠惰的代表者！

他想起地圖上那麼多的布偶熊，所以——有這麼多乾屍化的吸毒者嗎!?

張國恩抱著拔下的熊頭時，嚇了一跳。

他慶幸裡面是個活人，但嚴格說起來，已經人不人鬼不鬼了。站在他身後的李百欣緊張的報了警，那奄奄一息的人，即使到現在還醒不過來。

看著對方手上的針孔跟這骨瘦如柴的模樣，他們都知道這些都是吸毒吸到茫的毒蟲，而且根本病入膏肓。

「他們有在吃東西嗎？這樣眞的能活著喔？」張國恩捏著鼻子，實在太臭了，除了久沒洗澡的臭味，還有排泄物、以及毒品的味道。

李百欣根本退避三舍，報完警，他們得去下一個指定地點。

但是，眼前這位毒蟲的鞋子實在讓她很難移開目光！

雖然已經滿是泥濘，又髒又黑，但還是能看出這是手繪帆布鞋，上面的圖案與顏色，世界上應該只有一雙。

是藍東謙大學入學時，自己繪製的，他還放在社群中，李百欣記得一清二楚。

「藍學長？藍東謙？」她湊了近，戰戰兢兢的開了口。

穿著布偶服、癱在地板的人顫了一下，緩緩睜開眼睛，「嗯？」

是藍東謙！

李百欣像遭雷擊般傻在原地，那個她早早約好要採訪、心目中的偶像優等生——藍東謙？

「爲什麼！」她不解喊了出聲，「不該是這樣的，你不是已經考上理想的大學跟科系，而且未來要當一名科學家嗎？」

爲什麼現在會躺在這裡，還是隻萎靡的毒蟲？社群上那些陽光、積極正向的人去哪裡了！

「笑……笑死！」毒蟲連笑都吃力，「何必……那麼辛苦？」

他緩緩的轉向了李百欣，擠出一抹嘲諷的笑容，「白痴啊……」

拼了命的唸書、扛著沉重的壓力、經過一次又一次的考試，好不容易考上了理想的大學，然後呢？

畢業後一定能找到好工作嗎？好工作等於有足夠的薪水嗎？薪資能趕得上通貨膨脹嗎？他能買房？買車？如果成家，是否有能力支撐家庭？也能有餘力給孩子好的教育環境？

然後他畢業後就得工作，一路做到退休，人的一輩子，就在當別人的牛馬中度過了……

爲什麼？爲什麼要爲那些不確定的東西拼命？而且這麼努力，也不代表一定會得到成果！

還不如一開始就快樂過人生！什麼都不要做，能溫飽就可以了，他不求好職業、根本也不想唸書，只要開心的過一日算一日，就很棒！

張國恩回頭看向李百欣，一聽見對方的名字，他就明白這是李百欣常掛在口中的學長，看見自己的偶像變成一具行屍走肉的毒蟲，內心的失望都快把她淹沒了！

所以他把手上的熊頭，重新套回了藍東謙的頭上。

「那就是隻沒救的毒蟲，我們快走吧！還有好幾個！」張國恩直接拉過了她，「告訴我往哪裡走！」

李百欣一時心緒還無法恢復，腦海裡依舊迴盪著學長剛剛的話。

「李百欣！」張國恩突然大喝一聲，雙手輕輕的拍在她臉頰上。

「吱？」她猛一回神。

「別看著別人啊！」他咕噥著，「妳可是我偶像，管別人做什麼，我看著妳，妳得認眞做榜樣給我看——現在，下一隻要搬的熊在哪裡？」

李百欣錯愕的眨了眨眼，這才回神的查看訊息、設定路線，前往他們下一隻熊目標。

「你拿我當偶像？」

「嗯啊！」

「那功課還這麼差!!」

「……」

「做什麼！放我下來！」

聶泓珈沒想過有這麼一天，她拼命的掙扎也徒勞無功！

她被十個人抬著，以平躺之姿距離地面近兩百公分，他們箝著、抓著她的手跟身體，把她從金毛家一路抬到了隔壁——關東煮夫妻的家裡。

一進庭院，她就覺得想吐，因爲她看見了那台大熊貨運的車子！

司機一看見他們，立刻要打開後車廂。

「這是獻給主人的嗎？」

「是一直在阻止主人降臨的學生。」老闆的聲音傳來，「先把她跟亡魂們關著，等主人降臨後，可以送上。」

「哇，我很想看看主人如何讓這樣勤奮的人瞬間墮落！」

聶泓珈眼睜睜看著司機打開後車廂，那裡面依舊存在著眾多亡靈，有掉進鐵軌旁坑洞的男子、有七年前被給錯藥而死亡的女孩、那八個死於少年輪下的民眾、晨運被撞死的男子以及他自殺的妻子……還有，那個被抱在懷裡，卻來不及看世界的青紫色嬰兒。

甚至是那場燒乾六人的火災，以及……好幾個如乾屍般，她認不出的人！

每個亡靈都被各式血管困在這裡，但此刻他們不再掙扎或尖叫，只是用一種哀莫大於心死的神情看著她。

聶泓珈被扔進裡頭，她驚恐的後退，退到了門邊的角落，一點都不想跟那邊的亡者靠近。

「有人移動了祭品！報告——有群學生將祭品移開了！」

「什麼？大家不是都應該懶得管他人的事嗎？」

冷漠便是懶的延伸，當對社交與關懷他人都懶散時，自然會進入冷漠狀態，那些毒蟲是最後的祭品，照理整個社會的冷漠已經不可能去挪動未知物了啊！

「不知道！而且很有組織，已經有一般民眾加入了！他們還把祭品移開很遠的距離，我們的人手不足！」

外頭一陣嘈雜，聶泓珈顫抖的拿出上週杜媽在廟裡求的護身符擋在面前，她知道眼前的亡者死得很冤，但是不關她的事……真的！

突然間，從跳動血管裡，緩緩爬出了一個人，她下半身癱瘓，手也沒有多大力量，僅存右手，吃力的拖著自己的身體，一寸一寸的往外爬……歪斜著頭，吃力的試圖抬頭時，聶泓珈可以清楚看見她頸子上那駭人的刀口！

那傷口、那模樣，她突然認出那個女人了！

是連媽媽！

「走開！退後——」聶泓珈拼命往後縮，因爲亡靈不停的朝著她逼近，「妳已經復仇了，妳……」

她復什麼仇啊？她更像是逼迫自己的孩子去復仇啊！

對啊，她怎麼辦到的？爲什麼這個母親會用自刎，來讓女兒去找護理師報復呢？

『妳……可憐……那些人嗎？』連媽媽聲音依舊很弱，但是怒氣可一點都不小，『他們……都是害死我們的……人……』

「我不是可憐他們！我是可憐妳……你們，或是其他人！」聶泓珈已經嚇得站起來了！她身後就是牆，退無可退啊！

一抬頭就能看見被火燒死的屍體，那八個吃個麵就被撞死的無辜民眾，她慌亂的指向他們。

「阿姨！如果大家都這樣散漫下去，懶惰拖延，就會有更多你們這些受害者出現！」她激動的尖叫起來，「外面那些人是惡魔崇拜者，他們希望孕育的惡魔就是貝爾菲格，是懶惰之惡魔啊！」

一旦降臨，誰知道整個S區會變成什麼樣？

聶泓珈踮起腳尖，開始橫向移動，因爲連媽媽沒有要放過她的意思，不停的朝她逼近啊！

『是他……給了我力量。』連媽媽撐著身體，向右轉向移位的聶泓珈，『我才能……讓妹妹回來……』

什麼？聶泓珈一時有點聽不懂，但她看向那個歪著頭站在那兒的女孩時，她突然覺得不太妙。

那句對不起，言猶在耳。

少女終於抬睫，她的淚水依舊滑落，神情盈滿悲傷，魂魄像是不齊全般的空洞。

她果眞是被逼的嗎？她媽媽難道是用自我獻祭，把逝去的亡魂硬召喚回來，殺掉護理師以完成「復仇」？

聶泓珈不可思議的再度看向母親，她把已安息的亡魂硬生生變成厲鬼，就爲了……獻給惡魔？這什麼邏輯！

『她……她想阻止惡魔降臨！』連媽媽此時還在鼓吹其他亡者，『浪費我們的生……』

「別聽她亂說！惡魔都是蠱惑人心的，越多人散漫，只會死更多人——」聶泓珈拉斷護身符，打直右手，「我們是爲了更多人好，我也不想走在路上莫名其妙被撞死啊！」

餘音未落，連媽媽已經抓住了她的腳！

「呀——哇！鬆開！」不要逼她啊！

聶泓珈踢不開連媽媽，連媽媽是眞的對他們的行爲感到忿怒，她花了七年的時間好不容易討回公道，她寧願把靈魂賣給惡魔，把女兒的靈魂獻出去，也絕不放過給錯藥、還逃過法網的護理師！

憑什麼！那些偷懶的人可以活得平安，他們所愛的人就慘遭橫禍？若非惡魔貝爾菲格給他們力量，她都達不成目標，而現在居然有愚蠢的人要阻止惡魔降臨！

「別逼我！」聶泓珈拔下手裡的佛珠，直接往連媽媽嘴裡送。

『啊啊……』連媽媽痛得鬆手，白煙從她嘴裡冒出。

此時此刻，一貨櫃的亡靈卻瞬間都醒了，連剛剛那茫然的少女都開始瞪向她了！

不公平！感受到強烈殺氣跟怒意的聶泓珈只能緊握左拳，現在變成她是壞人了嗎？

一貨櫃的血管突然發出紅光，接著那幾個瘦如乾屍的人雙手展開，腰向後仰著，然後又出現了那經典的全身抽搐，抖抖抖抖——

『啊啊啊啊——』他們連發出聲音都懶似的，聲如蚊蚋。

看見他們開展的手，聶泓珈只見青紫一片與凸起的血管，這些人也是吸毒者？不對，這邊都是受害者，被他人的懶散所拖累的人！

下一秒，那些乾屍般的亡靈帶著恨意，轉身穿過貨櫃消失了。

他們要去報復嗎？是報復那些害他們踏上吸毒之路的人？這邏輯眞的說不通，因爲吸毒是自己的選擇啊！

分神之際，少女怨魂居然已經來到她面前，不知道是因她對她媽出手而生氣，還是因爲她在阻止惡魔降臨，但不管哪個……她轉身試圖推開貨櫃門，可是亡者的手紛紛從後攀上，抓著她往後拖！

『妳——該可憐的是我們！』少女衝著她吼著。

『爲什麼我們要承受這些！』

「啊！」聶泓珈扭動著身子，力氣再大也掙不開他們，只能咬牙回身，直接朝著少女一拳揮打下去！

打人的同時，她也是會痛的，但戴著這個來自惡魔界的手指虎，她其實感受到更多的是種快感。

殘虐的快感。

刺痛與恐懼同時侵蝕著她，但同時又給了她一種要更狠、更用力的動力，讓她只要使用左拳時，失去意識的機會就更大。

『呀——』一拳揮下，少女的靈體半天隨著轉黑成了碎片銷融，她痛苦的慘叫著，整個貨櫃裡開始鬼哭神號。

她似乎激怒了亡者們，已經確定成爲了「同情加害者」的對立面了！

「走開啊！」她緊握左拳，把拳頭與手指虎同時伸出，藉以恫嚇亡者們。

看看這黑色流著金光的邪惡之物，絕對比這些亡者還要狠戾！

磅！貨櫃突然有東西自外面砸上，嚇了聶泓珈一大跳，她縮了身子，這才感受到外面似乎有點兵荒馬亂！

『我的……』一隻手突然抓住了她，『我的孩子……』

有個少婦捧著自己的頭，與她雙目平高的幽幽問著。

聶泓珈認得的，始終是她，那個慘死在八殺少年車輪下的女人——她下不去手啊！

『妳有看到我的孩子嗎？他在等我的麵啊……』少婦鬼音哭嚎，紅色的淚水滑落臉龐。

「我不知道……我——哇！呀！別碰我！」她被少婦拖著走了，但是她不想傷害對方啊！

可是不傷害她，她就要被拖進那些噁心的血管裡了！

「哇！」

「報警，攔下他！」

「救——」

貨櫃外的叫聲此起彼落，緊接著是鐵栓打開的聲響，一陣亮光終於進入了貨櫃中！

高瘦的女人站在貨櫃外，吃驚的看著眼前的景象，她手持短棍、英姿颯颯，錯愕之際，後面有人撲向了她。

她毫不在意的一腳踩上了貨櫃，因爲她身後有個男人更快的衝出，直接拿著東西打暈了欲偷襲的男人。

「好重的陰氣！連我都看得一清二楚。」女人走了進來，皺著眉打了個寒顫，「眞噁心！不管看幾次我都不會習慣。」

聶泓珈正回頭看著她，一臉驚恐的被往血管裡拖，女人俐落的把玩手上的短棍，直接狠狠朝著少婦以及其他亡者的臉上身上戳去。

她沒有手軟，每一棍下去，棍子尖端的符咒就能在亡靈身上燒出一個洞！

『哇啊啊啊！』

『我只是想吃碗麵啊！』

『妳要可憐我孩子啊！不是那些人！』少婦還在哭喊著，短棍一骨碌穿透了她的頭骨。

女人將聶泓珈一把拉了出來，她踉踉蹌蹌，全身抖個不停，這森森陰氣害她全身發冷，顫抖不已。

「被關在這裡……哇！」男人來到貨櫃前，打了個寒顫，「爲什麼這麼多厲鬼？」

女人把聶泓珈往下推，男人輕易的接住，接著他們趕緊把貨櫃門關上，男人不忘在上頭貼上了兩張符咒，以防萬一。

「有效嗎？」

「好歹是名廟求的啊！」男人倒很誠心。

聶泓珈整個人幾乎倒在女人的臂彎間，她因恐懼與緊張喘得厲害，手腳上均是抓痕，看著滿院子的「屍橫遍野」，腦子裡一團亂。

「我的天啊！她身上有什麼東西，非常邪！」男人退避三舍，指著聶泓珈低吼，「快點取下吧，那個也會蠶食妳的生命！」

蠶食？聶泓珈一怔，趕緊把手指虎拔了下來，使用說明書上沒這一條啊！

女人就近看著那泛著金光的手指虎，也是一陣陣的寒意，光看著就令人渾身不舒服，雞皮疙瘩都竄起了。

「珈珈，這是什麼東西，妳哪來的？」女人不客氣的問著，「我這種不敏感的都知道不對勁了，妳怎麼……」

「爲什麼……妳會在這裡？」聶泓珈虛弱的開口問著，「這些人死了嗎？」

「打暈而已，誰叫他們要阻止我們救人。」男人相當健壯魁梧，卻有張好看的臉，「我們剛好在附近，有人叫我們來一趟。」

「說什麼我們比較不怕被背刺！」女人翻了個白眼，「我倒不知道妳也跟姓唐的認識。」

聶泓珈仍在發顫，但是她力持鎮靜的左顧右盼。

「這些邪教信徒都在這裡嗎？他們是惡魔崇拜者，所做的一切都是要讓惡魔降臨！」聶泓珈沒時間說太細，「書綸……杜書綸被關在胚胎那邊，我得去救他！」

「珈珈！等等！」女人拉住了她，「隔壁我們試過了，沒有鑰匙進不去！」

「我知道密碼！」聶泓珈甩開了女人，跌跌撞撞的朝著金毛的屋子去。

沿路都是倒下的人，他們不是昏迷就是因爲痛得站不起身，可是卻仍在喃喃笑著。

「快了，我們的主人就快降臨了！」

「你們要畏懼他的力量！」

聶泓珈根本不想理他們，她來到金毛屋前，蹲下身子輸入剛剛紅毛說的密碼鎖……錯誤。

她再輸了一次，還是錯誤。

「書綸！杜書綸！回答我！」她激動的拍打著門。

剛剛她被抬出去前，她親眼見到紅毛跟綠毛他們被血管層層裹住了！動也不能動！

「我是珈珈！你不能偷懶，不可以沉溺在逸樂中！惡魔會吃掉你的！」她瞬間哭了出聲，「杜書綸！杜書綸——表姐！表姐！幫我！」

她回頭扯開嗓子呼喊，誰都可以，快點幫她把門打開啊！

女人的確是走了過來，他們之前就已經試圖開過這扇門了，但沒有鑰匙或密碼，是徒勞無功的啊！

「我們試過了，妳的密碼不行嗎？」

聶泓珈搖了搖頭，忍不住大哭起來，淚水跟著甩飛，「他們改掉了啊啊！」

這是想當然爾的事啊，已經有過一次被紅毛開鎖的事，老闆娘怎麼可能會放著不改？可是這樣她進不去啊，書綸還在裡面啊！女人靠近了她，輕聲問著密碼多少，因爲她怕聶泓珈手抖，沒按準。

又輸入一輪，還是錯誤。

「快點打開它啊！妳不是格鬥冠軍嗎！」聶泓珈抓著女人開始搖了。

「我是格鬥冠軍，不是破門冠軍，我是人好嗎？」女人一把拉起了聶泓珈，「振作點，哭解決不了問題的！妳剛說什麼惡魔降臨的，阻止了是不是就沒事？」

天哪！壯碩的男人不停打顫，惡魔是最不該碰觸的東西，他們現在應該要離這裡越遠越好！

「阻止……對……不要讓儀式完成！」聶泓珈慌忙的拿出手機，想看一下大家的進展，「只要不讓召喚陣生效的話就可以！那些布偶熊裡都是祭品，我同學已經去把布偶熊移走了，只要來得及的話——」

超過九十九則的對話，聶泓珈看也看不完，但是她發現很多地方都有信徒去干擾，所以大家的進度遠遠落後了！

喝！她猛地一顫身子，倏地回身看向了金毛的房子。

「喂……喂……」女人立即原地後退，遠離屋子，聶泓珈那表情很不對啊！

血色盡褪、臉色蒼白，下唇跟著發顫。

沒、沒聽到嗎？她惶恐的看向自己的表姐。

金毛屋內中央的蛋形物如同心臟般開始顫動了……

噗通噗通……

噗通噗通……

砰砰砰砰砰砰砰砰砰砰！

那是心跳聲啊！

第十三章

貝爾菲格

強風是突然颳起的，所有人都措手不及，風強勁到甚至能捲起鐵片，聶泓珈第一時間伏低身體，而她的表姐則衝過來把她拽走，壯碩的男人同時帶著她們兩個，紛紛往就近的防火巷裡躲去。

這是聶泓珈剛剛進來的防火巷，但正因爲夠窄，所以能避開狂風帶來的傷害。

才剛站穩，聶泓珈即刻攀著牆緣看向金毛的屋子，一道閃電直接從漆黑的夜空中劈下，筆直的劈進了金毛的屋子裡！

「杜書綸！」聶泓珈失聲尖叫，她又想衝出去。

表姐及時拉住她，「門又進不去，妳在門口守著也沒用，是想被劈死嗎！」

「放開我！杜書綸在裡面啊！」聶泓珈已經快崩潰了，「不行！他會死的！他個性那麼爛，惡魔一定會喜歡他的！」

嗯……表姐皺著眉認眞思考剛剛那句話的眞意，這是讚美還是諷刺啊？

當晚，所有人都看見那道詭異的閃電了，因爲那是只劈定點，而且連續劈送的閃電，一道接著一道，只劈在同個地方啊！太詭異了！

「是有誰發誓啊？」

「發這麼毒的誓……」

剛把最後一隻布偶熊拖到角落的婁承穎正上氣不接下氣，就被照亮天空的驚雷嚇到了，冠達也錯愕的看著天空，現在在外面所有的人們，無不好奇這異象。

婁承穎立即發現，那是——學校附近的方向啊！

「出什麼事了？這跟這些布偶熊有關嗎？」冠達膽子小，始終惴惴不安，「還是我們把熊推回——」

話沒說完，冠達卻梗住了。

他全身僵硬無法動彈，恐懼的看著婁承穎，眼珠子向下瞟去……看！看吶！

婁承穎也不敢說話，他瞄著地面，才發現曾幾何時，有個東西竟然在布偶熊的腳邊。

那個東西乾瘦蜷縮，若不是凸出的脊骨，還眞認不出那是……人？不是！他們可以透過那、東、西，看見地面啊！它是半透明的啊！

『都是妳……說什麼極樂享受，害得我走上吸毒的路！』喃喃聲隨風傳到了兩個男孩的耳中，『讓我跟著妳享受……』

鬼啊！鬼！冠達都快嚇尿了，但是他不敢動，誰叫那個亡者就在他腳邊。

『不對，你爲什麼會在這裡……你不該……』亡者抬頭，看向了布偶熊原本的位置，『你應該要在那邊的！』

「走——」婁承穎大喝一聲，拽了冠達就跑！

此時不跑更待何時啊！

『他不能在這裡，他必須躺在那兒領死啊——』亡者的尖吼聲刺耳傳來，同時間，天空同步劈下了多道雷電，分佈在各地。

轟——轟——轟——轟——轟——轟——轟——

這奇異景象有人錄了下來，眞的是同時降下的雷電，如果高處俯拍，絕對非常壯觀。

而張國恩正拿著手機，看著鏡頭裡同時降下的七道閃電，有遠有近，但銀燦的線狀閃電還是很壯觀！身邊的李百欣簡直瞠目結舌，她知道剛剛那道閃電劈在了哪裡！

她突然往前奔了去。

「李百欣！阿欣！妳去哪裡？」張國恩沒拉住她，只能跟著跑。

沒跑多遠，不多不少五公尺，他們跑到了剛剛布偶熊躺著的地方……剛剛才噴上去的紅漆，現在已經成了一團焦黑。

閃電是劈在布偶熊上的……他們不由得看向還癱在布偶熊裡的毒蟲們，如果他們沒挪移的話，現在整隻布偶熊就已經變碳烤的了！

這些毒蟲，果然都是祭品，那現在——儀式被破壞了嗎？

隨著雷電結束，狂風也停歇，除了一地殘破外，就剩下那此起彼落的召喚聲。

剛剛被表姐打傷的人們，正或跪或趴或躺在地上，但齊聲召喚著他們的主人。

「貝爾菲格！」

「貝爾菲格！」

「貝爾菲格！」

厚實的蛋形物靜靜的在那兒，原本包裹著它的血管也停止了流動，各種鮮紅透明的活力全數消失，取而代之的整片青黑色的死寂。

而牆邊的男孩，睜開了雙眼。

毫不費勁的掙開了硬化的束縛，那些血管像是死了般，變脆變硬，讓他能輕易掙開，他第一時間拿出口袋裡的手機，打開手電筒檢查著自己有沒有受傷，然後……沒有然後了，他一點都不想去看蛋形物長怎樣。

沒有祭品、召喚陣被破壞，這樣的惡魔該是無法降生的！

杜書綸沒敢回頭，他急著前往門邊去，迅速打開了門。

嗶聲傳來，在防火巷中正掩面痛哭的聶泓珈嚇了一跳，她即刻跳起看出去，果然看見門開了！

「杜書綸！」

她激動的衝了過去，二話不說就抱住了男孩！

唉……哎哎……杜書綸好不容易穩住了她，但還是踉蹌了好幾步，兩個人又給退進了屋裡。

「我沒事，但現在可能被妳撞出內傷之類的。」

聶泓珈沒在理他的玩笑，只是緊張的檢視他全身上下，「好可怕！那些血管層層包住你，我以爲……」

「我沒事！眞的……祭品都移開了，這樣魔法陣便會失效，所以召喚失敗了！」他其實一時也回不過神。

因爲在剛剛之前，他感受到一種前所未有的舒服，覺得人生沒有什麼重要的事了，只要坐在那兒就能覺得平靜，什麼都不必做也能感到快樂。

如果坐著就能滿足，那爲什麼不這樣過完人生？

既無所求，何必被逼迫到有所求？

不過，他很快的想到，自己無欲無求要躺平絕對沒問題，這是個人自由，前提是——不能造成任何人的負擔！

更何況，他才不是躺平族咧！

越過聶泓珈，杜書綸看見了門外出現的一男一女，他本以爲是唐家姐弟，結果來者更令他意外，意外到甚至說不出話來，錯愕的看向聶泓珈。

「她……妳……？」

「我們先出去吧！這裡太陰森，很不舒服……」聶泓珈的視角，剛好能看見黑暗中的蛋形物，還有兩個已被包裹的人形物。

才剛轉身要走，身後的蛋形物，卻突然動了。

噗通……

噗通……

噗通——心跳聲再次響起，同一時間，血液突然暢通般的，整間屋子的血管都泛出了紅光，它們都活過來了！

「出來！」表姐驚恐的在外面喊著，直接朝門邊衝來。

但血管疾速的爬上門板，直接把門給關了上——不行！

表姐扔出那根短棍，準確的卡住了要關上的門！

「表姐！」聶泓珈衝到門邊，原本試圖巴住門縫拉開，可是那些血管層層疊疊的把隙縫蓋住，甚至逼退了她，「哇！」

不只是那可怕的血管，當她一回頭想找杜書綸時，看見的卻是整屋子的亡者，紛紛跪在地上，膜拜著中間那如同心臟般跳動的蛋形物！

杜書綸掐著聶泓珈回過身，他心臟都快停了，這是他第一次這麼這麼清楚的看見每一個亡靈，全部都是因爲他人怠惰而身故的受害者們……無辜且懷怨，或支離破碎、或蒼白無力，他難受得緊緊皺著眉，揪著心口低下了頭。

『祭品並不是最重要的，反正我已經吸收夠多了。』

蛋形物裡傳來金毛的聲音，跟著啪嘰一聲，裂了。

聶泓珈拽著杜書綸向後退，他們退到了無路可退的地方，又不敢逼近血管，逼得她不得不拿出手指虎，而杜書綸已經舉起印有魔法陣的書籤，得用魔法打敗魔法啊！

彎身，從褲子裡抽出了惡魔界的匕首。

蛋形物裡，伸出了一隻帶有圖騰刺青的手，他們都很熟悉，那就是金毛的右手，隨著金毛剝開了「蛋殼」，他從裡頭帶點吃力的站了起來。

或許是之前坐得太久，他站得有些費勁。不過杜書綸以爲惡魔費這麼多工夫降生，應該會華麗點或是好看些，不過……嗯。

金毛現在的模樣實在邋遢到不像話，蓬頭垢面、衣衫不整、一堆鬍碴……一點「惡魔降臨」的威風都沒有。

聶泓珈倒是不在乎這些，她現在只怕剛剛在貨櫃裡發生的事……金毛的媽媽說，惡魔降臨後是需要「新鮮的祭品」的，原本是她，現在變「他們」嗎？

「聶泓珈！」

表姐的聲音在外頭氣急敗壞的喊著，但大家都知道，他們出不去，表姐也進不來……事實上，表姐現在應該要遠離才對。

「表姐，妳走，走得越遠越好！」

「走去哪裡？走多累啊，搭車啊。」金毛訕笑著，「自以爲聰明的人類，你們以爲破壞了最後的召喚陣就有用嗎？想阻止我降臨？」

金毛開始扭著頸子，從他頸部發出咖咖聲響，聽了令人發毛。

「想法沒錯，但是沒貫徹啊！」金毛看著杜書綸微笑，「你的天使文，沒有正確的覆蓋在我每個祭品上。」

什麼!?杜書綸驚愕得瞪圓雙眼，所以是來不及嗎？

他還來不及發問，啪嚓一聲——

金毛的臉瞬間裂開了！

「哇呀！」兩個人嚇得同時尖叫，下意識的抱在一起！因爲、因爲有另一隻手從金毛的嘴裡伸出來了，直接撕開了他的臉跟頭骨！

「走開——哇啊啊啊！」

鮮血開始如噴水池般亂噴，有個「人」開始從金毛體內鑽出，先是手、然後是手臂，接著他們聽見了皮肉持續撕開、骨頭裂開的聲響，有血淋淋的人就從裡面鑽出來了！

原來……這才是孕育！

「貝爾菲格！」

「貝爾菲格！」

「貝爾菲格！」

亡靈們用淒厲的聲音哭喊著，他們要一份力量、他們要救贖啊！

腳軟難以站直的兩個學生蹲在地上，相互擁抱著彼此，但杜書綸還是壓不下好奇心的偷偷瞄去，那個手掌心玩著金毛心臟的人，已經全數從他體內「孕育」而出了。

貝爾菲格是以女性體誕生的！

『不是都已經復仇了，還想要什麼？』她隻手扠腰，環視了一圈亡者們，『去地獄裡腐朽吧！』

『哇啊啊啊！』

說時遲那時快，滿地血管迅速凹陷，把亡者們都拖了下去。

聶泓珈注意到杜書綸轉的方向不對，她也戰戰兢兢的向右看了過去，沒有什麼噁心的怪物，眼前是個渾身鮮血、但身材絕對火辣的女人。

貝爾菲格。

即便渾身浴血，卻也可以看出那精緻的五官！

『為什麼你們會有我們世界的武器？』貝爾菲格俯下身子，嬌媚的抽過杜書綸手上的書籤，『這東西誰給你們的？』

鼻間充斥著濃郁的血腥味，杜書綸得屏著氣才不至於吐出來，他們難以控制顫抖的看向她，死都不能說出法器的來源對吧！

「妳想……做什麼？」聶泓珈戰戰兢兢的開了口，「降臨在我們這裡，是爲了什麼？」

『我是懶惰的惡魔啊，當然是享樂的啊，也能帶領人們一起享受！』貝爾菲格正撩著那染血卻黏在一起的長髮，『只是你們是享受不到了，我一直很喜歡品嚐，你們這種勤奮靈魂的滋味——』

「請開門！」

門外，傳來壯碩男人誠懇的聲音，不知道是不是因爲他太誠懇了，貝爾菲格居然大手一揮，血管們瞬間抽離，順道還幫忙開了門。

門外，曾幾何時已經跪滿一片信眾，而表姐的男人，就站在最遠遠遠遠的地方。

不是……杜書綸瞠目結舌，這麼容易的嗎？只是喊聲開門，惡魔就聽話照做？

可是貝爾菲格看起來不太爽啊！她猙獰的瞪著那個站得很遠的男人，感覺開門開得很不高興啊！

『言靈？』她咬牙說著，看來開門不是她所想。

「有點爛，二十四小時只能用一次，還只能用在日常生活。」男人恭敬恐懼的退後，「但請您開個門還是足夠的。」

說話的男人其實都快嚇死了，他是體質敏感者，平時都不喜見鬼見怪，現在一口氣升級見惡魔……要不是前面一整片跪地的信眾擋道，他早就想溜了。

「貝爾菲格！主人！終於等到您降臨了！」老闆夫妻高舉雙手，虔誠跪拜著。

貝爾菲格勾起笑容，手指輕動，血管們冷不防纏住了聶泓珈跟杜書綸的雙腿，他們被迫向前倒，雙手觸地的瞬間，聶泓珈的手指虎卻準確的擊碎了那血管。

貝爾菲格輕易的察覺，卻只是回眸，『等等再來享用你們。』

接著，她享受著眾人景仰的虛榮，走台步般的進入信眾當中。

信徒們崇拜且激動，他們真的讓惡魔降臨了，想想以後能靠惡魔達成願望，飛黃騰達，吃香喝辣，個個都喜不自勝。

貝爾菲格也沒讓他們失望，伸出染滿血的手，輕輕的拂過每個信眾的額頭，彷彿一種加持。

磅！裡面的聶泓珈沒閒著，她打斷了纏在手上的血管，再將纏著杜書綸的血管也擊碎，只要緊握著左拳，就無人敢上前。

聶泓珈抓住杜書綸的手，瞪大的眼底是滿滿的疑問：你的反制呢？

是啊！他也想問——他早預備好的反制呢？

✠

數公里外，一個八歲男孩手裡抱著球，呆呆的看著草叢裡的鐵罐。

「大同！你在幹嘛？走了啦！」

「我們好像弄倒什麼了！」男孩回著。

「管他的！累死了，我們回去。」同伴們高喊，隔得遠遠的，連走過來都懶。

今天要不是大同承諾負責撿球，他們連出來踢球都懶。

男孩喔了聲，朝著同伴跑去。

只是跑沒兩步，他又停下，回頭看向那越來越遠的鐵罐……他還是決定轉身，跑回那草叢裡，將那個鐵罐拿起來。

銀色的鐵灌，上面有用紅色油漆畫了一個奇怪的符號。

草叢裡有個圓形的痕跡，仔細看附近還有許多條紅線，他看不懂，但他決定好好的把鐵罐放回原來的位置。

喀。

放回去的瞬間，鐵罐迸出了光芒，剛剛他看見的那些紅線，彷彿通電般瞬間連起，還綻出強烈的紅光——如果站得夠高、夠遠，例如用空拍機拍攝，就能看見這些紅色的圖案，其實是一個巨型魔法陣。

包圍住整個S區的魔法陣。

貝爾菲格狠狠倒抽一口氣，她腳下的土地在龜裂，領會神速的她回頭看向屋子裡的學生，杜書綸正因爲魔法陣起效而鬆口氣，瞬間的放鬆讓他站不穩，直接跌在屋前的台階上。

他們這幾天一大早，就在各處畫上魔法陣，把S區包圍起來，爲的就是以防這個萬一！

聶泓珈忍不住流下了淚，眞的有效對吧?眞的可以……

「只是……回家。」她抽著氣，禮貌的對著貝爾菲格說，「我們不敢束縛您，只是請您回家!」

『回家?我好不容易才選了一個華麗登場的方式，你們——』貝爾菲格回身，忿怒的咆哮著。

但電光石火間，地面倏地竄出無數條血管，瞬間上衝，呈燦爛的開花姿態，而半空中，自四面八方同時湧來大量的鮮血，一同向下注入，包裹住貝爾菲格，唰地又收回了地底！

紅光消失，地面恢復平整，這一切就在眨眼間。

貝爾菲格來過，但又走了。

滿庭院的信徒沒有失望，沒有難受，他們依舊詭異的趴在地上，難以動彈。

因爲懶得動嗎？聶泓珈不敢輕舉妄動，因爲截至目前爲止，阻擋他們、傷害他們的，都是這些同爲人類的信眾們！

不久後，他們才瞭解到，貝爾菲格對他信眾的「賜福」，理所當然的就是「懶」。

表姐跟男人自膜拜的人群中疾步走來，二話不說攙起他們，一路上都沒有受到任何阻礙，表姐還順道拾起自己剛剛被綑住的短棍。

「回家！走！」

S區漸漸恢復了活力，那夜過後，至少隔天起不少人都陡然清醒般的恢復正軌。不過，惰性畢竟是人類的天性，一旦嘗過閒散的感受後，有許多人仍舊陷在舒服的無所事事中。

當初的消極懈怠幾乎是一夕之間，但奮起努力卻要花數倍的時間，畢竟不做事淨享樂的生活多輕鬆？人性如此，貝爾菲格再加乘後更爲明顯。

只是短短數天時間，卻能帶來這麼大的影響，怠惰果然是人的天性。

聶泓珈站在玻璃外，可以一眼看盡偌大病房裡的行屍走肉們，她震驚的張著嘴，久久無法接受現實；站在身邊的杜書綸輕蹙著眉，眼鏡下的雙眸比平時更加深沉，從幾次的深呼吸中能感受到他的驚訝。

站在他們身後的警察朝裡頭的護理師頷了首，護理師立刻上前把簾子都拉起，未成年的孩子還是不要看太久比較好，畢竟病房裡的狀況雖不見血，但卻比皮開肉綻的傷口更爲駭人。

那些崇拜惡魔的信徒們，積極的召喚惡魔並獲得「賜福」後，成爲了意識清楚的「植物人」。

一間病房裡塞滿了病床，因爲信徒眞的太多了，他們現在即使想站也站不起來、想喝水卻連開口也無法，透過眼神能知道他們意識極爲清醒，可是靈魂被禁錮在這個身體裡，除了能眨眼外，沒有一處肌肉可以運動，他們成了眞正的「躺平族」，再也不必動、不必張嘴，只能躺在病床上，任憑生命一點一滴的逝去。

眞不愧是貝爾菲格，怠惰之惡魔，那些信徒也算求仁得仁了。

「吸毒者在另一間病房，狀況比這些人好一點，活著的至少能動能走。」武警官語重心長的嘆口氣，「不過壽命不會太長，營養不良、器官壞死的居多數，只能看他們的造化了。」

布偶熊裡的人，的確都是之前在芒草原中見到的毒蟲們，他們長期未攝取食物而營養不良，送醫後有一半以上都沒撐過幾天，就因全身器官衰竭而亡，剩下的都在急救後進入加護病房觀察。

不過即使能撿回一命，餘生都不會好過，器官壞死，肌肉萎縮，長期臥床的機會非常高，也難有長壽；更別說還有些人，神智已經不清，現在人人都出現戒斷反應，只能被束縛在床上，也算達成另一種「躺平」目標了。

事發不過三晚，S區小小的警局忙得不可開交，尤其是武警官負責的特殊小組，幾乎每天只睡一小時，實在太多料想不到的信徒，甚至連之前每天到各班宣導要勤奮的教育組長，竟也是惡魔崇拜者之一！

杜書綸終於明白，那天他到班上說話時，看他跟珈珈的眼神爲什麼這麼奇怪了！只差沒叫他們不要礙事吧！

「這波讓我們發現太多潛在的惡魔崇拜者了，原本信奉惡魔的人都善於隱藏，表面誰也看不出來，恐怕是最近各種案件層出不窮，厲鬼作祟、惡魔現身，所以激勵了那些信徒們，不但加深了他們的信念，甚至決定召喚惡魔。」武警官忍不住打了個呵欠，手裡的咖啡早就失效了。

「他們召喚惡魔時，知道自己召喚了什麼嗎？」聶泓珈不解的問，「爲什麼會選貝爾菲格？」

「她是一體兩面的惡魔啊！她說不定可以讓敵手懈怠、但卻能幫助信徒們更上層樓？我們的文明社會走到這一步，都是拜偷懶所賜啊！」杜書綸說得頭頭是道，「我媽剛買了洗碗機。」

「但是那些人——」聶泓珈指向了剛剛那些病房。

「惡魔怎麼能信？最狡猾的就是他們了。」武警官拍了拍他們，「賭輸人沒事吧？我聽說你也被困在那間屋子裡很久，不過……」

當天打量了幾次，而今事隔多日，這小子看起來還是活蹦亂跳的，但是綠毛紅毛的下場就挺糟的。

身爲祭品的金毛，很光榮的成爲四散的屍塊，散落在他家的各個角落；他那兩個朋友被找到時形銷骨立，彷彿在短時間內被吸乾，卻還維持著心跳，但送醫沒兩天便全身器官衰竭而亡。

武警官親手剝開包裹著他們身上的「泥塊」，濕黏死灰的東西，很像未乾的土漿塊，但剝開後他們卻像活著的木乃伊！勘察現場時發現櫃子旁也有一堆土漿塊，詢問後方知，杜書綸曾被包裹在裡面。

「不要學別人亂叫好嗎？我早晚被你們叫到不敢進賭場玩！」杜書綸沒好氣的抱怨著。

「你們還有發現……其他的傷亡者嗎？」聶泓珈小心的問著，「亡靈或是……其他可能因懶惰而害到別人的人？」

「沒有，一切突然就歸於平靜了！不過……」武警官望著他們，遲疑著要不要說。

那個被給錯藥而服用致死的少女，以及那位在街上發傳單七年的母親，背後有著令人不適的眞相。

「說吧，我們還有什麼承受不起？」杜書綸用詞從容，但口吻其實沉重。

「那位連媽媽是自殺的，我們在她家裡找到一些儀式跟詛咒的東西，她是用命——讓她的女兒化身爲厲鬼，爲自己復仇。」武警官簡單晃一下手機裡的照片，「這些我已經求證過了，她用血祭召喚女兒。」

「什麼？」聶泓珈一口氣差點上不來。

所以，連媽媽在找到呂平平後才身亡，自刎而死。

所以，少女在死後七年才變成厲鬼索命。

所以，她才會如此委屈難受，甚至哭著對呂平平說對不起——她根本不想復仇。

她的媽媽，因爲自己放不下，也不讓女兒放下，甚至把她已安息的靈魂挖出、迫使她成爲厲鬼！

「那……那個少女的靈魂呢？」聶泓珈緊張的抓住杜書綸的手，「那天她跟其他亡魂都一起被貝爾菲格拖下地獄了，難道——」

他看了那麼多本惡魔書，他應該知道的！

杜書綸凝重的望著她，不知道珈珈想聽事實，還是敷衍的假象？

其實他都不必說話，光是那個眼神，就已經給了聶泓珈答案……她又怎麼會天眞的不知道呢？一般亡魂跟厲鬼的差別在哪兒她又不是不知道，都見過多少次了！更何況是那些……出賣靈魂給惡魔的亡靈們！

「連媽媽爲什麼要這樣……我知道護理師有錯，可是那女孩沒有要怪罪的意思，她說不定只是想安寧，現在卻——」

本該與世無爭的靈魂，卻因此墜入地獄中了！

她有點搞不清楚了！到底是解誰的仇恨？報誰的仇？

「又是一個媽媽爲你好吧！母親的意願跟想法才是重點，孩子怎麼想的不重要！多少活著的人的家長就是這樣了，更別說一個死人了。」杜書綸說得雲淡風輕，「連媽媽的角度一定認爲，她的女兒是枉死的，女兒絕對很恨，只是她死了說不出來啊！她缺乏一個復仇的力量，那麼，就讓媽媽助她一臂之力吧！」

孩子怎麼想的，其實從來都不重要。

聶泓珈心梗得難受，她閉上眼，就能看見少女痛苦無助，又不得不去做的眼神。

當她虐殺護理師時流的淚，其實是爲自己哭泣吧？

「這眞的沒辦法，事情都已經發生了，妳要釋懷。」武警官安慰著她，「因爲所有一切，都不是我們能決定的。」

再悲慟再鬱悶再不爽，都眞的是他人之事，而且他們連阻止的權利與時間都沒有。

「我們能做的已經做了，制止這種懶怠之風漫延，送貝爾菲格回地獄，這是極限了。」杜書綸也跟著安慰起她，「嘿，說好的透明人咧？這些事妳連關心都不該關心！」

聶泓珈忍不住睨了他一眼，一個肘擊，煩！

不過杜書綸的話提醒了她，透明人啊，他們已經做得太多了！上高中時，明明發誓要平靜低調的過完高中三年，而且什麼都不聽不聞不問的啊！

「時間差不多了，你們該去學校了，要不是我等等還有事，也不會讓你們這麼早來！」武警官顯得無奈，「等我處理告一段落，有問題還是得找你們來，很多事都還沒個答案：例如鐵道旁坑洞受害者的頭咧？」

「那個我們不知道！」聶泓珈皺了眉，幹嘛問他們啦！

「問唐家姐弟啊，唐姐他們不來嗎？」杜書綸相當疑惑，「我覺得這件事很嚴重耶！應該沒有哪個老闆喜歡懶散的員工？這算社會共同利益吧？」

武警官看著杜書綸，忍不住皺了眉，這小子眞的太過聰明也太早熟，這麼快就已經想到了關鍵：影響到利益，地方的權勢者才會出錢！

「會，這次企業主跟那些議員都願意花錢請人來——但我們臨時敲人家檔期敲不到，必須等。」武警官無力的就是這點。

這次終於有人願意出大錢請專家來了，結果比不上惡魔肆虐的速度……不，是人們獻祭的速度。

什麼愚人教、什麼大熊貨運，全是邪教的一部分，老李查到大熊貨運甚至從頭到尾只有一台貨車跟兩個司機，卻送出了數十張讓人徹底耍廢的懶骨頭沙發。

他們正努力瞭解這個邪教組織，因爲目前全體信徒都屬於廢人狀態，問不了話，只能靠他們去這些信徒家——包括最重要的「祭司」：關東煮店老闆家搜查。

「到時一定要叫我們來！」杜書綸趕緊交代，他想請教斷絕這些鳥事的方式。

「我們明天先去廟裡拜拜吧！」聶泓珈皺著眉，她其實覺得全身上下都不舒服，「還是去教堂祈禱？」

「跟之前一樣，每種宗教場所都去吧！」杜書綸肯定的回答，轉頭看向武警官，「武警官，我建議你睡一下，你再撐下去會垮掉的。」

唉，武警官連擠出笑容都累了，勉強點了點頭。

兩個高中生禮貌的行了個禮，匆匆的奔出醫院，得趕去上學了。

雖說外面恢復的狀況較慢，但校園內復甦得很快，一週前那種懶散萎靡之風一掃而空，取而代之的是活力無限，還有依舊吵死人的班級。

「大家口號記住了沒？」張國恩站在講台上吆喝著，「等我們班上去領獎時，我們一定要喊！」

科展不負眾望的拿到了第一名，雖然有一部分是其他班散漫而沒有將作品完成，但杜書綸說了，就算其他班全力以赴，冠達他們的作品也能狠甩他們幾條街。

等等是全校性週會，同時也會頒發科展獎狀，對於勢在必得的獎項，六班上下格外興奮。

雖然很吵，但聶泓珈還是比較喜歡這樣的氛圍，還能感受得到希望。

「集合了！」風紀李百欣在前門吆喝著。

全班立刻出發，身爲得獎者的班級，自然積極得很。聶泓珈起身要從後門離開時，差點撞到正走來的同學，結果對方停下腳步，禮貌的讓她先走。

低著頭的聶泓珈甚至瞧見一隻手，是那種「恭敬」請她先走的姿勢，她愣了神，抬頭一看，是冠達。

淺淺一笑，她也沒拒絕，以前跟冠達不太熟，但那天的拖布偶熊行動中，冠達也是被找來幫忙的人之一，人們的情感非常奇妙，只要共同參與一個挑戰或活動，就會擁有共患難的感情。

甚至連平常討厭杜書綸的人，也因爲科展變得跟他稱兄道弟了。

「還好嗎？」李百欣小跑步過來，關心的瞅著她。

「我？我很好啊！」聶泓珈笑得有點勉強，「我又沒受傷。」

李百欣挑了眉，她才不是說身體上的，因爲聶泓珈跟杜書綸這兩個人，精神看上去就是很差，整天若有所思的。

「事情不是都解決了！一切都回到正軌了，你們卻一臉凝重耶！」

事情都解決了？是啊，卻留給他們很多遺憾。

無辜死亡的人們，被硬逼成厲鬼的亡魂……還有，聶泓珈害怕的是，送惡魔回地獄後呢？因爲她依舊每天會感到寒意陣陣，周遭的邪氣與帶有怨念的亡魂似乎與日俱增。

對杜書綸而言，他介意最後破解儀式的「失敗」！

因爲他找到了布偶陣就是祭品的關鍵，他的想法應該萬無一失，爲什麼會有天使文沒有覆蓋在惡魔咒文上？他甚至問了周凱婷以及那天參與的人，每一個人都說做得很徹底啊──拖走祭品、抹去惡魔文字、噴上天使文。

到底是哪個環節出了錯……或是，有人沒有準確噴漆？是緊張忘了，或是──

杜書綸瞥了李百欣一眼，「妳心倒寬，我以爲那個藍學長會給妳一些打擊。」

噢，藍東謙。

提起這個名字，李百欣的笑容果然僵了住。

那個她曾崇拜的人，現在卻是躺在醫院裡的一條毒蟲、一個廢人，九死一生，甚至尚未脫離危險期。

「說沒有是騙人的，那個明明意氣風發、勤奮向上、鼓勵我們只要努力就能達成目標的學長，最後變成一個吸毒的廢人……我認出他時，覺得那天的雷是劈在我頭上的。」

當下不管多麼震驚，都無法否認眼前那個癱著在幻想中沉浮的男人，就是她曾經崇拜的人。

「說不定他現在才是快樂的。」杜書綸幽幽的出了聲，「懶是天性，勤奮或自律都是需要鞭策的，搞不好以前維持優秀的他很痛苦，當廢人後開心很多。」

聶泓珈沒好氣的瞪著他，又在說什麼？

「我不會覺得開心。」她忍不住嘖了聲，「我也不覺得維持自律是很痛苦的事……」

「那是因爲妳被訓練慣了！從有記憶以來就是要健身、要練拳，根深柢固到妳不習慣……或是不敢放下。」杜書綸挑了眉，「妳應該也試試，挑戰一個月不早起不練拳的話，妳可能會感受到美好的——」

聶泓珈二話不說，拉了李百欣就疾步往前走，不想聽杜書綸在那邊繼續胡說八道。

一個月不早起？不練拳？她還眞辦不到！

就算當年發生「那件事」時，她沮喪到生不如死時，她每天都還是準時睜眼、準時下樓、一拳一拳打在沙包上！

「別……你們不要因爲我吵架啊！」李百欣緊張的拉停了聶泓珈，「杜書綸是故意講些反話的，故意鬧妳的吧？」

「不是，他認眞得很。」聶泓珈緩下步伐，「就是因爲他說得沒錯，我聽了才不爽。」

懶惰就是人性，會被說成原罪，是因爲如果人人都怠惰便會影響整個社會的運行，像這次S區的風氣便是如此，輕則經濟蕭條、效率低下，重的來說，就是那些被害死的人們。

一個坑洞、一個方向燈、一個疏忽，隨便都能造成傷亡。

「但科技的發達，不就都是來自於惰性嗎？」李百欣用肩膀推了她一下，「我們班科展第一，靠的就是這個惰性唷！」

凡事都有一體兩面嘛！爲了追求更高的效率，追求更方便，才會有一堆科技產物啊！

聶泓珈也挑了嘴角，「說得也是！反正，任何事情過猶不及都是不好的！偶爾的鬆懈可以當休息啦，但是我還是不支持躺平！」

「我支持！」杜書綸不知何時又跟了上來，訕訕的笑著，「不過前提是，絕對不能影響到他人。」

躺平也要有本事，別依賴、影響、甚至傷害到他人。

「最好躺平還能不影響別人，睡覺錢就會從天上掉下來嗎？」聶泓珈沒好氣的唸著。

「或是像金毛他爸媽一樣，歡迎兒子啃老，所以說到底還是賭出生。」周凱婷不知何時在他們身後，補上這麼一句。

金毛啊……那票唯一沒事的只剩長髮男了，由於他被周凱婷抓住幫忙，所以沒有跟去金毛家，也就沒成爲祭品，活蹦亂跳得很；大家後來才知道，婁承穎他們在路上差點被信徒的車撞死時，仗義援手的那票8+9們，正是長髮男原本摺來幫忙的人！陰錯陽差幫助了他們，否則婁承穎跟冠達當時說不定眞的會被撞死。

「欸欸！」周凱婷戳了戳他們的背，指指前方高瘦的身影，「他是在沮喪什麼？」

他，指的是從背影就看出萎靡不振的婁承穎。

那晚拖走布偶熊的大家，知道他們順利中斷儀式，阻止了可能的浩劫後，每個人都歡欣鼓舞，唯有婁承穎反而一直心事重重，與平時的陽光樂觀大相逕庭，不知道發生什麼事了。

與他一組的冠達那晚見鬼後也嚇得不輕，不過恐懼被成功的喜悅取代後，似乎也沒那麼害怕了！反而是婁承穎……

「聶泓珈，妳去問問看吧？」李百欣推了她往前。

聶泓珈一臉錯愕，回首望著她，「我？爲什麼是我？」

李百欣跟周凱婷一臉她在問廢話的臉，「拜託，大家都看得出來，婁承穎他喜——」

話沒說完，杜書綸直接一把拉過了聶泓珈。

「集合要來不及了。」

他二話不說，拽了聶泓珈就走，而且突然走得挺快的，甚至經過了婁承穎的身邊，但他們誰都沒停下。

李百欣來不及細想，身為風紀的她，聽到「來不及」三個字，立刻緊張的趕緊往前跑去。

全校終於聚集在禮堂裡，聽著校長致詞，校長提到最近S區的各個悲劇，勉勵大家要勤奮向上，繼續往前走，順便也為最近事件中喪生的人們，默哀一分鐘。

然後，便是科展頒獎的重頭戲。

「我們今天特別邀請了傑出人士為我們頒獎，是學校科學基金會的理事長，我們歡迎貝董事長！」副校長激動的邀請嘉賓上台。

台上站了兩組學生，這次科展第二名甚至從缺，第一名自然是六班的冠達、阿賓等人！一群人興奮不已，聶泓珈班上更是在那邊喊恥度很高的口號：「六班冠達，冠軍必達！六班阿賓、科展上賓！」

聶泓珈尷尬的喊不出來，不過沒有停下手中的掌聲，直到看見科研基金會的頒獎人上台。

一頭紅色及腰的長捲髮，婀娜火辣的身姿，女人踏上講台時，她豔麗的臉龐讓在場學生老師紛紛驚豔錯愕，但是在聶泓珈眼裡——她看見的女人全身上下散發著青綠色的光芒，以及背後那雙巨大的黑色翅膀！

身邊的杜書綸跟著緩緩站起，那氣息他太熟悉了，那個女人——

貝爾菲格！

他們兩個腦袋一片空白，看著掌聲不斷，理事長頒獎給同學，接著她轉過了身，視線毫不含糊的直接看向了他們。

「為什麼……」聶泓珈衝口而出。

他們明明把貝爾菲格送回地獄了不是嗎？

女人突然一笑，舉起右手，食指輕輕的往地面點了一下。

電光石火間，全校師生突然「咚」的低垂下頭，連在聶泓珈身邊高聲歡呼的李百欣也在一秒內沉睡！

聶泓珈下意識的站前半步，將杜書綸護在身後，他們驚恐的環顧四周，整個禮堂裡全部的人都已沉睡，這彷彿是一場集體催眠，只剩下他們兩個人醒著。

『想我嗎？』貝爾菲格距離他們很遠，但聲音卻清楚的彷彿在他們耳邊說話，『不會以爲區區一個咒語就能封印我吧？』

不是封印。

杜書綸心跳到都快迸出喉口了，他在S區外設的只是送惡魔回去地獄的咒陣而已，那可是貝爾菲格，哪有辦法封印啊！

聶泓珈緊張得快哭出來了，她忍不住發顫，這跟面對面時一樣，他們只是渺小的人類，什麼都做不到啊！

「只是……只是請您回家而已。」杜書綸好半晌才開口，盡可能平穩但恭敬的說著，不敢冒犯到她。

貝爾菲格突然低下頭，走前了幾步，又露出詭異的笑容。

『這個禮堂挺有趣的嘛……你們兩個藏了什麼在這裡？』

咦？聶泓珈跟杜書綸根本來不及反應，只見貝爾菲格的手倏地往上一揮，禮堂地面猛然發出砰磅巨響，地板像炸開般，飛沙走石亂噴，揭起一片煙塵。

這動靜嚇得他們兩人下意識相互擁抱，立刻蹲下身去，藏在椅子下瑟瑟發抖。

救命！誰來救他們啊！

聽著石子滴答滴答的如雨下在禮堂各處，幾秒後才停止，四周陷入一片靜寂；但幾秒後，一股奇異的味道卻傳了過來。

陰影遮來，杜書綸發現椅子上方有東西遮擋了光線，他知道不該抬頭，但是惡臭卻越來越明顯……而這個禮堂裡，他們「藏」著的東西，便只有——杜書綸終究是抬了頭！

「書綸！」聶泓珈驚覺到他抬起頭，跟著也要抬首！

但是杜書綸卻是直接抓住她的手，兩個人撞開了右側沉睡的同學們，跌跌撞撞的衝出了座位區，最終摔在了兩片座椅區中間的走道上！

聶泓珈運動神經敏捷，她沒整個慘摔，甚至還能反拉住差點整個人仆地的杜書綸！他們雙雙邊穩著重心，邊看向「飄浮」在他們座位上空的人形水泥塊。

聶泓珈忍不住掩住口鼻，驚恐的回頭看向一片狼藉的講台，那邊石塊灰塵遍佈，講台開了一個洞，因爲貝爾菲格把在講台底下、深埋在地基裡的「羅老師」挖出來了！

第十四章

惡魔匕首

禮堂改建時，貪婪汙錢的羅老師摔進了水泥裡，就此成爲失蹤人口，成爲禮堂的一部分……而現在她被水泥裹著，卻掩不住腐爛的氣味。

貝爾菲格曾幾何時已經站到了禮堂後方，從容的走著，隨著她的移動，屍體也跟著飄移著。

『你們應該不會蠢到以爲，我們要被召喚才能來人界吧？我可是已經被餵養完整，滿血孕育而出的。』貝爾菲格嬌豔的攏了攏紅色長髮，『未來可是我的時代，你們不是提倡不努力的躺平人生？認眞生活的都是傻子嗎？懶散爲王道，這完全就是我的世界啊！』

眼看著屍體飄到他們面前了，站穩的杜書綸緊張的推著聶泓珈連連後退，拜託羅老師千萬不要突然變成惡鬼，因爲她絕對恨死他們了。

畢竟，是他害死她的。

「她的靈魂應該被……瑪門吃掉了吧？」聶泓珈低語著，貪婪的靈魂，瑪門該會覺得很好吃？

……對啊！杜書綸這才想起，這樣不必怕老師變成惡鬼了吧？

貝爾菲格微微一笑，『你們眞有趣……現在可以告訴我，你口袋裡的東西是誰給你的嗎？』

貝爾菲格的手，下一秒直指了杜書綸。

口袋？聶泓珈嚇得一個哆嗦，她的左手正放在口袋裡，套著那個手指虎啊！貝爾菲格能看穿她嗎？

但是聶泓珈還沒來得及反應，貝爾菲格已經閃現在杜書綸面前，二話不說直接朝他伸出了手，聶泓珈完全是肌肉記憶般的由後上前，行雲流水般的擋在杜書綸身前，甚至不客氣的揮掉了那看似要掐住杜書綸的手！

「啊！」當她揮開貝爾菲格的手時，她才意會到：糟了！

「對……對不起，我如果說我不是故意的，妳信──呀！」

貝爾菲格沒給她解釋的機會，因爲半空中那具水泥屍體，竟狠狠的從側邊朝聶泓珈撞去！

「珈珈！」

杜書綸明明抓住她的衣服，但那股衝力大到讓他抓不住，只能眼睜睜看著衣角從他緊捏的手指間脫出，而眼尾餘光卻見直襲而來的影子！

「走開！」他又氣又急又恐懼的大喝著，整個人穩住左腳，右腳帶著身體向後退了一大步，試圖與眼前的威脅拉開一段距離，製造出一個空間，然後──

在後退的同時，抽出了口袋裡的匕首，自右而左的劃出一道圓弧。

這是反射動作，他只是想要防禦而已。

可是他看見了，刀尖上的鮮紅血珠。

戰戰兢兢的轉著眼，他甚至連轉頭都不敢，因為他知道貝爾菲格離他有多近，近到他只要上前一步就能撞到她……只是現在在他鼻尖的是她修長的手，掌心上那道殷紅，正是被他割開的傷口。

他不是故意的啊！他只是害怕的自我防衛而已！是她先動手的！嗚！她拿羅老師的屍體攻擊珈珈，又突然朝他逼近……即使平時口才流暢，但此時此刻他卻一句話都說不出來。

他不覺得這是講話的時候，緊張得都不知道該怎麼呼吸，他顫抖著下顎，眼神落在那柄黑色的刀子上。

夜店「百鬼夜行」送他的匕首，能傷惡魔、也能斬鬼，刀子像不鏽鋼似的光滑閃亮，呈現波浪狀，而貝爾菲格的血液在上頭卻變成一顆顆血珠滾動著，不黏不附著，就只是顆顆滑動，卻也不落下！

貝爾菲格的血是紅色的啊，杜書綸忍不住想起了那晚，別西卜的血又是什麼顏色——天哪！他傷害惡魔兩次了！兩次了！

貝爾菲格瞪大了那雙漂亮的大眼睛，不可思議的看著自己手掌上的傷口，原本只是一道血痕的，但是傷口周圍卻突然疾速的開始發黑敗壞。

眨眼間，貝爾菲格的右手已如同壞死一般。

『人類不該擁有這種東西！』貝爾菲格瞬間咆哮，她背上的一雙翅膀硬如刀刃，朝著杜書綸包覆而去。

「對不起！哇——」杜書綸再度舉起右手擋頭，當然包括了他手上的匕首，「我不是故意的！」

貝爾菲格的雙翅成了兩大片如鐮刀般的利片，朝著杜書綸包去時原本是打算刺穿這個人類少年，可是當他高舉匕首，朝旁閃躲的瞬間，匕首卻以己身為中心，張開了一道屏障，硬生生擋下了攻擊而至的雙翼。

可怕的鏗鏘聲響起，甚至產生高振動的回音，震得杜書綸五臟六腑都跟著共振起來，難受得直打哆嗦！貝爾菲格被那股屏障逼得踉蹌後退，精緻的臉上寫滿不可思議，而她背上的羽翼，居然開始龜裂，一片一片的碎去……掉落……

「我……這……這不關我的事……」杜書綸很想推卸責任，這眞的不關他的事啊，一定都是因爲這把刀！

止不住顫抖的手努力握緊那光滑的匕首，他呆望著「百鬼夜行」送的刀子，這到底是什麼厲害的東西啊？當初給他們時，沒有附上說明書啊！

「眞的對不起！」杜書綸差點邁不出步伐，可是他一直掛念著倒在地上的聶泓珈啊！

突如其來的撞擊讓聶泓珈完全無法招架，事實上即使有準備，她也無法擋下一整塊水泥的衝撞！她整個人被撞飛出去，撞進了另一側的座位區，若非那區站了一堆學生當緩衝，只怕她會摔得更慘！可是倒地的聶泓珈卻再也沒有動彈，這讓杜書綸憂心如焚啊！

他只能繼續高舉匕首護著自己，衝到了聶泓珈的身邊，女孩已失去意識，杜書綸使勁抓著她的背翻轉過來時，她的額角都是鮮血！

他緊扣著聶泓珈，打直手臂將匕首伸向貝爾菲格。

如果有屏障，應該可以……連珈珈都一起保護起來吧？

只見貝爾菲格全身的皮膚不知何時轉成黑色，杜書綸才發現掌心的壞死居然一路漫延，而剛剛那如鋼片般的雙翼也已經腐化成灰，就地分解飄散在空中。美豔的臉已成猙獰駭人，連紅髮都轉成乾枯，不必陰陽眼杜書綸都能讀到空氣中的盛怒，他惶恐的右手舉著刀不敢放下，但又不停的道歉。

「是刀子的問題，您懂的，貝爾菲格大人，我只是區區人類，我哪可能……」

『利維坦！』

可怕的怒吼尖叫聲傳來，貝爾菲格怒不可遏的發出長嘯！

不！杜書綸不敢放下右手，但人卻彎身緊抱住聶泓珈，他才沒有膽子迎接惡魔的攻擊！

那尖叫聲逼出他一身雞皮疙瘩，她是眞的非常非常生氣……可是？

利維坦？

好像不是在叫他耶！

「唔……」懷間的女孩痛苦的蹙了眉，聶泓珈咬著牙睜開了眼。

「噓！」杜書綸緊扣著她，他的頭就埋在她頸側，現在不是醒來的時候啊，再睡一下吧珈珈！

「好痛！」聶泓珈喃喃說著，眼前一片黑，不是她瞧不見，而是杜書綸的頭髮……頭髮？

她瞬間意識到杜書綸正貼著她的臉頰耶，他、他、他、他在幹——

唰！一股力量猛然將杜書綸拽開，他一下就離開了聶泓珈的身上，連緊扣住她的手都因此鬆了開！

「哇！哇！」他大喊著，匕首不是能提供屏——磅！「啊！」屁股重摔落地，他狼狽得四腳朝天。

「黏這麼緊做什麼啊？」

莫名的女人聲音傳來，不是貝爾菲格的、也不是老師的，更不是李百欣或哪個同學，因爲那聲調明顯的成熟許多，有一點點熟悉……

「妳輕一點！我的天，他手上拿著刀……！」高壯的男人原本想扶杜書綸起身，卻一秒退開，「你手上拿的是什麼?!」

痛……眞的很痛！杜書綸躺在地上呈大字型，刺眼的陽光迫使他不得不瞇起眼，看著藍色天空，鼻間聞到青草的氣味，這也太熟悉了點！

他一骨碌坐起，首先映入眼簾的是每天看膩的籬笆、大樹、珈珈的拳擊沙包——他在聶泓珈家的後院？

一臉茫然的看著周遭，此時的聶泓珈已經被攙扶起來，坐到了後院的椅子上，她疼得皺眉，又甩手又揉肩的，滿臉疑惑的看著眼前的女人，接著果然發現不對勁的朝隔壁院子瞥了眼，最終視線終於落到坐地上的杜書綸。

「爲……爲什麼我……們回家了？」她好不容易問出了聲。

「他說你們學校那些邪氣衝天，跟那晚的惡魔降世一樣，所以我讓他把你們叫回家了。」女人邊說，邊看向從聶泓珈家後門走下的男人。

男人不敢靠近杜書綸，甚至還叫他退後些，手上拿著醫藥箱跟毛巾，遞給了女友。

「這把刀保護了我們好嗎！你態度很差耶，準表姐夫。」杜書綸沒好氣的撐著身子站起，剛剛把他扔出去的是表姐嗎？

就因爲他抱著珈珈？他們從小……唉，算了。

表姐仔細的爲聶泓珈擦掉滿頭的灰塵，幸好傷口不大，只是皮肉傷。

聶泓珈總算回了神，她抽空瞥向站在右手邊的壯碩男人，「謝謝你。」

就算二十四小時只能用一次，還只能用在日常小事的言靈再弱，還是保了他們一命。

「小事，幸好叫你們回家算是日常小事，不然我也不知道能幫上什麼。」他嘆了口氣，「惡魔啊，你們怎麼會扯上這種力不能及的事？」

「不是我們扯上，是他們自己來S區的！」杜書綸把匕首放回口袋裡，從容的走過來，「人心所向，很容易餵養惡魔。」

隨著他的逼近，男人警戒的退後，他是比聶泓珈更加敏感的類型，現在杜書綸全身散發的邪氣與壓力，就足以壓得他喘不過氣。

「我以爲那天你們把惡魔送回地獄了。」

「送回去了，但她已經被孕育完成，要回來根本輕而易舉。」杜書綸補充說明，「有點類似我們趕她回家，她隔兩天搭飛機再來一趟的意思。」

表姐看向他幾秒，喔了一聲。

是啊，不能殺掉也不能封印的，他們兩個只是高中生能做什麼？

傷口消毒完畢，表姐熟練的爲聶泓珈上藥貼紗布，杜書綸趁空回家拿了幾瓶飲料，他需要可樂壓壓驚。

「妳爲什麼還在？我以爲你們已經離開了。」

包紮結束，聶泓珈再度扳起臉來。

杜書綸不作聲的站在一旁，那晚即使表姐救了他們，珈珈也是這樣的冷漠，他是局外人，珈珈的家務事他不插手。

「都搞成這樣我們怎麼可能說走就走，惡魔可不比都市傳說，尤其如果他們有針對性的話。」表姐深呼吸一口氣，「其實我兩個都懶得管，但扯到妳，我不可能坐視不管。」

「惡魔跟都市傳說有個相同點，都不是我們能解決的。」聶泓珈抿了抿唇，「妳留下來也沒用。」

表姐驕傲的一笑，看向了男友。

只見男友旋過了身，面向了不遠處那片森林……那片在數日內疾速生長、枝葉繁茂得已經成了一大片傘蓋的森林。

森林深處，有一整片的樹都轉成紅色，不僅是紅葉，而是連樹幹、樹根都已變紅；每棵樹都顯而易見的粗大，短時間內長高、枝葉開展成覆天之勢；進入這一片區域後，抬頭是望不見天空的。

整片區域被紅葉覆蓋，因此站在裡頭的他們，周遭世界全都是紅光包圍。

杜書綸彎身撥開厚厚的落葉，手掌一貼，都能聽見脈動。

「眞不意外。」他喃喃的說，原來這裡才是主要孕育惡魔的地方啊！

他想起那天的閃電，近在咫尺，原來是劈在了這兒！

「畢竟金毛或是那些信徒提供的養分有限，這裡匯集了更多能量吧！」聶泓珈看著蜿蜒綿長的樹根，「血管的盡頭不知道在哪裡……」

「很遠，非常遠。」男人嚴肅的擰著眉，「事實上出森林後就整個擴散出去，只是這一區特別的邪。」

杜書綸緊張得繃著神經，這裡也是當初他刺傷惡魔別西卜的地方。

「感覺你們這個森林已經被感染了，這些樹我連碰都不想碰，我傳了影片給唐恩羽，她叫我們閒事莫管。」表姐的確離血紅的樹幹很遠，「這已經不是人力所能及的地方了。」

「您也認識唐姐啊！」杜書綸哇了一聲，忍不住看向聶泓珈，「妳沒說過，妳表姐也……」

「她跟唐恩羽是勁敵，很久以前就認識了。」聶泓珈頭也不回的說著，因爲她正小心翼翼的張開手掌，試圖貼上某棵樹的樹幹。

杜書綸見狀，即刻大步上前，在她貼上樹幹前一秒拉開了她！

「妳既然是敏感體質，就不要碰了！」杜書綸帶著責備，直接把她整個人拖了向後，「這不是妳的責任！」

「可是這裡如果跟惡魔息息相關，難道要放任這些血管跟樹林任意生長嗎？」聶泓珈有點激動，「這一整片……」

「妳能做什麼？這不是砍掉或是切斷樹跟就能解決的。」男人禮貌的勸說，「更別說那些血樹根早已盤根錯節，伸向了城市、甚至更遠的地方。」

說不定不只S區，周圍各行政區都已經相連了！

聶泓珈緊抿著唇，她也認出這是當初傷害別西卜的地方，是不是因為他們在這裡施了咒，傷害惡魔，所以才會造成現在這一切？

「說不定，不是血管伸向城市？」杜書綸抬頭看著被紅葉覆滿的天空。有沒有一種可能，是人們的各種欲望發散，餵養出這片惡魔之地？

聶泓珈緊張的深吸了一口氣，「貝爾菲格說了，未來是她的年代。」人人高喊躺平，努力是傻子，任勞任怨的上一代，在下一代眼裡是奴性高、並且造成後代要做到死的元凶之一啊！

「這種各有立場，沒有一定的是非，本來任勞任怨有時是枉顧自己權益，而且適當的休息才能走更長的路。」男人搖了搖頭，「所謂原罪就是人性，如何把控、如何善用才是關鍵。」

聶泓珈聞言皺眉，「惡魔才不希望善用，他最希望我們順應人性。」

「那我們自己控制就好了。」杜書綸拉過了她，「只是可惜了，以後不能動不動往林子裡跑了。」

表姐瞥了男友一眼，他搖了搖頭，事實上他們就站在這裡，也沒有什麼東西出來攻擊他們，但這塊地確實異常邪惡，也絕對跟惡魔相關。

說不定，貝爾菲格的去而復返，也多虧了這裡？

「累，我不想管了！」表姐伸著懶腰也轉身離開，「我不喜歡碰這些事情，我只要想到大學時的經歷就覺得累得要死！」

前頭的杜書綸努力的拽著聶泓珈往前，不需要對無能爲力的事情這麼努力好嗎！

他們現在要煩惱的是，怎麼解釋他們在禮堂裡消失？書包跟腳踏車卻還在學校？還有那個水泥屍體的出現啊！

「聶泓珈。」

出森林時，表姐終究還是叫住了她。

聶泓珈回頭看向高挑的女人，「什麼都別說，有事去找我爸！我們當年不需要你們，現在更不需要了。」

「話別說得太滿啊，表妹！」男友直接爲女友出聲，「這一次，妳還欠妳表姐一聲謝謝。」

背對著表姐的聶泓珈喉頭緊窒，雙拳緊握著，她眞討厭那男人說的大實話！

眼前的杜書綸也斂起笑容，用眼神示意，準表姐夫說得沒錯，這次表姐幫助甚大，無論是惡魔降世那晚、或是今天！

而且若非是因爲表姐，準表姐夫哪會幫他們？道謝與他們之間的事不相關。

「謝謝。」

聶泓珈依舊沒有回身，說了句謝謝，然後拔腿跑了。

呃……杜書綸愣在原地，看著跑得飛快的背影，尷尬就留給他了。

「抱歉，她……嗯……」杜書綸不知道該如何解釋，隨口應一應，「這次眞的很謝謝兩位，希望你們不要介意，下次也能再繼續救我們。」

表姐嘆了一口氣，家族關係也讓她很爲難，雙手抱胸的往前走，經過杜書綸身邊時刻意打量了一下。

「你要練身體，珈珈吹口氣就能把你撂倒了。」

「她不會，她只會保護我。」杜書綸說得可驕傲了。

表姊擰眉，她很想出動三角鎖把這看上去瘦弱的傢伙鎖得哀哀叫。

不過跟珈珈談談要緊，所以她也跟著追上前去。

未來的表姐夫從容走來，示意杜書綸走前面。

「我不想太接近妳，你全身都是黑氣……而且那把刀很可怕，我覺得被它傷到的應該都很慘。」邊說，男人橫向拉開與杜書綸的距離。

杜書綸暗暗哇了聲，右手又伸進口袋裡，「你知道這把刀，我能擱在口袋裡把玩卻完全不會割人！但是、剛剛卻能割傷貝爾菲格。」

噢……男人只感到一股寒意，「那個貝爾菲格被傷到了嗎？」

杜書綸肯定的點點頭，「傷得很重的感覺。」

「那……可能暫時無法回來找你們吧。」男人乾笑著，其實他腦子想的是：他跟小靜應該現在立刻馬上離開S區！

「不……應該不至於跟我們兩個高中生過不去吧？之前幾個惡魔大人都很寬宏大量的。」杜書綸說得一臉心虛，「啊，而且她最後很生氣的喊了一個人的名字！」

他想，貝爾菲格應該是氣那個人吧。

只是這讓他有點狐疑，難道提供給他們匕首的人是——

「誰？」男人問了。

「嫉妒之魔，利維坦。」

✢

客運在一條荒煙蔓草的泥土上停下，男孩下了車，迎面就被風沙迷了眼。

不管隔多久來這裡，這兒都沒有變過。

他徒步了一公里後，來到了熱鬧的市鎮，在熟悉的攤子上買了束花，接著再走兩公里，抵達了寂靜的墓園區。

這是S區的最邊緣的小市鎮，大部分人其實都生活在隔壁的T區，不過死後落葉歸根，都會葬回這片屬於大家的公墓區。

筆直走到熟悉的墓前，上頭僅有一片落葉，鮮花水果都是新鮮的，看來伯母很常來看他。

「我來看你了，阿勳。」男孩蹲下身，看著墓碑上的照片，阿勳停留在十四歲，不會增長的年紀，只有他越來越老了。

「你不知道我們學校發生了什麼事，非常詭異，有厲鬼有惡魔……唉。」他還是在墓碑前說話，與老同學聊起最近的生活近況。

過往沒來得及用筆寫下的，他現在固定一段時間，都會親自來這兒一趟，說給他聽。

「啊！阿穎！」身後遠方傳來女人的聲音，「婁承穎！我就知道是你！我聽賣花的麥嬸說了！」

婁承穎連忙站起，回身跑向了女人，「阿姨！好久不見，妳最近好嗎？」

「好，也就那樣，活著。」女人滿臉風霜，看上去比上次更憔悴了點，「你上學不忙嗎？還特地跑來這裡看伯勳。」

「該看的。」他永遠都是這樣回答，因為這是他欠他的。

女人當然知道，承穎是內疚。

這孩子始終覺得，是他沒早先發現阿勳的憂鬱、沒發現他在校的困境，只要他早點看信、回信，瞭解他的生活，給他一點支撐——只要一點點光，說不定阿勳就不會死。

「阿勳的死，不是你的錯，阿穎。」女人來到兒子墓前，心疼的看著不再長大的兒子，「你別老是怪自己。」

婁承穎低著頭沒說話，阿姨說過很多次，但他始終難以釋懷。

「要怪，就要怪那群人。」女人邊說，雙眼再度浮現恨意，「是那些人逼死我兒子的！」

婁承穎默默深吸了一口氣，「阿姨……」

「憑什麼他們能繼續長大？可以念書？擁有美好的未來跟人生？我兒子就這樣死了！」女人氣得咬牙切齒，「上天太不公平了！我這麼好的兒子已經沒有未來了！他們也不該有啊！」

婁承穎緊皺著眉，只能輕輕拍著阿姨的背安撫。

「你懂的吧！阿穎，你知道阿勳不是那種輕易會輕生的人，他一定是被逼到走投無路了！」女人涕泗縱橫，哭喊著轉向婁承穎，「一切都是那個女生害的！我死都不會原諒那個叫聶泓珈的人！」

死、也、不、會。

尾聲

桌邊的男孩轉著筆，另一隻手指在桌上輕彈著，沉靜的雙眸閃過各式情緒，他起身走到房門邊，輕輕打開門縫，聽見樓下父母正在看電視的聲音。

輕聲關妥房門，還上了鎖，轉頭望向床邊那扇大片玻璃窗，再爬上床將窗簾拉好拉滿。

回到書桌前坐下，他關掉網路，將筆電蓋上，然後悄悄的彎身打開了書桌下方最後一個抽屜，抽屜拉得很開，而他卻彎腰伸手進去抽屜裡，拿下黏在上方暗格裡的一本書。

他雙眼發光，這是近期他最喜歡的一本書，已經翻閱一半，雖然文字與圖象眾多，但對於擁有超強記憶力的他而言，一點都不是問題。

突然間，他看見了一個令他倍感興趣的東西，認眞的詳讀起來。

半小時後，他抽出一張Ａ４紙……頓了一下，再抽出一枝水洗式的奇異筆，從牆上抓下白板放到地面，俐落的畫了一個圓。

這是他看過最簡單的魔法陣圖，只需要幾個圖案，位置精確點，圖示明白，然後……他趕緊起身跑回桌邊，想看看還缺了什麼。

他當然不會畫出完整的陣法，開什麼玩笑，這可是召喚陣啊！

「這個陣的咒語在哪裡？是畫好再搭配咒語，還是需要祭品？」男孩翻閱著，越翻眉頭皺得越緊。

奇怪了？他左翻右翻，發現這個咒陣跟其他的陣法差異很大，沒有複雜的圖案、也找不到施咒的咒語，連要準備的祭品是什麼都沒寫……

「漏頁了嗎？」他好奇的再往後翻翻，卻發現已經是另一個魔法陣了。

才在想著，一道紅光突然閃爍，男孩嚇得扔下書、衝回白板邊時，只看到自己的白板已經融了個洞……不僅是圓形的洞，他剛剛畫上的各種符號，都跟著銷融了。

他既慌張又害怕的不敢靠近，首先拿過掛在桌燈上的護身符，再拿過一把尺，戰戰兢兢的試圖去把白板給推、推開……

輕輕一推，一股煙從被融蝕的洞中冒出，逼得男孩打了個寒顫。

跟著，鼻間嗅得了一絲硫磺味。

不會吧不會吧……他內心慌亂不已，用力的把白板整個推開，才看見自己房間那塊木板地上，正烙著他剛剛繪製出的那個魔法陣，分毫不差！

那些圖案像是什麼融蝕似的，從白板上直接移到了木板地，每個字的邊緣甚至還隱隱泛著橘光，冒著的煙顯示著地板現在應該是極高溫，男孩第一時間害怕這些字會持續融蝕掉地板，穿透到一樓去。

但幾分鐘過去，除了房內略高的溫度外，並沒有任何新的變化。

男孩繞著地板的魔法陣走著，心裡起了股惡寒，他有種非常非常不妙的預感，白板上的文字全數烙上了地面、如岩漿般炙熱的字、硫磺的味道，該不會……這個魔法陣即使沒有咒文、沒畫全——就已經生效了吧？

額上滲出冷汗，他仍舊握著筆的手無法控制的發抖。

糟了！他忍不住低咒著，他為什麼要試著畫這種魔法陣啊！

「怎麼辦？我能問誰……」他焦急的踱回書桌邊，腦海裡閃過了許多人名，但是他不敢問啊！

問了之後，他們就會知道他畫了這個陣——不，他們就會知道，惡魔之書在他手上了！

「到底是什麼東西啊!?之前不管是召喚或是驅走的魔法陣都難得要死，好歹要有祭品，為什麼這個隨便畫的卻會……」他逼近抓狂的想探究出一個答案，但是，樓下的嘈雜聲讓他瞬間緊繃。

有人來了！

「書綸——珈珈來囉！」

糟糕！杜書綸飛快的將書闔上，先塞進了抽屜裡猛然關上，接著衝到床邊把那塊融蝕的白板扔到床下去，再把床上的毯子抽下來，將地板上的咒陣蓋了上！

不能讓人進入他的房間，他抽過衛生紙抹去汗水，抓過手機，聽著上樓的樓梯聲，先一步走了出去！

「來啦！」他故作鎮靜的走出房門，剛好迎上走上樓的聶泓珈。

「嗯啊，不是要去買烤雞？」聶泓珈打量了他一下，「怎麼了嗎？你看起來有點緊張。」

「我？緊張？」他咕了一聲，「說誰了妳！」

反手，他拉上了房門。

「是嗎？你臉色不太對……」聶泓珈還是很瞭解他的，總覺得杜書綸有幾分慌亂，「你有沒有看氣象預報啊，颱風快來了，好像會直撲我們這裡耶！」

「是喔？但是我們很久沒有颱風進來，應該不會來吧？」

「目前沒有減弱的趨勢，我想等等排隊時，多買幾隻好了，當作颱風存糧。」

兩個學生並肩下了樓，轉彎時，男孩不安的再看了自己的房門一眼。

被毯子覆蓋下的地板，此時此刻，又緩緩的浮現出五個泛著橘光的文字，在並不複雜的魔法陣下：**SLOTH**。

後記

躺平萬歲，似乎是這世代的生活原則。

常看到因爲努力無望，所以乾脆放棄，只要能活著就好；最好能啃老，每天就在家裡打電動看劇，還有人備好餐點，多好。

每個人有每個人想過的生活，這個沒什麼好批評的，不過我個人覺得前提要能自己負責，不要影響或拖累他人就好。

其實「懶」就是人性，輕鬆的生活誰不想要啦，我自己每天都在跟「偷懶」抗爭啊！懶得起床懶得運動懶得工作懶得出門，可是呢，每天還是有很多事要做，這些「目標」就會鞭策我行動。

還有啊，出去玩時，不管多早多累都嘛會衝！

所以重點好像是在有「目標」，也就是想要做的事情，那時懶散就會被拋之腦後；剩下的，就是「不得已但非做的事」，我相信這個上班族跟學生都很懂！

演講時常會提到，身爲自由工作者，外人看起來就是時間自由、沒有老闆、工作自由，多棒啊！但是，一樣要有工作才有收入啊！而且自由工作者正因爲沒有公司，所以收入是不固定的，因此「自律」變得非常重要。

而「自律」的最大敵人，就是「惰性」了！

要克服說難不難，說穿了就是認眞想做沒有達不到的事，我常說啊，越輕易放過自己，未來的成果就會越痛苦，不如把節奏把控得宜，一鬆一緊，將痛苦分散到整個歷程去，至少得一個好的結果。

辛苦的工作後要適時的輕鬆，這時懶散多好，找個日子睡到自然醒，廢在家裡一天好好充電，電充飽後繼續奮鬥；然後也能在奮鬥中發現各種小撇步，許多小撇步，都嘛是因爲「懶」而出現的！

科技始終來自於人（惰）性，這句話眞的一點也沒錯！

所以懶惰哪有不好是吧？這可是一體兩面的事。

剛看完本書的你們，腦子裡一定有一堆疑問，但反回去重看一些關鍵，就能發現杜書綸的各種反應，其實對應上尾聲的劇情；還有聶泓珈壓制本性想當透明人的怪異想法——當然，還想知道她家族譜是吧？哈哈，放心，故事慢慢說。

話說今年的書展小禮我很早就做好了，因爲懶惰的英文剛好是「Sloth」，就是我們可愛的樹懶，因此我用ＡＩ設計了可愛的透卡，畫面還用惡魔大人的Instagram頁面，只是拿到後，我才想到應該要設計打洞，好讓大家方便掛才是！

再來，二〇二五是個重要年份，因爲今年是「都市傳說十週年!!」很快吧！嚇死人的十年咻一下就過去了，奇幻基地出版社擬定了各種神祕特殊活動，敬請期待吧！嘿嘿！

最後，由衷感謝購買這本書的您們，購書才是對作者最實質且直接的支持，沒有您們的購書，作者便無法繼續書寫下去，謝謝！

※本書純屬虛構，如有雷同，完全巧合※

笭菁

境外之城 164

SIN原罪V：懶・怠惰者

作　　者／笭菁
企畫選書人／張世國
責 任 編 輯／張世國

發　行　人／何飛鵬
總　編　輯／王雪莉
業 務 協 理／范光杰
行 銷 主 任／陳姿億
資深版權專員／許儀盈
版權行政暨數位業務專員／陳玉鈴
法 律 顧 問／元禾法律事務所　王子文律師
出版／奇幻基地出版
城邦文化事業股份有限公司
台北市 115 南港區昆陽街 16 號 4 樓
電話：(02)25007008　　傳真：(02)25027676
網址：www.ffoundation.com.tw
e-mail：ffoundation@cite.com.tw
發行／英屬蓋曼群島商家庭傳媒股份有限公司城邦分公司
台北市 115 南港區昆陽街 16 號 8 樓
書虫客服服務專線：(02)25007718・(02)25007719
24 小時傳眞服務：(02)25170999・(02)25001991
服務時間：週一至週五09:30-12:00・13:30-17:00
郵撥帳號：19863813　　戶名：書虫股份有限公司
讀者服務信箱 E-mail：service@readingclub.com.tw
歡迎光臨城邦讀書花園 網址：www.cite.com.tw
香港發行所／城邦（香港）出版集團有限公司
香港九龍土瓜灣土瓜灣道86號順聯工業大廈6樓A室
電話：(852) 2508-6231 傳眞：(852) 2578-9337
馬新發行所／城邦（馬新）出版集團
【Cite (M) Sdn Bhd】
41, Jalan Radin Anum, Bandar Baru Sri Petaling,
57000 Kuala Lumpur, Malaysia.
電話：(603) 90563833　　傳眞：(603) 90576622
E-mail：services@cite.my

封面插畫／山米Sammixyz
封面版型設計／Snow Vega
排　　版／芯澤有限公司
印　　刷／高典印刷有限公司
■2025 年2月11日初版一刷

售價／380元

國家圖書館出版品預行編目資料

SIN 原罪 V：懶 ・ 怠惰者 / 笭菁著　—初版—
台北市：奇幻基地出版；
家庭傳媒城邦分公司發行；2025.1
面：公分 . –（境外之城：164）
ISBN 978-626-7436-73-8（平裝）

863.57　　113018453

ISBN 978-626-7436-73-8
Printed in Taiwan.

※ 本故事內容純屬虛構，如有雷同，純屬巧合。

城邦讀書花園
www.cite.com.tw

廣　告　回　函
北區郵政管理登記證
台北廣字第000791號
郵資已付，免貼郵票

115 台北市南港區昆陽街 16 號 8 樓

英屬蓋曼群島商家庭傳媒股份有限公司城邦分公司 收

請沿虛線對摺，謝謝

奇幻基地

每個人都有一本奇幻文學的啓蒙書

奇幻基地粉絲團：http://www.facebook.com/ffoundation

書號：1H0164　書名：SIN原罪V：懶・怠惰者

｜奇幻基地．2025年回函卡贈獎活動｜

購買2025年奇幻基地作品（不限年份）五本以上，即可獲得限量隱藏版「山德森之年」燙金藏書票！

電子版活動連結：https://www.surveycake.com/s/ZmGx

註：布蘭登．山德森新書《白沙》首刷版本、《祕密計畫》系列首刷精裝版（共七本），皆附贈限量燙金「山德森之年」藏書票一張！（《祕密計畫》系列平裝版無此贈品）

「山德森之年」限量燙金隱藏版藏書票領取辦法

活動時間：即日起至2025年12月31日前（以郵戳為憑）

參加辦法與集點兌換說明：

1. 2025年度購買奇幻基地出版任一紙書作品（不限出版年份及創作者，限2025年購入）。
2. 於活動期間將回函卡右下角點數寄回本公司，或於指定連結上傳2025年購買作品之紙本發票照片／載具證明／雲端發票／網路書店購買明細（以上擇一，前述證明需顯示購買時間，**連結請見下方**）
3. 寄回五點或五份證明可獲限量隱藏版「山德森之年」燙金藏書票，藏書票數量有限送完爲止。
4. 每月25號前填寫表單或收到回函即可於次月收到掛號寄出之隱藏版藏書票。藏書票寄出前將以電子郵件通知。若填寫或資料提供有任何問題負責同仁將以電子郵件方式與您聯繫確認資料。若聯繫未果視同棄權。
5. 若所提供之憑證無法確認出版社、書名，請以實體書照片輔助證明。

特別說明

1. 活動限台澎金馬。本活動有不可抗力原因無法執行時，主辦單位有權決定取消、中止、修改或暫停本活動。
2. 請以正楷書寫回函卡資料，若字跡潦草無法辨識，視同棄權。
3. 單次填寫系統僅可上傳一份檔案，請將憑證統一拍照或截圖成一份圖片或文件。
4. 隱藏版「山德森之年」燙金藏書票一人限索取一次
5. **本活動限定購買紙書參與，懇請多多支持。**

當您同意報名本活動時，您同意【奇幻基地】（城邦文化事業股份有限公司）及城邦媒體出版集團（包括英屬蓋曼群島商家庭傳媒股份有限公司城邦分公司、書虫股份有限公司、墨刻出版股份有限公司、城邦原創股份有限公司），於營運期間及地區內，爲提供訂購、行銷、客戶管理或其他合於營業登記項目或章程所定業務需要之目的，以電郵、傳眞、電話、簡訊或其他通知公告方式利用您所提供之資料（資料類別 C001、C011 等各項類別相關資料）。利用對象亦可能包括相關服務的協力機構。如您有依個資法第三條或其他需要協助之處，得致電本公司（(02) 2500-7718）。

個人資料：

姓名：＿＿＿＿＿＿＿＿ 性別：＿＿＿＿ 年齡：＿＿＿＿ 職業：＿＿＿＿＿ 電話：＿＿＿＿＿＿＿

地址：＿＿＿＿＿＿＿＿＿＿＿＿＿＿＿＿ Email：＿＿＿＿＿＿＿＿＿

想對奇幻基地說的話或是建議：＿＿＿＿＿＿＿＿＿＿＿＿＿＿＿＿＿＿＿＿＿＿＿＿

限量燙金藏書票

電子回函表單QRCODE

請剪下右邊點數，集滿五點寄回奇幻基地即可參加抽獎，影印無效。

1
A Year of Sanderson
2025